楽園殺し
3
May the Eden be killed vol.3
呂暇郁夫
ろか・いくお
ill. ろるあ

C O N T E N T S

Prologue　とある執事の話　012

CHAPTER 1　Eve of the Fest（前夜祭）　058

CHAPTER 2　Middle of the Fest-First Half（祝祭－前半）　158

CHAPTER 3　Middle of the Fest-Latter Half（祝祭－後半）　276

シルヴィ・バレト：警肆級粛清官。親の仇をさがしている

警肆級粛清官。シルヴィのパートナー：シン・チウミ

ボッチ・タイダラ：警壱級粛清官。謎多き男

警弐級粛清官。ボッチのパートナー。：シーリオ・ナハト

ライラ・イライッザ：警伍級粛清官。新人でシルヴィの後輩

警伍級粛清官。頭が切れるライラのパートナー：テオリ・クラマ

ノエル・シュテルン：偉大都市の歌姫。盟主の娘

踊り子。ノエルのバックダンサー：サリサ・リンドール

クルト・シュテルン：中央連盟の盟主の一人。ノエルの父

シュテルン家の執事長。：ビルケット・ナウン

ロロ・リングボルド：警壱級粛清官。「無限牢」の異名を持つ

砂塵教の大司教：ベルガナム・モートレット

c h a r a c t e r

楽園殺し《らくえんごろし》

FES
[Fanatics, Excluded, and Spoiled.]

May the Eden be killed vol.3

用語解説

インジェクター

砂塵粒子を詰めた、注射器つきのカプセル。スイッチを押すとカプセル内部の砂塵粒子が黒晶器官に流れ込み、砂塵能力が使えるようになる。

偉大都市

旧文明崩壊後、初めて復興した秩序ある都市。現在、一番街から十八番街まで存在しており、
一～三番街は中央街、十五～十八番街は「オーバーフィフティーン」と呼ばれるスラム地区となっている。
古よりこの地は楽園であるという伝承が流布しており、安寧を求める移住者が跡を絶たない。
偉大都市法令という名の法が存在するが、その庇護下にあるのは市民権を持つ者のみである。

塵工体質

塵工とは、砂塵能力によって加工された物全般を指す現代用語。

塵工体質も同様であり、なんらかの砂塵能力によって身体・体質が恒常的に変異することを指す。たとえば「肉体を半永久的に強靭にする」砂塵能力を受けた者は、そうした塵工体質の持ち主となる。

粛清官

中央連盟の傘下で働く、偉大都市最強の精鋭集団。警壱級～警伍級まで五段階の階級に分けられている。通常の捜査業務や、工獄（監獄）の獄吏など、業務形態は多岐に渡る。個人の裁量によって市民を粛清することも許可されているため、市民からも恐れられる存在。

砂塵粒子・砂塵能力

数百年前に現れた、この世界を覆う神性の物質。内部にはこの世のすべての現象の情報が秘められていると言われており、通称「万能物質」とも呼ばれる。

ある種の人々は、その無数の現象からたったひとつの性質を持つ砂塵粒子を引き出すことができる。それを扱う者たちを砂塵能力者と呼ぶ。

能力者は人体頸部に宿る黒晶器官（人体で唯一砂塵粒子の持つ毒素が効かない器官）で砂塵を吸収することで能力が使用可能となるが、それができるのは全人口の四割程度。

砂塵が出せない者たち、あるいは出せたとしても意味のない能力の持ち主は「非砂塵能力者（ブランカー）」と呼ばれる。

マスク

現代人の必需品。正式名称は防塵マスク、及びドレスマスク（Dust-RESiSted Mask）。特殊なフィルターを通して呼吸することで、砂塵粒子を直接吸引することを防ぐ。マスク背部にはデフォルトでインジェクター装置が取り付け可能。

それにふと私のかたわらで
一つの大きな力が動くかも知れないのだ。

私は夜を信じる。

リルケ詩集／時禱詩集　高安国世訳（岩波文庫）より

男たちの怒鳴り声が聞こえてくる。

その声がどこか遠いのは、厚い鉄製の扉の向こうから響いているからか、それとも耳鳴りが残るほど手酷《ひど》く殴りつけられたからなのか、少年には判断がつかなかった。

脱出のための術《すべ》はもう、考えつく限り試していた。その結果、どうすることもできないことがわかった。手錠ははずすことがかなわず、マスクからはインジェクターが奪われている。どうにかかりに素顔であり、この場に少量でも砂塵《さじん》が漂っているならば、それを吸いこみ、どうにか能力が使えもするが、あいにく完全な密室だ。排塵機《はいじんき》さえも目にみえる場所にはない。

当たり前だ。捕らえた相手に能力を使わせるミスなど、どんな愚か者でも犯さないだろう。

マスク越しに、少年は悲痛に満ちた表情で鼠色《ねずみいろ》の天井を見上げる。

（おそらく――）

（おそらく、ぼくは、ここで殺されるだろう……）

連中は捕らえるべき相手を間違えたのだ。こうなった以上、自分を生かしておくメリットはない。むしろその逆で、自分がいるとどこへ移動するにも荷物になる。

当然、口封じをするはずだ。

ふしぎと悲しさはなかった。どちらかといえば、なるようになったのだという思いのほうが強い。もともと、こうなる運命だったのだ。自分のような生まれの者がこの年まで生きられたことを、むしろ喜ぶべきだろう。

悔いが残るとすれば、与えられた使命をまっとうできなかったことか。だが、それさえも納得できる。なんといっても、自分はお嬢さまの身代わりになれたのだから。

御家に対する最低限の役目は、これで果たせたといえる。

「お嬢さま……」

自分が消えたとき、果たして彼女は悲しんでくれるだろうか。そう考えてから、それがただの従者としては出過ぎた望みであると気づき、少年は小さく首を振った。

今、彼は審判のときを待っている。

短い人生の終わりが告げられる、そのときを。

それはもう、すぐそこまで迫りつつある。

*

火、水、金、土の昼には決まって訓練がある。

週に最低でも四度は鍛錬を積まないといけないというのは、初代の夜が提唱した決まりだという。定刻がおとずれると、この館の執事たちは屋敷の裏手にある寄宿舎の表に整列し、一斉に刺突剣《レイピア》を構える。

模擬戦といえども苛烈《かれつ》なものだ。

ひと振りひと振りに魂を込めろ――すなわち一刺入魂の精神は、その威力にも如実にあらわれる。硬い塵工《じんこう》樹脂製の防具越しにも、まともに突きを食らえばしばらくは痛みが消えない。

だが、その痛みこそが人を成長させるものだと執事長は言う。

少年はそれを正しいと思う。実際、自分の剣術が多少なりともサマになってきたのは、そうした痛みをともなってきたからだという実感があった。

「ハッ――！」

腹から声を出し、突きを放つ。その気迫に、対戦相手がわずかに体勢を崩した。

（やれる――！）

そう判断し、少年はもう一歩だけ踏みこんだ。首、胸、腹の三カ所のどこに命中しても判定勝ちとなるが、少年がもっとも得意とするのは胸部だった。

刺突剣の先端が、相手の心臓部を捉えた。

「一本！」

執事長の審判がくだる。少年は息を切らしながら体勢をととのえ、一礼をする。同じように礼を残してから、対戦相手の先輩が握手を求めてきた。

「やるな、リオ。さすがは育ち盛りだ、みるみるうちに強くなっていくじゃないか」

「運がよかっただけだ。もういちどやったら、きっとかなわないだろう」

そう少年は答えた。完全な声変わりにはまだ遠い、かすれたボーイソプラノで。

「かわいくないやつだな。年相応に喜べばいいものを」

周囲の大人たちが笑った。

この場にいる全員が、同じデザインのマスクを着用していた。側面にSのペイントが施された青色のマスクは、この家の使用人の身分を示している。

若い使用人たちに向けて、老齢の執事長が号令した。

「本日の訓練はこれにて終了とする。みな、すぐに着替えて持ち場に戻るように」

「はっ、執事長！」

集団が解散する。ともに去ろうとする少年を、執事長が止めた。

「待ちなさい、リオ」

「はい。なんでしょうか、執事長」

「今の試合、まことによい動きだったぞ。持って生まれた能力にかまけず、きちんと訓練しているようだな。じつに感心なことだ」

そう褒《ほ》められて、少年は思わずマスクのなかで口元をゆるませた。それから、だれにも覗《のぞ》かれてなどいないのに、すぐにきりっと表情を正した。

一流の従者とは、いついかなるときも表情を崩さないものだと習っていたからだ。

「この先もその調子で励むように。お前には、次世代の夜となる素質があるのだからな。お館さまも、お前には大変に期待しておられるぞ」

「お館さまが……。それは、本当でしょうか」

「いくら耄碌《もうろく》しようとも、こんな嘘《うそ》などつかぬよ。さあ、着替えてきなさい。一流の使用人になるために、お前にはまだまだ覚えてもらわねばならないことがたくさんあるのだからな」

大きな手で肩を叩《たた》かれて、少年は力強くうなずいた。

この老執事は、自分にとってはほとんど親代わりの存在だ。

彼に発見されなければ、少年は明日をも知れぬ身だったからだ。もしかすれば、今ごろはどこかの路地裏で朽ち果てていたかもしれない。こんな立派な敷地のなかに住まいをもらい、不自由のない暮らしをさせてもらえるとは、夢にも思っていなかった。

その恩があるから、少年は、その細身の身体いっぱいに忠誠の念を湛えている。

偉大都市《いだいとし》でも有数の、名家ちゅうの名家――中央連盟盟主、シュテルン家の一族に対して。

＊

少年は、その日割り当てられた部屋を見渡した。

この屋敷は途方もなく広いが、そのわりに住んでいる人は少なく、普段使いされていない部屋が多い。それでもすべての部屋に入念な手入れが求められていた。いまだ見習いにすぎない少年は、あたかも試験のごとく、空き部屋の掃除を命じられていた。

きょうは午後いっぱいの時間を使い、この部屋を完璧に仕上げなければならなかった。

二重窓の縁についた埃《ほこり》に、少年は前回担当した者の甘さをみる。現代の建築物の多くは、外気の砂塵《さじん》からより遠ざかるために、扉や窓が二重構造になっていることが多い。これは最新の砂塵科学の見地からするとほとんど意味のない工夫だと判明しているそうだが、たんに無意味であるのみならず、こうして掃除をする人間にとっては余計なひと手間となる構造といえた。

もちろんいくらめんどうであろうとも、一流の執事を目指す少年は、文句のひとつたりとも口にするつもりはない。

少年は布巾《ふきん》に洗剤をつけると、まずは目につく部分の汚れから対処していくことにする。

そうしながら、さきほど執事長から聞いた言葉を思い出した。

(お館さまが、このぼくに期待してくださっている……)

夜の話を聞いたのは、屋敷を訪れてしばらく経ってからのことだった。

お館さまに謁見《えっけん》する前に、少年は言葉遣いや立ち振る舞い、姿勢などをよく矯正された。

執事長が、これならば失礼がないだろうと判断したころになって、少年は屋敷の二階にある、シュテルン家当主の書斎に連れて行かれた。

左右の壁にそびえ立つ巨大な本棚に、やけに強烈な圧を感じたのをよく覚えている。

そしてそれ以上に存在感のある、当主クルト・シュテルンの寡黙な佇《たたず》まい。

明るい空色の髪をした壮年の男性が、自分を迎えていた。その切れ長の目の奥に宿る、静寂《しじま》とさえ呼べそうな悲しみの存在を、当時まだ八歳に満たなかった少年は鋭敏に見抜いた。

「これが、例の少年か」

「左様でございます、お館さま」

「ふむ。なにはともあれ、まずは力をみせてもらおう」

当主の言葉を受けて、執事長が目配せをしてきた。

少年は震える手でマスクを着用すると、後頭部にあるスイッチに指を添えた。

現代に生きる者は、なにを置いてもまず、持っている砂塵《さじん》能力でその才を測られる。だから自己紹介よりも先にインジェクターの起動を命じられるのも、当然のことといえた。

油断すれば吐き出しそうなほどの緊張感を覚えながら、少年はみずからの力を披露した。

実演が終わったあとも当主が黙っていたから、少年ははじめ、自分がお眼鏡にかなわなかったのかと、不安を覚えた。だが、そうではなかった。

「なるほど。これはたしかに、特筆すべき力だ。よくみつけてきたものだな、執事長」

——認められたのだ。そう知って、少年は深く安堵《あんど》した。

当主クルトは立ち上がると、机の抽斗《ひきだし》から小さな箱を取り出した。そのなかにおさめられていたのは、シュテルン家の家紋が象られた徽章《きしょう》だった。

水滴のごとき曲線模様に包まれて、S《シュテルン》の文字が金色に輝いている。そのうえには、まばゆい光を放つ一番星の印が浮いていた。

浄化《いか》の砂塵能力の家系、シュテルン家。彼ら一族は、ありとあらゆる水質から汚濁を取り除くという驚嘆すべき力を持ち、黎明期《れいめいき》の偉大都市《いだいとし》の人々を生かしてきたという。

そんな誉れ高き家紋を少年にみせながら、当主はこう言った。

「この家では、最上の従者を夜と呼ぶ。初代当主さまの代より続く、シュテルン家の決まりだ。

そう、われわれには、われわれという星を永遠に浮かばせるための夜が必要なのだ」

夜……と、少年は口のなかで暗唱した。

「リオといったな。新たな少年執事よ、お前に、それを目指すことができるか？」

「は、はい！　せいいっぱい、がんばります。おやかたさま」

舌足らずな発話で答えた少年に、当主は直接、その手で徽章を胸元に嵌《は》めてくれた。

その輝きに覚えた嬉《うれ》しさを、少年はこの日まで忘れたことはない。

(ぼくは、かならず夜になろう。それが、ぼくに与えられた大切な役目なのだから)

在りし日のことを思い返しながら、少年が熱中して窓を拭いている最中のことだった。

「――そんなにこすったら、窓がすり減ってしまうのではないの？　リオ」

「う、あ！」

きゅうに背後から話しかけられて、少年は思わず飛び上がりそうになった。

気づけば、すぐ背後に少女が立っていた。

空を映す朝露を思わせる、澄んだ青色の髪をした少女だ。ブーゲンビリアの花模様が刺繍《ししゅう》されたワンピースを着て、シュテルン家のファミリーマスクをその腕に抱えている。

彼女はくすくすと笑うと、

「う、あ、ですって！　めずらしいのね、リオがそんなおかしな声を出すなんて」

「た、大変失礼しました、ノエルお嬢さま。ですが、あまり驚かさないでいただけると」

「だって、扉が開いていたのだもの。それに、ノックはしたのよ？　でもリオったら、まったく気づかないんだから。なにか考え事でもしていたの？」

「い、いえ、たいしたことではございません」

仕事ちゅうに自失していたことを恥じつつ、少年は首を振った。

「それよりもお嬢さま、なぜこちらに？　この時間は、家庭教師の先生がいらしているはずでは？」

「それがね、先生が急用で来られなくなってしまったそうなの。かわりに自習用の課題をいただいたのだけど、ほら、お日さまが心地いいからどうしても眠くなってしまって。それで、リオにお茶でも淹《い》れてもらおうと思ったの。とっても探したのよ？」

「かしこまりました。では、お部屋でお待ちください。すぐにほかの者に持って行かせます」

「もう、聞いていなかったの？　リオに淹れてほしいの、わたしは。だって、リオが淹れてくれたのがいちばんおいしいのだもの。それに、わたしの部屋じゃいやだわ。お茶はティールームで飲むものじゃない」

少年はこほんと咳《せき》をはさみ、説得をこころみた。

「お嬢さま。私どもはお館さまから、お嬢さまが日ごろのお稽古《けいこ》やお勉強に専念できるよう、万全のサポートをするようにおおせつかっております。ですので」

「……リオ。いつからそんな、ほかの大人たちと同じことを言うようになってしまったの？　ああ、かなしいわ。もう、いっしょにかけっこをしてくれていたころのリオはいないのね」

よよよと嘘《うそ》泣きをはじめる相手に、思わず少年のポーカーフェイスが崩れそうになった。

このまま相手の言うことを聞くのは、これまでの経験上、あまりよろしくはない。

自分は執事長に与えられた仕事が滞るし、お館さまの耳に入れば心証がよくないし、なによりお嬢さまにはますますサボリ癖がついてしまう。

だが自分は、どうにもこの小さなあるじの頼み事には弱いのだ。

「わたしは遊ぶつもりなんてないのよ。ただ、今はちょこっとだけ集中できないからお茶を頼みたかっただけなのに、リオったらこんな些細《ささい》なお願いも聞いてくれなくなってしまったのね。こんなにさみしいことってないわ」

「わ、わかりました、お嬢さま。今回だけですよ。それと、お茶を飲んだら自習に戻るとお約束していただけますか？」

「ええ、もちろん！　さあ行きましょう、はやく行きましょう」

きゅうにご機嫌になって部屋を出ていく少女のあとを、少年はとぼとぼとついていった。

＊

少年は、きっちり九十八度に測った湯を注ぐ。

ポットにはアガタリー社の茶葉が三種と、メセン社の新作の茶葉が入っている。

百年以上かけて醸成されてきたこの街の嗜好品《しこうひん》文化は、非常に奥が深いものだ。

味の多様性のみならず、各社の出している塵工《じんこう》茶葉は、あたかも薬用飲料のごとく滋養強壮の効果も併せ持っており、個人のおこなうブレンドには相当の違いが生まれる。

少年が用意したのは、主人が好む調合だ。カフェインが含まれておらず、それでいて香り高くコクがある。それに集中力が高まる効果があるという茶葉を少量、内緒で足していた。

よく茶葉が蒸れてから、白磁のカップに移す。幾度となく繰り返したせいで、湧《わ》き上がる香りだけで出来がわかるようになっていた。

ティールームの椅子《いす》に腰かけた少女が、音もなく紅茶を口に含んだ。

「うん、とってもおいしいわ。やっぱりあなたのがいちばんね、リオ」

「それはなによりでございます」

少年は会釈を返すと、ちらりと相手の風貌《ふうぼう》を覗《のぞ》いた。

ご令嬢、ノエル・シュテルンさまと初めてお会いしたのは、少年が執事として仕えるようになってすぐのことだった。

この広大なシュテルン家本宅の敷地内に、子どもはかなり少ない。というよりも、自分とノエルのほかにはひとりもいなかった。

生まれて間もないころに兄を亡くしたノエルは、あまり賑《にぎ》やかとは言えない広大な屋敷のなかで、ひとりっ子として育った。

まわりは使用人も含めて大人ばかり。そんななかにぽつんと混じっていた少年の存在にノエルが興味を持ったのは必然といえよう。

そうした事情で、昔はノエルの暇潰《ひまつぶ》しの相手をすることが、少年の最大の仕事だった。

だが少年にどんどんほかの仕事が任されるようになると、なかなか昔のようにはいかなくなった。現在、少年は十四歳、ノエルは十一歳だ。

徐々に知恵のついてきた少年は、ただのぼんやりとしたイメージだけではなく、実感としてみずからの仕える家の偉大さというものを知るようになり、とてもではないが、当主の娘と対等に遊ぶなどということはできなくなってしまった。

もっとも、少年はそうした変化を受け入れられたが、向こうにはその気がなかったらしい。かつてのようにあからさまに遊ぼうなどとは言わなくなったが、かわりに仕事として頼めば執事という生き物は断れないと学んだらしく、ことあるごとに茶菓子の用意などを要求してくるのだった。

ティーカップを置くと、ノエルは少年の立ち姿を眺めて言った。

「それにしても、また身長が高くなったのね。リオ」

「そうでしょうか」

「ええ。ふしぎね。少し前までは、わたしとそこまでは変わらなかったのに。やっぱり、リオはいつも鍛えているから？　わたしも、あのれいぴあというのをやってみようかしら」

「いけませんよ、お嬢さま。あまり危険なことをされては」

「わかっているわ、冗談よ。本当はちょっと、やってみたいけど」

座ったまま、ノエルは剣を前に突く動作をした。

「でも、わたしがしてもしょうがないものね。リオやみんなは、わたしやお父さまのために訓練してくれているのだものね」

「ええ。お嬢さまやお館さまを、どこぞの悪漢からお守りするためでございます」

「悪漢！　そういえば前に、学舎でも物騒なお話を聞いたわ。ひとつ下の学年に、ルナ・カラミ社の役員のご子女がいらっしゃるのだけど、先週、その子が誘拐《ゆうかい》未遂に遭ったのですって」

No...

その話は、少年も聞き及んでいた。ルナ・カラミ社とは、塵工《じんこう》燃料を取り扱う大企業ルナティック・コープの開発専門子会社だ。そこで要職に就く男性の娘が、とある不詳の犯行グループによって、誘拐《ゆうかい》の危機に遭ったのだという。

現在は、本部の粛清官《しゆくせいかん》が血眼になって犯人を捜している最中だそうだ。が、どうやら捜査は難航しているらしく、まだ解決の目途は立っていないという。

（……粛清官、か）

少年は、この街の治安維持部隊について、とくに詳しいわけではない。だが少なくとも、連盟盟主を務めている、館の主人クルト・シュテルンの持論を聞く機会はあった。

粛清官はたしかに犯罪人を警《いまし》め、また抑止力として機能している存在だ。

しかし都市の規模拡大にともなって、かつてのように連盟の関係者を守ることだけに専念はできなくなったという。つまり今の粛清官は、盟主たちにとって必ずしも優秀な警護人というわけではなくなっているのだと。

結局、自分の身を守れるのは自分だけだとクルトは力説する。それがシュテルン家の使用人たちが、日ごろから鍛錬を求められている理由だった。

「こわがる必要はございませんよ、お嬢さま。粛清官は手練《てだ》れ揃《ぞろ》いです。犯人はすぐに捕まるでしょう」

「ううん。わたし、こわがってなんていないわ。だって、リオやみんながいるのだから、万が一のことなんて起こるはずないもの。ねえ、リオ。それよりもわたし、音楽が聴きたいわ。レコードをかけてもらえる？」

「かしこまりました」

少年はティールームの奥に向かった。猫足のテーブルのうえには、年代物のプレイヤーと、十枚ほどのレコードが置いてある。亡くなった奥さまの趣味だったという砂塵礼讃曲《さじんらいさんきょく》のオーケストラ演奏や、有名なミュージカルの作中歌を収録したアルバムが、おもなラインナップだ。

少年はあるじのリクエストをたずねずに、そのうちの一枚を手に取った。彼女が聴く曲は、つねに決まっているからだ。

回転円盤を起動してレコードに針を落とすと、流麗なピアノの伴奏が流れはじめる。それに次いだのは、まるで空を駆ける天の川のように澄み渡った、ひとりの女性の歌声だった。

ノエルが、小さく感嘆の声を漏らした。

「いつ聴いても、本当にきれいな声。マドンナ・レフューだけは、やっぱり違う……」

マドンナというのは、今から七十年ほど前に、偉大都市《いだいとし》で活躍していた歌手の名だ。当時、第二次黒抗争の真っ只中にあり、現在とは比較にならないほど荒れていたという偉大都市の北西部の路上で歌い出して、一躍トップスターになったドリーム・ガールである。

しばらくマドンナの歌声に聴き入っていたノエルは、きゅうにぱちりと目を開いた。

その巴旦杏《はたんきょう》のようなかたちの瞳《ひとみ》で少年を捉えると、

「わたし、本当に好きだな……」

と、思い耽《ふけ》るように口にした。

「お嬢さまは本当に、マドンナがお好きなのですね」

ノエルは、彼女の大ファンだ。どれくらい好きかというと、マドンナの影響で自身も歌に興味を持ち、日ごろからボイストレーニングに励んでいるほどだ。

「そうじゃないの。いえ、マドンナはもちろん好きだけど、そうじゃなくて。わたしが言っているのは、この時間のこと。リオに淹《い》れてもらったお茶を飲んで、好きな音楽を聴いて、ゆっくりする。こういう時間が、わたしはとても好きなの。ああ、いつまでもこうしていられたらいいのになぁ……」

少年は一瞬、返す言葉に迷った。それから、すぐに一礼して、こう言った。

「ありがたきお言葉です、お嬢さま」

「もう。リオったら、昔からかしこまった口調だけど、それにしても最近は少しやりすぎよ。本当、大人の仲間入りをするのがはやいんだから」

青髪に包まれた頰《ほお》をぷんと膨らませて、幼いあるじは背もたれに身体を預けた。

そのタイミングで、少年は壁の振り子時計に目をやった。もうそろそろ、互いに戻ったほうがいい時間だ。

そう提言しようとしたが、ふと思い直し、少年はポットを手に取った。

あともう少しだけなら、いいだろう。

なんといっても、少年もこの時間が心から好きだったからだ。

冷めてしまった紅茶を新しく淹れなおすとき、少年は自分の心が温かなもので溢《あふ》れていることに気がついた。

――ああ。ぼくは、本当にこのお屋敷にもらわれてよかった……

窓からは、午睡を誘うような穏やかな日の光が差しこんでいる。

暖かな陽光を身に浴びながら、少女のあるじと、少年の従者のふたりは、姿なき絹に耳を撫《な》でられるかのような、そんな心地のよい歌声に耳をかたむけていた。

*

屋敷に来る前の生活のことは、日を追うごとにおぼろげになっていく。

原初の記憶は、生みの親が頭を抱えていた光景だ。

海に沈んだ溺死体のように膨れ上がった借金におそれをなしたらしく、両親はひとり息子を置いて、どこかへ夜逃げしていった。

取り残された少年は、近所に住んでいた叔父夫婦の家に世話になるしかなかった。

叔父夫婦からすれば、いい迷惑だっただろう。少年はまだろくに働ける年ではなく、そのくせ食う口は増えたのだから当たり前だ。

日にいちど、小さなパン切れをもらう以外には面倒をみてもらえず、腹が減って仕方がなかったから、気を紛らわせるために、開拓者地区《B's District》（多くの非砂塵能力者《ブランカー》が、単純労働である土木業を生業としている。そんな彼らの住む地区《ディストリクト》という意味だ）を、毎日あてもなく歩いていた。マスクの排塵《はいじん》フィルターはとっくに壊れていて、たまに砂塵《さじん》を吸いこむはめになった。

自分の身体から砂塵粒子が出たのは、きゅうなことだった。能力の使い方を知らず、淡い水色の砂塵粒子が舞うのをみたときに抱いた感情は、嬉《うれ》しいではなく、こわい、だった。

どれだけ知恵のない子どもでも、砂塵能力者であるかどうかで、人生の意味がまったく異なるということは知っていた。

一部の貧困層には、とりあえず子を産み、非砂塵能力者だとわかったら安く売る、能力者だとわかったら高く売るという、この世の終わりのような風習があることも重々承知していた。

だからこそ少年は、一目散にその場から逃げた。しかし叔父の家に辿《たど》り着く前に、一部始終をみていた浮浪者たちに、行く手を遮られた。

そうして少年は、どこかの鵜飼いにあっさりと売られてしまった。

鵜飼いとは、この世界でもっとも古い稼業のひとつだ。砂塵能力者を鵜に喩《たと》え、その鳥たちを飼い、売買や使役をして金を稼ぐ者たち。つまりは、能力売りの悪人どもだ。

はじめは出る砂塵量が少なく、少年は自分がどんな能力の持ち主なのかもわからなかった。

だがいくつもの鵜飼いを転々として、そのたびに多少なりまともな栄養を与えられると、操れる砂塵の量が徐々に増えていった。

そうして、どうやら自分がかなりめずらしい能力者らしいと判明したころには、少年は安物の投げ売りワゴンではなく、最高級の一羽として、専用の独房に入れられていた。

檻《おり》の前には、RoomC - Lio Ultra Ranked D-Adaptor.と走り書きされた札が置かれた。

〝鳥かごC　リオ　超一級品の砂塵能力者〟

気づいたときには、少年の身体には、少年が想像もできないほどの高値がつけられていた。偉大都市《いだいとし》の市民権の購入など、屁《へ》でもないような値段だ。

死人のような目をして、少年は毎日、独房の隅にじっと座りこんでいた。

見物客は、頻繁におとずれた。倫理観のすっかり崩壊した金持ちや、反吐《へど》が出るほどに悪辣《あくらつ》な性癖を持つ裏社会の重鎮や、ただ単に物珍しさで檻を覗《のぞ》きに来る者たちの見世物になった。

あとほんの少しでもあそこにいたら、早晩、どうにかなっていたかもしれない。

寝つきの悪い夜、少年はたまに、シュテルン家に身請けされなかった場合の人生を考える。

それはどこまでも無意味で、なによりもおそろしい悪夢だった。

＊

少年執事の日常は、かわらずに過ぎて行った。

朝は、掃除、給仕、庭園の確認、敷地内の見回りなどの通常業務。

昼は、刺突剣術、基礎体力強化、銃器の扱いまで含めた警護訓練。

夜は、偉大都市《いだいとし》の上流階級の子どもがする以上の学習をおこなう。

読み書きや計算などの実用知識はもちろんとして、時事ニュースの吸収や、一般教養としての幅広い知識の習得にもよく励んだ。ゆくゆくは屋敷の資産運用にもかかわることになるため、正確な帳簿の書き方までをも学んでいく。

法制社会である偉大都市には成人という概念があり、一般に十六歳からは大人として扱われる。つまり少年はあと一、二年のうちには、一人前にならなければならないということだ。

ときには、少年も肩に重いものを感じる日がある。そういう日に限って、ノエルがレッスンを抜け出して遊びにやってくるものだから大変だった。

そうして、多忙だが穏やかな日々が経過する最中の、とある日のことだった。

「お嬢さま、困ります。会場にお戻りください」

「そんなこと言わないで、リオ。ちょっとくらいならいいでしょう？」

「お嬢さまがいらっしゃらないと気づいたら、お館さまがなんとおっしゃられるか」

「お父さまは会社の方々と話すのに夢中で、わたしがいてもいなくても気づかないわ。それに、なにも遠くへ行こうというわけではないのよ。ちょっと中庭を散歩したいだけだもの」

ここは、四番街にあるシュテルン社所有のパーティホールだ。

昨年度の末、シュテルン社傘下のいくつかの部門が独立し、とある新興の機器開発企業と合併した。都市の生活基盤《インフラ》の運用・管理を担うシュテルン社からすると、どうしても欲しかった新技術らしく、口数の少ないお館さまがめずらしく喜んでいたのが印象的だった。

今夜は、その祝賀会だ。当然、社長令嬢であるノエルも出席していた。

少年は、ほかの幾人かの使用人たちとともにお付きとしてたずねていた。ノエルから直々に、マスク持ちの役目を指名されていた少年は、あるじのうしろでマスクを持ち運ぶ予定だった。

が、立食がはじまると同時、ノエルは少年をひと気のない通路まで引っ張ってきた。

――退屈だから外に行きたい。

ノエルの要望は、ひと言でいえばそういうことだった。

「十五分だけよ。お願い、リオ」

「困ります、お嬢さま。お嬢さまがほかの子女子息の方々と交流なさるよう、よくみておくようにと、お館さまからご用命を授かっておりますから」

「それなら、戻ったあとでいくらでもお話しするって約束するわ。だからいいでしょ？　ね、ね？　お願い、リオ」

「う、うう……」

結局、少年はいつものように根負けしてしまった。

受付に預けていた外套《がいとう》を回収すると、少年はあるじを外へと連れ出した。

中庭には、だれの姿もみえなかった。きれいに刈り揃《そろ》えられた植え込みには、ひかえめながらも目を惹《ひ》くイルミネーションが施されてもいたが、いよいよ寒さが強まりはじめたこの時期に、わざわざ外を散策するような物好きは、自分たちのほかにはいないようだった。

少年の数歩前を歩きながら、ノエルは機嫌よく歌っていた。

けして大きくはないが、鼻歌よりはずっとしっかりした歌声が、夜の風に乗って届いてくる。選曲は、マドンナ・レフューの後期のヒットソングだった。

ノエルは清涼そのものといった声質をしており、音楽的な感性にはどうにも乏しいと自覚する少年からしても、思わず聴き入ってしまうようなうつくしい歌声だった。

ふと、ノエルは足元に咲き誇る花々に目を留めると、歌を止めてしゃがんだ。

「みて、きれいよ、リオ。ここのバラは、たんぽぽみたいな色をしているのね」

「ええ。これはどうやら、うちの庭師が使っているものとは別種のようですね。昨今は、よい能力者がみつかったらしく、花の染め色にはかなり融通が利くようになったと聞きます。お嬢さまがご所望でしたら、庭園に同じ色のものをご用意できますよ」

「そうなの。でもだいじょうぶよ。きっと、こういうところでたまにみるからいいのだもの」

花弁を愛でるように触れていたノエルは、ふたたび中庭の内周を歩きだした。

「それにしても、あいかわらずなんでもよく知っているのね、リオは」

「いえ、私などまだまだです。御家の従者としては、至らぬ部分ばかりですから」

「……それは、リオがいつか、うちの夜になるから？」

ノエルは、少年に課せられた使命を知っている。少年が自分の父親から厚い期待をかけられており、そのために寝る間も惜しんで訓練に励んでいることも。

「わたし、リオは夜になんてならなくていいと思うな」

「なぜですか？　お嬢さま」

「だってそうなると、ほとんどお父さまの専属のお付きになるでしょう？　ビルケットさんは会社のお仕事もたくさん任されているみたいで、お屋敷をあけていることも多いし」

ビルケットとは、執事長の名だ。当代のシュテルン家の夜であり、当主クルト・シュテルンの右腕を務めている、老齢の使用人。

彼の仕事の全容は少年も知らないが、どうやらあまり表立ってはできない職務も任されているようだ。あの日、少年を鵜飼いのもとから連れ出したのも、ほかならぬ執事長だった。

「ですが、それこそが私の使命ですから」

「リオ、もし嫌なら教えて。そうしたらわたしも、がんばってお父さまを説得してみるわ」

「嫌だなどと、めっそうもございません。お館さまには、一生をかけても返せぬようなご恩をいただいております。この身が御家のお役に立てるなら、なんでも致しますとも」

ノエルは立ち止まると、中庭の中央で振り向いた。シュテルン本家のドレスマスクの、いかにも名家らしい凝った模様の意匠越しに、けして透けない視線をよこす。

「ねえ、リオ。わたしにだけは本心を話していいのよ。そういう、使用人の仮面をつけているときの言葉じゃなくて、あなたが本当に思っていることを話して」

「ご心配には及びません。まぎれもなく、私の本意ですから」

「……本当に？　本当に、リオはわたしと離れ離れになってもいいの？　今みたいに、お屋敷のなかのことをしているだけでは不満なの？　考えてもみて。今のままなら、いつでもわたしにお茶を淹《い》れられるのよ。それで、ふたりでなんでも話せるのよ。そういう生活のほうがいいと思わないの？」

訴えかけてくるような言葉に、少年はどう返したものかと迷った。

彼女の言っていることは大げさだ。たしかに今よりは屋敷にいる頻度は減るだろうが、離れ離れになるというほどではない。

第一、不満かどうかで自分の使命を考えたことはなかった。ノエルは、少年がどのような経緯で屋敷に迎え入れられたのかを知らない。

つまり、当主から直々に頼まれた役目が持つ重みというものを知らないのだ。

「お嬢さま。私は――」

変わった光景を目にしたのは、そのときだった。

それは、なんとも摩訶不思議《まかふしぎ》な絵面だった。

まるで銀糸の束のような、集光性を持ったレースのような、無色の網のような——そんな不可思議な物体が、突如としてノエルの頭上にあらわれたのだった。

なにを思うより先、少年は危険を察知した。

「あぶない、お嬢さまッ！」

その透明の網が落ちてくる寸前、少年はノエルの身体を突き飛ばした。

自分が避けるだけの猶予はなかった。夜空からこぼれ落ちてくる糸の束に、少年は身体を絡めとられる。途端、どろりとした粘度を全身に感じて、その場に倒れこんだ。

「あーっ、ばかな！　なんでまた失敗する！」

周囲の茂みから、三人ほどの男が姿をあらわした。黒い装束に身を包んだ男たちは、それぞれ腿《もも》に銃のホルスターを巻いている。そして全員が、柄の悪いマスクを着用していた。

——賊だ！　少年は、すぐにそう悟った。

「バカ、取り乱すんじゃねえ。はやく網を張り直せ！」

「わかっているよ、兄貴！」

男のひとりは砂塵《さじん》粒子をまとっていた。その白色の粒子が集まると、ふたたび透明な網が空中に形成されていく。

「なんなの、あなたたち？　やだ、やめて！」

おびえたノエルが後ずさりする。

あるじを守るため、すぐさま少年はインジェクターを起動しようとした。

そのとき、まったく身動きが取れないことに気がついた。

（!?　なんだ、この網は……!?）

これは、ただの網ではない。なにか異様な、いかにも砂塵《さじん》的な特別な作用を感じる。

単に重たいのではない。この網に捕らわれた身体が、どうしようもないほどの倦怠感《けんたいかん》に包まれているのだ。ただ腕を持ち上げて、後頭部にあるスイッチを押すことさえも難儀するような、凶悪なまでの動作的な制限に襲われている。

どれだけ力を振り絞ろうとも、身体が言うことを聞いてくれなかった。

「ぐ、ぅ、あああぁっ……」

少年は、とっさの思いつきで、全力でマスクを地面にこすった。面型の仮面を無理やりずらし、わずかな隙間《すきま》が開くと、露出した口で大きく外気を吸う。

外にいるとはいえ、すぐに砂塵粒子を吸引できるとは限らない。

が、どうやら運は自分を見捨てていなかったらしい。

すぐさま、少年は身体に熱を覚えた。可視化さえも怪しい程度の、ごく微量の砂塵粒子が、黒晶《こくしょう》器官《きかん》に摂りこまれていくのを感じる。

「リオ……！　いや！　だれか、だれか、リオを助けてっ！」

駆け出したノエルを捕えようと、男が砂塵能力の網を放とうとする。そのとき、少年の身体から、ようやくほんのわずかな粒子が漏れ出た。

少年は倒れたまま粒子を操った。その能力を発揮すると、

「痛っ……」

男が指を押さえた。それで照準がずれたか、網が狙《ねら》いをはずした。

(だめだ、倒すには粒子量が足りない！　もっと……！)

さらに深く息を吸おうとする少年の腹を、男のひとりが蹴《け》りつけた。

「てめえ、邪魔すんじゃねえ！　おいお前ら、こうなったら直接、そのガキを」

いかにも焦った様子の男が、そう命じる最中のことだった。

「何事だ！」「中庭だ、なにか起きているぞ！」「急げ！」

遠くからそんな声がした。会場の間近の出来事、すぐに警備員が異変に気づいたようだ。

「ちっ。しかたねえ、撤収だ！　網をたため！」

「り、了解！　こっちのガキは？」

「つれていけ！」

透明な網が、その質量を減らした。少年は、身体が押しつぶされるような圧迫感を覚える。

獲物を捕らえた網を引くかのように、能力者の男が少年を担いだ。

運ばれる最中、ノエルが警備員と合流して、必死にこちらを指さしているのがみえた。

だが、警備員の銃が向けられるより先、男たちは茂みの向こうに停めてある車に乗りこむことに成功した。

網に捕らわれた少年を後部座席に投げこむと、男たちは素早くその場から退却した。

＊

「あーっ、信じられねえ！　あの絶好のチャンスで、いったいなにをどうしたら失敗できるってんだ？　ああクソ、揃《そろ》いも揃ってバカばかりだ！　とんだ間抜け揃いだ、俺たちは！」

「お、落ち着けよ、兄貴。それより、このさきのことを考えないと」

「てめえはなにを冷静でいやがる！　もとはといえばてめえが網をはずしたせいだろうが、このうすのろが！　能力は使えても頭が悪けりゃ意味がねー典型だな、てめえはよッ！」

「で、でもタイミングはよかったんだ。あいつが気づけたのがおかしいんだって。それにおれの網にかかったあとで砂塵《さじん》能力を使うやつなんて、兄貴もこれまでみたことなかっただろ？」

「……それはまあ、たしかにそうだがよ。クソ！　なら、あのガキが悪いってことか？　この街の金持ちどもはいつでもきっちり護衛を張っていやがるからな。やりづらいったらねえ」

扉の向こうで、男たちが言い合っていた。

少年は椅子《いす》に座らされていた。その手足には手錠がはめられている。

この狭い部屋は、どこかの廃墟の一室のようだった。防寒性を犠牲にするかわりに、砂塵の侵入を入念に防ぐ目的で作られた、分厚いコンクリートの部屋だ。

半開きの扉を蹴《け》り開けて、三人の誘拐《ゆうかい》犯がマスクのまま姿をあらわした。

「起きていたかよ、クソガキ」

中央の小柄な男が、少年のマスクを剝《は》ぎ取った。

「いいか。俺は今、これ以上なく機嫌が悪い。理由は、てめーのせいで、せっかくのチャンスがお陀仏《だぶつ》になったからだ。このまま捻《ひね》り殺されたくなけりゃ、俺の質問に答えろ」

よく脅しつけようと、男は低い声にして続けた。

「中央連盟の盟主とやらには、横の繫《つな》がりがあるんだろ？　もしお前が、なんでもいい、俺たちがかっさらうのにちょうどよさそうなやつの情報を持ってんなら、そいつを吐け。シュテルン家のボディガードなら、なんか知っているだろ？」

「……私、が」

話そうとすると、首元から胸部にかけて強く痛んだ。ついさきほど、空中砂塵濃度の高い場所で呼吸してしまったからだろう。咳きこむ少年を、相手は急かした。

「あ？　なんだって」

「私が、逆に聞きたい。貴様らは、お嬢さまには、なにもできなかったのだな？　お嬢さまには、けがのひとつも、負わせられてはいないのだな……」

「……お前、状況わかってんのか？」

男は拳《こぶし》を振り上げると、少年の腹に叩《たた》きつけた。二、三発思いきり打ちこまれて、少年は胃液を吐く。それが拳にかかって、相手は舌打ちをして少年のジャケットで拭きとった。

「もっかいだけ聞くぞ。お前が、俺に、教えられることは、なんかねーか？」

少年は、無言で応えた。

相手はコンバットナイフを抜くと、少年の首筋に突きつけた。

「よしわかった、てめーは死んどけ」

「ま、待てよ、兄貴。こいつ、まだ使い道があるかもしれないだろ。かなり使える能力者っぽいし、シュテルンの連中が重宝している可能性がある。なんかの交渉材料になんねーかな？」

「こいつから金を抜く？　無理だろ、ただの使用人だぜ」

「でもおれたち、このままじゃ本当に収穫なしになっちまうぜ。情報屋に借りた金だってあるし、せめてこいつをどっか足のつかない業者に売るとかしないとやばいだろ？　殺すのはいつでもできるんだからさ、ちょっと考えようぜ」

「ちっ」男はナイフをしまうと、忌々《いまいま》しげに言葉を吐いた。「そうはいっても、偉大都市《いだいとし》のブローカーはろくに知らねえだろ。それともレギオンまで持って帰るか？　いや、あの街じゃそもそもレートが知れている。うまい捌《さば》きようがあるかよ」

「密入都のときに使った業者が、なんか知らねえかな?」

「バカ、俺たちの行動はとっくに筒抜けだ。わざわざチクリはしねーだろうが、今さら連絡を取ってもシカトこかれるに決まっていやがる。それよか、ここに留まるリスクのがでけーよ」

男たちは、その場で簡易的な会議をはじめた。

だが、少年はそれにはたいして気を払わなかった。

自分の処遇はどうでもよかった。ただ、あるじを守れたことに安堵《あんど》していた。

突然の誘拐沙汰《ゆうかいざた》に、不格好ながらも対応できたのだ。

毎日の訓練は、けして無駄ではなかったのだ……。

その実感が、この状況の絶望以上に、少年に大きな満足感を与えていた。

「そろそろ新入りのやつが飯の調達から帰ってくるころだ。とにかく飯でも食ってから決めようぜ、兄貴。それでも遅くはないだろ?」

「わかったよ。ああクソ、胸糞《むなくそ》悪ぃ！ しばらくおさまんねえぞ、こいつは」

去り際に、男は腹いせに少年の頬《ほお》を殴り抜いた。その頭に無理やりマスクをかぶせると、男たちは出て行った。


——状況を整理するに。と、少年は思う。

あの男たちが、例の誘拐グループなのだろう。そして言動をみるに、おそらく偉大都市の住民ではない。彼らの言っていたレギオンというのは、偉大都市《いだいとし》からさほど離れていない場所にある共同体の名だ。かつて偉大都市に雇われていた外征警邏部隊の一派が離反して作ったという、荒廃した新興都市。

その新都レギオンの荒くれ者が、一攫千金《いっかくせんきん》を夢みて偉大都市に侵入したといったところか。それはつまり、彼らが近いうちに中央連盟に排除されるという事実を示している。この都市を統治する機構は、自分たちの庭で好き放題した余所者をみすみす逃すほど甘くはない。とくに、連盟盟主の家族に手を出そうとしたとなれば猶更《なおさら》だ。あらゆる角度から捜査の手を伸ばし、かならずや報いを受けさせるだろう。

だが、それはおそらくきょうではない。彼らはまだ、あと数日は生き延びるだろう。

そしてその数日後に、自分はこの世にいないのだろう。

なぜなら、彼らはすぐに悟るはずだからだ。隠密にシュテルン家の関係者を捌《さば》く方法が、この街に伝手《つて》を持たない自分たちにはないということに。

だから少年は、一縷《いちる》の望みを抱くことさえなかった。

こうした場所に捕らわれていると、いやでも昔のことを思い出す。

鵜飼いたちの鳥かごに囚われていた、幼少期のころを。

ノエルには常日頃から、どうして自分がそれほどまでにシュテルン家に尽くせるのかと疑問に思われていた。その答えを、今にして少年は自覚する。

それはきっと、いちど終わった人生を生きているという思いがあったからだ。

本来はありえなかった未来を歩んでいるという思考が、根底にあったからだ。

つまりある意味では、少年はあれ以降の自分というものに期待していなかったのだ。

あの独房のなかにいたとき、少年は完全に未来への希望を断たれていた。

買い手があらわれて幸福になる商品など、ほんのひと握りもいない。大抵はもっとひどい環境に置かれて、ボロ雑巾のように使い捨てにされたり、死んだほうがマシだと思うような残酷な仕事や奉仕を強要される。強い能力者を買ったとして、のちに反抗されてしまったらかなわないから、そもそもまともな自由など保証されやしないのだ。

屋敷に迎えられてからの七年を思い返すと、これまでに抱いたことのない感情を覚える。

それはどうやら、ひとが執着と呼ぶもののようだった。

マスクのなか、口元からひと筋の血を垂らしながら、そうだ、と少年は自覚する。

自分はなんと幸福で、楽しかったことだろうか——。

この人生に、後悔はない。強がりではなく、そう思った。

異変が起きたのは、それからしばらく経ってからのことだった。

はじめ少年は、それを過度の体調不良が招く幻覚だと勘違いした。というのも、はじめに感じたのは、じっとりとした息苦しさだったからだ。だがすぐに、それが錯覚ではないことに気づいた。たしかな熱を孕《はら》んだ重たい空気が、扉の隙間《すきま》から忍びこんできたからだ。

次いで、階上から騒ぎ声がした。さきほどから断続的に怒鳴り声は聴こえていたが、それとは異なる、パニックを窺《うかが》わせるような騒乱だ。それに加え、銃声のような音まで届いてくる。

少年は顔を上げる。どうやら、上でなにかが起きているらしい。

口論が高じて仲間割れでも起きたか？　いや、けして頭のよさそうな連中ではなかったが、さすがにそれほど愚かとは思えない。

それなら、まさか、ひょっとすると……

だれかが、階段を駆け下りてきた。

つらそうな喘《あえ》ぎ声をともなって、誘拐《ゆうかい》犯の男たちがあらわれる。三人とも、身体に熱傷を負っていた。服のところどころが引火しており、男たちは半狂乱で炎を叩《たた》き消していた。

火事だ、と少年は悟った。この拠点に、火災が起きたのだ。

だが、いったいなぜ？

「ううぅ。クソ、なんだ、なんなんだよあいつは！　あれが、あれが、噂《うわさ》の……！」

「どうすんだよ、兄貴！　あんな化け物、どうしようもねえぞ！」

「どうにかすんだよ！　あいつさえやりゃ、まだ逃げおおせるんだ！」

リーダー格の小柄な男が、少年の手錠を解いた。「来い！」と身体を引っ張られる。

「そ、そいつをどうする気だよ、兄貴」

「あいつ、このガキを取り戻しに来たかもしれねえだろ。だとしたら、なんとか使わねえと」

少年は、無理やり部屋の外に連れ出された。

地下室には、少年が閉じこめられていた小部屋とは比べ物にならないほどの熱がこもっていた。階上では、なにかが崩れ落ちていく激しい音がする。建物の倒壊さえも遠くはない――そう思わせるほどの轟音《ごうおん》だった。

怯《おび》える男たちは、少年を盾にしながら、部屋の中央に集まった。

ふと、足音がした。

階段に、ぬっと人影が現れる。あたりが暗くて、詳しい様相まではわからない。その影が、どうやらここまで引きずってきたらしい死体を、ブンと放り投げた。

壁にぐしゃりと当たって崩れ落ちたのは、同じ犯行グループの構成員のようだった。

「――おまえらは、べつに知らねェだろうが」

影のなかで、襲来者が口にした。

「おれは、いちどしか警告をしない。だからこいつが最初で、最後の降伏通牒《つうちょう》だ。上は、もう終わった。あとは、おまえらだけだ。どうあがいても勝ち目はねェ。このまま投降したほうが、まだおまえらにとっても益がある。そうは思わねェか、レギオンの人さらいども」

低く、野太い声。だれにも自分を止めることはできないという、傲慢《ごうまん》とも取れるほどの自信が籠《こも》った声。その声の主に向けて、男が叫んだ。

「止まれ、そこを動くんじゃねえ！　このガキの首、かっ切るぞ！」

「あ？　ガキ……？」

誘拐《ゆうかい》犯の言葉に、意外にも影のなかの男は黙った。

歩みさえも止めて、その場に立ち尽くす。

それは少年にとっても、まして誘拐犯たちにとっても、予想外の出来事だった。

一瞬のフリーズ――その直後、男たちはマスク越しに顔を見合わせた。男のひとりが、まとわせていた砂塵《さじん》粒子を集める。

形成された網が、相手を捕えた。それと同時、リーダー格の男もまた、こげ茶色の砂塵粒子を操った。密集した粒子の塊を作り出すと、それを前方に向けて放つ。

「こいつでくたばれ――粛清官ッ！」

相手の懐に粒子の塊が潜りこんだと同時、パァンッ！　と強烈な音を立てて破裂した。

その威力に、少年は目をみはった。

この男の砂塵粒子は、どうやらすさまじい空気圧のようなものを四方に向けて放つらしい。

その透明な力が、あたかも炸裂《さくれつ》弾のように破裂して周囲を攻撃できるようだ。

ふたつの砂塵能力を一斉に受けても、奇妙なことに、相手は声を発さなかった。

だがそれでいて、身体が動くわけでもない。

「おい……」と、リーダーの男が口にする。それにうなずき返し、ふたりの部下が様子をうかがいに、おそるおそる近づいていった。

そのとき、

「――浅はかだなァ、おい」

あきれたような声。と同時、ゴォッと爆炎が広がった。

生じた爆風に、少年も、少年を摑《つか》んでいた誘拐犯も、まとめて背後に吹き飛ばされた。「ぎゃあああっ」と、近づいた男たちが火だるまになり、暴れ出す。

相手は何事もなかったかのように動き出すと、燃え盛る男たちの身体を、手にした警棒のようなものでまとめて殴り飛ばした。

赤い光源に照らされて、ようやく男の姿があらわとなった。

その身体は、火炎を思わせる朱色の砂塵粒子をまとっていた。着用しているのは、かぼちゃ形の巨大なマスクだ。

炎のなかで、かぼちゃ頭が笑っている。

――おそろしい。

直感的に、少年はそう思った。目の前の男が、少年がこれまでにみてきた、ありとあらゆる種類の人間と異なることを、肌で理解したからだ。

それは、このリーダー格の男も同じだったらしい。彼は怯《おび》えながら、それでもどうにか砂塵粒子を放出しようとした。しかし恐怖のためか、まとまった量の粒子の形成が致命的に遅い。

それはあわれな姿だった。が、相手は躊躇《ちゅうちょ》をしなかった。警告はいちどのみ——その言葉を守ろうとでもするかのように、白銀色の警棒を豪速で振るった。

白い軌跡が描かれ、誘拐《ゆうかい》犯の側頭部に命中した。一瞬、周囲の炎が姿を失せるほどの風が駆ける。硬いマスクの塵工《じんこう》樹脂を貫通して、内部の脳組織までもが破壊される音がした。

男が吹き飛び、壁に激突した。

一瞬のうちに、その場の粛清は完了した。

少年には、一連の出来事が呑みこめなかった。

この男は、なぜ立ち止まったのか。どうして、あの強力な網を喰らって動くことができたのか。いやそもそも、あの散弾のごとき攻撃を、いったいどうやって防いだというのか……

顔をあげると、目の錯覚かというほどに上背のある男が、自分を見下ろしていた。

「よォ。無事かよ、ぼうず」

相手は、意外にも軽い調子でそう口にした。

「さっきのくす玉、ここまでは飛んじゃいねェよな。ま、みたとこ無事そうか」

男は、倒れた誘拐犯のマスクを剝《は》ぎ取ると、黒色のローブの内側にしまいこんだ。そのとき少年は、彼の腹部を中心に、血の染みが浮かんでいるのがみえた。

やはりこの男は、さきほどの攻撃をまともに食らったたのだ。

で、あるならば――

（このひとは、ぼくのかわりになってくれて……）

少年は、言葉を発しようとした。が、喉《のど》から出るのは濃い咳《せき》だけだった。

気づけば、あたりには黒煙が充満している。火炎の生み出す有毒ガスを、多少なりとも吸ってしまったようだ。

自力で立ち上がることができないどころか、少年はその場に倒れこんでしまった。

「っと、わりィな。人質がいるって話は知らなくてよ、ちょいとばかりやりすぎた。しばらく息を止めていろよ。せっかく生き延びたんだ、妙な後遺症が残るのはごめんだろ？」

男は少年を軽々と持ち上げると、火炎の蔓延《はびこ》る屋内を、まるで熱を感じないかのように、悠然と歩き去っていった。

建物の外に連れ出されるときには、少年はもう、おそろしさは感じていなかった。

朦朧《もうろう》とする頭で考えたのは、この相手に抱くべきは恐怖ではなく、畏敬《いけい》だということ。

しかし、少年が礼を告げるよりも先に、身体のほうに限界が訪れた。

命の恩人に、自分の素顔や名を知らせることさえできずに、彼の意識は暗転した。

＊

　そのようにして、シュテルン家令嬢の誘拐《ゆうかい》未遂事件は幕を閉じた。

　事件の顚末《てんまつ》を、少年は後日、執事長の口から聞くことになった。ノエル・シュテルンの身柄を狙《ねら》っていたのは、少年がにらんだとおり、偉大都市《いだいとし》の外部の犯行グループだったという。

　彼らは、この街の情報屋から連盟関係企業の要人とその家族の情報を得ており、その誘拐に適した砂塵《さじん》能力を用いて攫《さら》ったあとで、相当額の身代金を要求するつもりだったようだ。

　事件の全貌《ぜんぼう》を知ったときに、少年が抱いた疑問のいくつかも解消された。

　少年が、自分が助かるはずがないと確信していたのは、あの追跡体制が整っていない状況で、誘拐犯たちの潜伏先が割れるべくもなかったからだ。シュテルン家がすぐさま通報したとして、自分の救出が間に合うはずがなかった。

　ゆえに助けが来たのなら、自分が連れ去られたのとは別軸の要因があったからに違いないと少年は考えていた。

　その推論は当たっていた。あの現場に踏み入った粛清官《しゆくせいかん》は、ルナ・カラミ社の役員令嬢の誘拐未遂が起こったときより、粛清案件としてではなく、独自に調査をしていたらしい。

　そう、独断専行だったのだ。だからこそ、彼はひとりで現場にやってきたわけだ。

　そして蓋《ふた》を開けてみれば、さまざまな手続きを無視して強行した粛清だったからこそ、少年は間一髪のところで助かったことになる。

　連盟本部でもっとも問題ありと評されながらも、その圧巻の実績からだれも文句を言うことができないという特別な粛清官の名を、以降少年はけして忘れることはなかった。

「リオっ、リオっ！ ああ、よかった。本当に、無事でよかった……」

「お嬢さま……」

「全部わたしのせいだわ。ごめんね、リオ。もうわがままは言わないから、わたしを許して。お願い、きらいにならないで」

「なにをおっしゃいますか。許すも許さないもございません。お嬢さまがご無事で、本当によかった……」


メティクル・ホスピテルの病室で泣きじゃくる小さなあるじを落ち着かせながら、少年はふと、二重窓の外をみやった。

そこには白銀色に輝く塔がある。

中央連盟本部。

貧民地区で育った少年は、その地域の住人たちが持つ権力者への不信感を、自覚せぬままに、どこかその細い身体のうちに宿らせてきた。

だが結果をみれば、少年は計二度、その建物にいる者たちから命を救われたことになる。

少年が与えられたものは重い。

盟主には誇りと、望外の幸福を。

そして粛清官《しゅくせいかん》には畏敬《いけい》と、強さへの渇望を。


(ぼくは)

(ぼくは、もっと強くならなければならない)

(あのひとくらいに、強く——)


ともあれ。

少年にとって本当に転機となる物語は、その翌年よりはじまることになる。

*

一年後。

少年は、屋敷の廊下を歩いていた。いつものように燕尾服に身を包み、廊下の先にある当主の私室の前に立つと、ノックをした。

「入りたまえ」

少年が入室すると、そこにはふたりの人物がいる。

当主クルト・シュテルンと、当代の夜である執事長のビルケットだ。

「ご用命でしょうか、お館さま」

「心して聞くといい、リオ。きょうこれからお前に話すことは、これまでもっとも重要なことだ。――そう、お前も知ってのとおり、夜の話だ」

机に両肘《ひじ》を突いた姿勢で、当主クルトはいつもに増して威厳の宿る視線を向けてくる。

（……とうとう、このときが）

少年はいっそう気を引き締めて、当主の話を聞くことにする。

「まずはじめに、お前にはねぎらいの言葉を伝えておこう。私は、贔屓《ひいき》することがない。もとは下賤《げせん》の生まれであったお前が、この八年のたゆまぬ研鑽を経て、今やどこに出しても恥ずかしくない一流の従者となったことを、シュテルン家当主として誠実に認めよう。心・能・体、いずれを取っても、お前はこの家の夜に見合う存在となった」

「私の身には余るお言葉でございます、お館さま」

「ゆえに最後にもういちど、その意志を問おう。リオ、お前はわれわれにとっての夜になれるか？　どのような使命もこなせると、この家紋に向かって誓えるか」

少年は相手にしかと目を合わせ、うなずき返した。

「無論のこと。お館さまにいただいた御恩は、生涯忘れることはございません。御家の剣《つるぎ》として、どのような命も謹んでお受けいたします」

そのあとに聞いた言葉は、予想外のものだった。

「よろしい。——ならばお前は、この屋敷を去れ」

驚く少年に向けて、当主は言葉を続ける。

「これは、前々から考えていたことだ。シュテルンには……盟主の家には、つねに危険がつきまとう。一年前の誘拐《ゆうかい》未遂の話ではない。あのような突発的で些末《さまつ》な事件とは比べ物にならない、本物の危険を呼びこむ誘発物を、われわれは生まれながらの宿命として持っているのだ。だからこそお前には、過去にも例のない、とある極秘の大任を与えたい」

当主がうながすと、執事長が、とある書類を少年に渡してきた。

「……これは」

そこには少年の顔写真と、プロフィールが載っている。

長々と綴られた経歴を流し読むと、まったく別人の人生が記されている。シュテルン社の系列企業に勤める役員のひとり息子として育った、架空の人間の半生が。

表題には「官林院《かんりんいん》入学希望届け」と書かれている。

官林院。

連盟傘下の教育機関でも、もっとも門が狭く、もっとも特殊な立ち位置にある養成学舎。

すなわち、粛清官《しゅくせいかん》になることを志す者たちが集う場所だ。

「まさか」

この先を察した少年に、当主は続けた。

「そうだ。お前には、粛清官の位に就いてもらう。シュテルンの手の者を連盟内に忍ばせておくことが、いつかかならずや大きな実りを生むからだ。そしてこの事実は、ここにいる者以外には頑として秘密とする。だれであれだ」

固まる少年は、もういちど書類に目線を落とした。

「さて、新しい名がいるな。お前という体をあらわす、ふさわしい名が」

唯一空欄となっている箇所は、名だ。

「私が求めているものはかわらない。星《シュテルン》の守り人、この家を永遠に輝かせるために存在する夜だけだ。独房からやってきた少年よ――お前には夜《ナハト》の名をくれてやろう」

偉大《いだい》都市《とし》暦一四二年。

ひとりの少年は、その年を境に青年へと姿をかえていく。

1

連盟職員の男が布を取り払うと、ぬるりとした光沢を放つ赤い断面が現れた。切り崩された山のような隆起と化した体幹部の内側で、皮膚と筋肉繊維と内臓がないまぜになっている。

シルヴィ・バレトは手元の資料を開くと、目の前の死体と写真を見比べた。

職業柄、さまざまな形状の骸《むくろ》をみてきたし、もともとスプラッターな絵には耐性があるとは思っているが、それでも明るい場所で直視するにはなかなか堪《こた》える光景といえた。

鑑識の男が、ともに死体を見下ろしながら口にする。

「捕食跡をみるに、同様の手口のようですね。とすると」

「ええ、やはり噂《うわさ》の〝捕食者《マンイーター》〟の仕業かと」

シルヴィは神妙にうなずいた。

死体には、スコップで掬《すく》ったかのような、ぽっこりとした穴がいくつも空いていた。疑いようもなく、その身体はむごたらしく喰い千切られている。

人喰いをおこなう凶悪犯。その新たな被害者だ。

白犬のマスク越し、シルヴィはあらためて周囲を見渡した。偉大都市《いだいとし》四番街、ビジネスロードからさほど離れていない繁華街のビル。その地下駐車場はテープで仕切りが作られている。

ここら一帯は人通りの多い場所であるにもかかわらず、目撃者はみつからなかった。

被害者の身元も判明していない。ドレスマスクは奪われており、身分証を持ち合わせておらず、素顔も半分以上が食い荒らされているからだ。そしてこの街にはあまりにも行方不明者の数が多く、統計上は存在しないことになっている非正規市民で溢《あふ》れ返っている。

それでも、採るべき記録は採る必要があった。

「死体《ボディ》はこのまま安置所に運んでください。その際、体液反応だけではなく、砂塵《さじん》粒子が残留していないかも確認するよう、解剖医に伝えておいてください」

「承知しました。ですが、これが捕食者《マンイーター》の仕業なら、捕食行為そのものは砂塵能力によるものではないのではありませんでしたか？」

「それを踏まえたうえで、です。捕食者の犯行がこれだけ話題になってくると、べつの能力者が手口を模倣して罪をなすりつける可能性もありますから。塵紋《じんもん》は確認しておくべきです」

「ははあ、なるほど」

連盟の指定マスクを被《かぶ》った職員が、感心したようにうなずいた。

「それにしても、人間を喰らう化け物ですか。昨年の獣人事件に引き続き、またこんな事件が起きるとは。粛清官《しゆくせいかん》の方々も、これでは気が休まる暇もありませんでしょうに」

いそがしいのは補佐課も同じはずだろう。シルヴィはそう思ったが、さしあたり黙って肯定するだけに留めた。

偉大都市《いだいとし》暦、一五一年。

偉大都市全土を騒がせた獣人事件から、はやくも一年近くが経過している。

シルヴィは、先日情報局が発表していた犯罪率の推移グラフを思い返した。この数年間で、偉大都市における犯罪は、能力・非能力由来を問わず激増しているという。

それはまだ職歴の浅いシルヴィにとってもじゅうぶんに体感できる数字だった。犯罪者をちぎっては投げ、ちぎっては投げ、それでもこの街に流れる血は止まることを知らない。

その格好の例が、今世間をにぎわせている〈捕食事件〉だといえた。

「やはり、この件には〝食人鬼〟ボノオーズ・グルマがかかわっているのでしょうか」

有名な犯罪者の名を挙げる職員に、シルヴィは首を横に振って答えた。

「いえ、おそらくグルマとは別件でしょう。彼は砂塵《さじん》能力で人体をそのまま消化可能な栄養素に変換して、プライベートな場所で食事を採るという話ですから、本件の食人とは様式が異なります。第一、被害者の数と犯行箇所を考えるに、犯人は単身犯ではない可能性が高いので」

「捕食者《マンイーター》が複数人いるということですか？　と、ということは、人を食う化け物を作り出している能力者がべつにいると？」

「ええ、われわれはその線で考えています」

職員は絶句したようだ。シルヴィにはその気持ちがよくわかる。

ありとあらゆる現象を引き起こす砂塵能力でも、とくにやっかいとされているのは、特異な塵工《じんこう》体質の持ち主を作り出すタイプだ。それは粛清官のあいだでは古くからの通説だったが、世間的には、それこそ昨年の獣人事件からようやく浸透しはじめた常識といえるだろう。

今回の事件、シルヴィはこのような絵を想像している。

捕食者を作り出す能力者が、この都市のどこかに潜伏している。その人物は、なんらかの特異な砂塵能力を用いて、人間の身体を、共食いする化け物に作りかえてしまう。

化け物にされた者たちは、その意味では被害者といえるだろう。だが、結局は人目を忍んで人を襲う怪物となったことにかわりはなく、中央連盟の粛清対象となってしまった……

とはいえ、これはまだ憶測にすぎない。捕食者たちは徒党を組んでいるのかもしれないし、ただ食欲を満たすためではなく、なにかほかの目的があって行動している可能性もある。

「それにしても、さすがは獣人事件解決の立て役者ですね、バレト警肆級《けいよんきゅう》。私ごときがこのような言い方をするのは失礼にあたるかもしれませんが、お若いのにさすがです」

「いえ、そんなことは」

「私は鑑識にきてまだ日が浅いのですが、粛清官というのは、やはりどなたも警肆級のように落ち着いていらっしゃるのでしょうか」

「買いかぶりですよ。わたしはまだまだ未熟です。それに──」

シルヴィが二の句を継ぐ前のことだった。

ドカン！　と、なにかが弾けたような音がした。ふたりの背後、駐車場からビル屋内へと続く通路の扉が吹き飛んで、コンクリートの床に転がっていく。

とっさにハンドガンを抜こうとしたシルヴィは、

「シルヴィ先輩《せんぱい》──っ！」

と、そんな元気のいい大声を耳にした。

「大ニュースであります、大ニュースでありますっ！　不肖ライラ・イライッザ、現場付近で怪しい者を発見したでありますっ。きっと、こやつめが事件の犯人に違いありませんっ」

勢いよくこちらに歩いてくるのは、小柄な女だった。連盟の制服をカスタマイズした格闘家のような服装と、龍を模したデザインの面型マスクを身につけている。

彼女は、自分よりもずっと背丈の高そうな男の首根っこを掴《つか》んで、よほどの怪力なのか、その身を軽々と片手で引きずっていた。

「待て、はやまるなライラ！　ぜったいに違う！　はやく放さないとまた始末書を書くハメになんぞ！」

そのうしろから、ひとりの男が慌てて追いかけてくる。偉大都市《いだいとし》の一部地域で着用される、和服《ワフク》を着崩した男だ。こちらが着用するのは、笠帽子を模した和風《ワフウ》デザインのマスクである。

「こらっ、暴れるなっ。おとなしくお縄につくでありますっ」

「い、痛い痛い！　お願いします、お放しください！」

「凶悪犯の分際でなに自分勝手なことを！　お前に食べられた人たちはもっと痛かったのでありますよ、かわいそうに！」

「おいライラ、お前ちょっとは人の話を聞けよ！」と和服の男が頭を抱えて叫ぶ。

「むぅ、さっきからなにをうだうだ言っているでありますか？　テオ。自分の粛清官《しゅくせいかん》としての勘が言っているでありますっ。犯人はこの男でありますっ」

「だぁーかぁーらぁー、違うっていってんだろうが、このとんでもバカが！　この人は味方だ、現場付近を調査してくれている覆面捜査の人なんだよ！」

「…………え？　え、えええ――――っっ」

大声で騒ぎ立てるふたりから目を離して、シルヴィは鑑識の職員と顔をみあわせた。マスク越しだが、きまずい表情を浮かべているのがあきらかな相手に向けて、頭をさげる。

「お騒がせしてすみません。あれは、わたしの部下です。……その、さきほどのお話ですが。ああいう者も、なかにはおりますので」

「……大変なのですね、粛清官のかたも」

そのとおりだ。シルヴィは脱力する。

先輩《メンター》をやるというのは、たいそう骨の折れることなのだった。

＊

後輩粛清官《しゅくせいかん》ふたりと、冤罪《えんざい》をかけられた職員の会話を、シルヴィは聞いていた。

「も、も、も、もうしわけございませんでした――っ！　すべては自分のはやとちりでありました。その、声をかけたときの反応があんまりにも挙動不審だったもので、ついつい疑ってしまったのであります！」

「それ、謝るようで失礼を重ねてねえか？　お前」

「そ、そんなことないであります！　誠心誠意謝っているでありますーっ」

「いえ、お気になさらず、粛清官殿。私のほうこそ機転がきかず、申し訳あり……いたたっ」

痛そうに首をおさえる職員に、和服の青年が声をかける。

「大丈夫すか？　こいつ馬鹿力だから、いちおう医者に診てもらったほうがいいっすよ」

「じ、自分が治療代を出すであります。今月のお給料を丸々職員さんに捧げるつもりでありますっ！」

「いや、はは、労災がきくから大丈夫ですよ……いててっ」

「あぁ、やっぱり痛むのでありますね！　そ、そうだ、よければ自分がマッサージを……っ」

「やめておけよ、ライラ。とどめを刺すつもりか？」

「そ、そんなつもりじゃ……っ」

そこで、シルヴィは口をはさむことにした。

「このたびは、うちの者が大変失礼いたしました。必要であれば適宜わたしの名を出して、なんでもご都合よろしいように取り計らっておいてください」

「これはどうも、いつもご丁寧にありがとうございます、バレト警肆級《けいよんきゅう》。とにかく、私はこれにて失礼します」

「ほ、ほんとうに申し訳ありませんでした――っ」

頭を深々と下げる後輩とともに、職員を見送る。

場所は、殺害現場の駐車場からひとつ上がった、ビルの地上階だ。キープアウトのテープで区切られたエントランスで、職員たちが撤収作業をしていた。

「うぅ。またやってしまいましたぁ、先輩……」

謝罪に際して誠意をみせるためか、そのマスクははずされている。

ライラ・イライッザ警伍級《けいごきゅう》粛清官。

今年度の官林院《かんりんいん》の卒業生であり、シルヴィの所属する中央連盟治安局警務部第七機動――通称〈第七指揮〉に配属された、新米の粛清官だ。

彼女の素顔は、どこか小動物のような印象を与える子どもっぽい顔立ちをしており、丸い瞳《ひとみ》はわずかにうるんでいた。

ライラの説明によると、彼女は現場に到着後、シルヴィの指示に従ってべつのフロアにいる鑑識に話を聞きに行ったようだ。

その際、野次馬のなかにこそこそと周囲の盗撮をしている人物をみつけたのだという。

「問い詰めてみたところ、しどろもどろでありまして。そのとき、犯人は現場に帰ってくるケースが多いという話を思い出したのであります。だから、これはあやしい！　と思って……」

「それで、ろくに話も聞かずに捕まえて、無理やりここまでひっぱってきたと」

「そ、そういうことであります……」

しょぼんと肩を落とす相手に、シルヴィはさてどうしたものかと考える。ライラが一生懸命なのは知っているが、いつもこのように空回りしてしまうのだった。

落ちこむライラに向けて、男のほうの粛清官《しゅくせいかん》が言った。

「ライラ、お前もっとよく謝っておけよ。ったく、毎回毎回信じられないようなミスばっかり起こしやがって。そんなんじゃ早晩、官林院《かんりんいん》に返品されるぞ」

「そ、それは困るであります！　シルヴィ先輩、な、何卒ご容赦を……」

「もう。送り返したりなんかしないから、すぐにそうくっつかないで。鞍馬《くらま》くんも、そういうおどしは控えるように」

彼も、今は和風のマスクをはずしており、細い眉《まゆ》と三白眼が特徴的な素顔を晒《さら》している。

鞍馬《クラマ》手織《テオリ》警伍級《けいごきゅう》。ライラと同時に官林院を出て、ともに第七指揮に配属された若手粛清官だ。和服を着用しているのは、彼が遊郭地区の出身者だからだという。

「それで、あなたはどこにいたの？」

と、シルヴィはテオリにたずねた。

「ええと、俺はその、ライラよりさきに、ひとりで上の階に向かっていました」

「きょう本部を出る前に、ライラさんをよくみておくようにわたしが言ったの、忘れちゃった？　可能な限りいっしょに行動して、目を光らせておくようにお願いしたわよね」

「いや、もちろんそれは覚えていたんすけど、まさかあんな短時間のうちに問題を起こすとは思わなくて。ライラがいないことに気づいてすぐに戻ったんすけど、遅かったみたいで」

バツが悪そうにしている後輩に、シルヴィはフォローを入れておく。

「あなたが気負う必要はないわ。さっきの件、もちろんあなたが悪いというわけではないから。それでも、その、どうしたって少しは連帯責任になってしまうのよ、こういうのって。そういう事情はわかってくれるわよね？」

「はい、わかります。俺も、不注意っした」

そこで、ライラが口元に手を当てて笑った。

「ぷぷ。テオのやつ、怒られているであります」

「ほほぉ？　いったいだれのせいだと思ってやがるんだろうなあ、この脳筋女は……！」

「というか、あの人が職員さんだと知っていたなら、どうしてもっとはやく教えてくれなかったでありますか？　かりにもパートナーならちゃんと止めてほしかったでありますよ」

「言うに事欠いて俺のせいかよ！　つーか、あんだけでかい声で叫んでいただろうが！　おまえが聞く耳を持ってねえのが悪いんだよ！」

「はいはい、ふたりともそこまでにして」

にらみあう両名をむりやり引き離すも、ふたりは空中でバチバチと鋭い視線を送り合っていた。まるで子どもね、とシルヴィは思う。

実際、ふたりはごく若い。両者とも、現行の制度では最年少の任官となっている。

年齢も階級も下の、名実ともに後輩となる粛清官《しゅくせいかん》を持つのは、シルヴィにとって初めてのことだった。よくめんどうをみるよう上官に頼まれてから、もうしばらく経つ。

後進教育を任されると聞いたときに抱いた不安は的中していた。まだまだ自分のことだけでも手一杯だというのに、実務のなかで後輩を育てるというのはなんとも手を焼くものだ。

だが、それも仕事のうちだ。文句は言っていられない。

人差し指をピンと立てて、シルヴィは言った。

「いい？　けんかはだめよ。不満はあるかもしれないけれど、もう正式なパートナーなのだから、お互いに歩み寄るようにしてね。わかった？」

「わ、わかりました」「肝に銘じておくであります！」

「さ、そうしたら切り替えて、はやくつぎの現場に向かうわよ」

シルヴィは、ふたりにマスクを着用するようにうながした。せかせかと仮面を装着する後輩たちをよそに、エントランス口で待機している輸送車に向けて歩き出す。

「それで、先輩。結局、ここの殺しではなにかわかったんすか？」

うしろから早足で追いついて、テオリが聞いてきた。

「これまでと同じで、ほとんどなにも。この事件、思ったよりもずっと深刻だわ」

「それは、手口がってことですか？　たしかに、めっちゃ猟奇的すもんね」

「残虐性もだけれど、いまだに規模感がみえないのが最大のネックね。時期が時期だし、せめて今週ちゅうには解決に必要そうな人日くらいは目途を立てておかないと」

「？　時期が時期とは、どういうことでありますか？」

そうたずねるライラに、テオリはあきれたように言った。

「お前、どんだけ鳥頭なんだよ。んなの、あれのことに決まってんだろ」

ビルの外の繁華街に出ると同時、テオリが前方を指さした。

巨大な街頭モニターに、来週開催される偉大都市《いだいとし》のイベントの告知映像が流れている。

偉大都市暦一五〇年を記念した、大掛かりな周年祭典《アニバーサリーフェス》を報《しら》せるプロモーションビデオだ。

こうした催事が開かれる際の慣例として、粛清官たちは粛清率の前年度比上昇を徹底させられていた。凶悪事件はあらかじめ片づけておくことが望ましいが、今回の〝捕食者《マンイーター》〟による事件は発生が直近ということもあり、解決そのものは間に合わないだろうと見込まれている。

だからこそ、シルヴィはせめて今後の展望がみえる程度には捜査を進めておくつもりでいたのだった。

だが、このごろのシルヴィが奔走《ほんそう》している理由はそれだけではなかった。

「忘れちゃだめよ、ライラさん。今回の式典、主要な警備はわたしたち第七指揮の担当になるのだからね」

警衛任務は、たびたび粛清官《しゅくせいかん》の職務となる。

周年式典ともなれば、当然中央連盟の関係者や、いわゆるお偉いさんと呼ばれる人々が多く出席するため、かなり厳重な警備体制が敷かれることになっていた。

その主要な警備部隊が、今回はシルヴィたちの所属する指揮系統の下で動くことに決まっていたのだった。

「もちろん覚えているでありますよっ。ずっと楽しみにしていたでありますからっ」

「楽しみ？　それはどうして？」

「だって、あの歌姫がステージに立つのでありますよね？　じつは自分、ノエルちゃんの大ファンなのでありますっ。いちどでいいから生歌を聴いてみたいと思っていたので、式典に参加できると聞いて、とっても嬉《うれ》しかったのであります！」

ライラはマスク越しに、繁華街の景色をきょろきょろと見渡した。無数に並んだ看板のひとつを指さして、「あ、いました、ノエルちゃん！　やっぱり、こういうところだとすぐにみつかるでありますね！」と言った。

ドレスマスク製造会社であるガクトアーツ社の広告らしい。素肌に優しい塵工《じんこう》材質を使ったマスクの宣伝で、青髪の女性が、豪華な装飾の施されたマスクを持って笑顔をみせている。

歌姫、ノエル・シュテルン。

それは、この偉大都市《いだいとし》で圧倒的な人気を誇るアイドルの名だ。彼女のライブはつねに満員御礼であり、今やいい席をおさえるのは、連盟の関係者であっても至難の業だと言われている。

そんな彼女が、今年の周年式典の舞台にあがり、生歌を披露する予定だった。

（……歌姫ノエル、ね）

少々思うことがあり、シルヴィはしばらく看板を見上げていた。

マスク越しの両頬《ほお》に手を当てて、ライラが感極まったような口調でこう口にする。

「はぁぁ、いつみてもかっわいいでありますねぇ。ひょっとして、サ、サインとか、もらえちゃったりするのでありますかね!?」

「バカお前、遊びに行くんじゃねえんだぞ？」

「失礼な、そんなつもりはないでありますっ。ただその、警備の合間に、ほんのちょこっとだけでもお話できる時間があったら嬉しいなぁーというだけでありますよっ」

「お前のことだ、コンサートがはじまったら客席でぴょんぴょん飛び跳ねそうなもんだがな。はしゃぎすぎてステージにまで上がっちまうんじゃねえの」

「またそうやってばかにして！　テオだって、ノエルちゃんの曲を聴いたら沼にハマって抜け出せなくなるに決まっているであります。ものすごーく癒されるのでありますからね！」

「俺はべつにアイドルとかはいいって……。つかよく知らねえけど、盟主の娘さんなんだろ？　あの人。いくら芸能人だからって俺らがちゃん付けすんのは問題なんじゃねえのか」

テオリがシルヴィのほうを向いて、こう聞いてくる。

「そこんとこどうなんすか、先輩。あんまりよくないんだったら、当日俺がこいつに釘を刺しておきますけど」

「まあ、それはおいおい考えましょう。どうせ、なかなかお会いするような機会はないと思うし」

「ええ――っ！　そ、そうなのでありますか？」

「今回、わたしたちの仕事は裏方のようなものだもの。さ、それよりもはやく行くわよ」

シルヴィは輸送車に乗りこみ、奥の席に座ると、白犬マスクのなかで考え事をした。

（今回の周年式典、例年よりもずっと重要度が高くなるはずだわ……）

今、都市暦は一五一年を迎えている。しかし今回開催される周年式典は、あくまで一五〇周年を祝うという名目となっている。

本来であれば、式典は去年開かれるはずだったからだ。だが、昨年準備の進められていた式典は、かのルーガルーの引き起こした獣人事件によって、延期することになってしまった。

それは、中央連盟にとって大きな痛手だった。連盟主導の催事は、どうしたってプロパガンダとしての側面を併せ持つ。中央連盟の統治が問題なく機能していることを、世間一般に知らしめるための儀式でもあるからだ。

今度こそ、失敗はゆるされない——。

そんな通例以上に重圧のある役目が、自分たちには与えられている。

にもかかわらず、懸念は増える一方だ。捕食事件の発生を筆頭に、ふたたび都市はにわかに荒れ始めている。考えるだにひと筋縄ではいかなさそうだが、自分のキャリアのためにも——なにより目的のためにも——今回の仕事はきっちりこなさなければならない。

そうだというのに。

シルヴィは乗車口のほうを向いた。少し放っておくだけですぐに口論をはじめる後輩たちが、またぞろギャーギャーと騒ぎを起こしていた。

運転手が、困ったように目配せをしてくる。

「……ああ、問題が多いわ。本当に」

けんかを止めるために立ち上がったとき、ふとシルヴィは思い出した。

問題といえば、自分のパートナーも、今は大変な状況といえる。

彼は今、不得手な事務仕事に従事しているのだ。それも、彼の苦手とする上司とともに。

（チューミー、ナハト警《けい》弐《に》級《きゅう》のこと怒らせてないといいけれど……）

シルヴィは空を見上げて心配する。

もっとも、ふたりがうまくいっていないことは、火をみるよりも明らかなのだったが。

2

タスクが増えると自然、喫煙量も増える。

吸い殻は心労のバロメーターのようなもので、灰皿のうえにうずたかく積もった塵工《じんこう》煙草の山をみて、シーリオ・ナハトは自分が疲れていることを自覚した。

中央連盟本部、第七執務室。

本来は上官が座るべき椅子《いす》に、シーリオはいつものように代理として腰をかけている。目の前では、ひとりの少女が仏頂面を浮かべていた。素顔のときはよく眠そうな表情をしている部下だ。いかにも眠そうに、その特徴的な赤い瞳《ひとみ》をこすっている。

「シーリオ、はやく俺のマスクを返してくれ」

その口を開くと、相手は見た目に似つかわしくない言葉遣いでそう言った。

「言っただろう。貴様が自分の仕事を終えたら返してやると」

べつにシーリオは、この無礼な部下が屋内で素顔を隠すマナー違反を侵していても気にはしないが、マスクをつけたままだと隠れて昼寝をするものだから、しかたなく没収していた。

今、この部下の愛用する黒犬マスクは、デスクの引き出しにおさめてある。

「それならば、今提出しただろう」

「ああ、たしかに受け取ったな。この提案書と書かれたゴミならな……！」

シーリオは一枚の紙をぺらぺらとはたいた。

表題には「臨時警備体制配備提案書」と書かれている。開催を来週に控えた周年式典で、警備員たちの配備場所、および緊急事態が起きた際の推奨行動を記したマニュアルだ。

周年式典の警務担当が第七指揮の指揮に決定してから、しばらくが経過している。そのわりには、こういった書類仕事の全般が滞っていた。

それも無理からぬことかもしれない、とシーリオは思う。もともと第七指揮には所属粛清《しゆくせい》官《かん》が少ないうえに、今回はほかの指揮系統にタスクを分散させられないタイプの職務だ。

それでもシーリオが組み立てた予定表では、遅くとも先週にはすべての準備が終わっているはずだった。計算が狂った理由ならば容易に思いつく。

ひさびさに入ってきた新人粛清官たちに、思ったよりも手を焼くこと。それにより、こうした作業が得意なはずの部下、シルヴィ・バレトになかなか手伝ってもらえないこと。

なにより、そのシルヴィのパートナーである地海進《ちうみしん》に――この目の前で堂々とあくびしている粛清官に――思っていた以上にやる気がないことだった。

「地海、自分が書いた箇所を読み上げてみろ」

「『各自がいいと思うところを警備、有事の際は各自がいいと思うところを守る』」

「ふざけているのか？　貴様」

「ふざけてなどいない」

シンは心外そうに答えた。

「ただ、こうした指示を出す意味が根本的にないと思っているだけだ。本当になにかが起こったときは、覚えたマニュアルなんてすべて頭から消え失せる。そこで正しい判断が下せるようになるには経験を積むしかない。各々が場慣れしていれば、対応できる。していなければ、対応できない。それだけのことだ」

シーリオは、銀縁の眼鏡の内側から相手をにらんだ。ツンとした表情が鼻につくが、どうやら本当にふざけてはいないらしい。そして、だからこそタチが悪いと思う。

常識が欠けているという一点さえ度外視すれば、シンの主張はある意味、的を射ているともいえる。シーリオとて、大半の警備員が自分の配置場所だけ確認したらすぐにたたんでしまうマニュアルに、そこまで入念な準備が必要だとは思っていない。

だが、ここは組織だ。そしてこの部下はもう、どこぞの殺し屋でも傭兵《ようへい》でもない。極限的な実践主義社会で生きてきた者からすれば、こうした事務的な手続きなど一笑に付して終わるものなのだろうが、あいにくそうもいかないのが実務というものだ。

（やはり、こうした仕事はバレットのほうに任せるのが適材適所には違いないが……）

さいわい、シンは現場ではそれなりに仕事をこなすほうだ。どういうわけか後輩たちにも慕われているようだし、シルヴィとそっくりそのまま役割を入れ替えれば、それだけでうまく業務がまわりそうだとシーリオは思う。

が、それに異を唱えたのは上官だった。シーリオの上司兼パートナーであるボッチ・タイダラ警壱級《けいいっきゅう》が、めずらしいことに部下たちの今期の業務方針に口を出してきたのだった。

多様な経験を積むべき時期であるふたりに、得意分野とは逆のことをさせたかったようだ。

安請け合いをしたというわけではないが、尊敬する上官に頼まれた以上、断りづらいものがあった。さしたる問題はないだろう――そう安易に判断したあのときの自分を、殴りたい。

シンが、本日何度目かもわからないあくびをした。

「さて、もういいか？　きょうは天気がよく、俺はとても眠い……」

「いいわけなかろうが、たわけ者め」

むぅ、とでも言いたげに相手は目を細めた。

「今思いついたんだが、この式典というのはこれまで何度もおこなわれてきたのだろう？　とすると、前回使ったマニュアルがあるはずだ。それを流用すればいい」

「残念だが、そういうわけにはいかんな」

「なぜだ？」

「まず、開催場所が違う。今年の舞台は、二番街のアサクラ・アミューズだ。そしてかりに同じ場所だったとしても、前回開催の五年前と今では、まったく状況が異なる。前回までは二日にわけて式典を執りおこなっていたが、今年はさまざまな事情が影響して一日限りだ。それでいて人口の増加にともない、来客数自体はそう変わらないときている。なによりも、」

そこでシーリオは一瞬止めて、次の言葉を選んだ。

「……今回は、パフォーマー側にもＶＩＰがいる」

「ああ、例の歌姫とかいうやつか」

「そうだ。まかり間違っても、絶対に問題は起こせない」

「そうはいっても、中央街で開かれる連盟主催のイベントだろう？　真っ向からなにかを仕掛けようなどというやつがいるとは、そうそう思えないがな」

「よもやそれが気を抜いていい理由になるとは言うまいな？　地海《ちうみ》。御託はいいから、さっさと書き直して再提出しろ。私が求めているのは、貴様が給料分の仕事をすることだけだ」

肩を竦《すく》めて、シンが応接デスクへと戻っていった。

シーリオは、Ｄメーター付きの腕時計を一瞥《いちべつ》した。もうそろそろ、別件で席を空けなければならない時間だ。だが、このまま外出するには心配が残る。

監視の目がなくなった途端、この部下がソファで横になるのは火をみるよりもあきらかだ。シンに任せているのは、最悪リハ前日までに間に合えばいい形式的なものとはいえ、これ以上遅らせると懸念点のひとつとなる。

背に腹は代えられない――そう思って、シーリオは相手の後ろ姿に声をかけた。

「地海。私の考えが間違っていなければ、貴様、昇進欲求そのものはあるのだな？」

なんの話だ、と言いたげにシンが振り向いた。

「連盟の規定している昇級点にはいくつか項目がある。たしかに粛清官《しゅくせいかん》にもっとも求められているのは現場での執行力であるし、貴様はその部分さえこなしていれば問題がないと思っているのだろう。だが実際は、うえに上がろうとすればするほど、組織の運用力……つまりは事務的な側面が参考にされる傾向も高まってくる。そして無論、その点でいうと貴様は最悪だ」

「……なにがいいたい？」

「粛報（粛清報告書）を含めて、評価基準となるあらゆる活動報告は、すべて私の認可の下でバックオフィスに送られている。それを踏まえたうえで言うが、本日じゅうに貴様がその書類を万全に仕上げれば、今期の評価には多少なり色をつけてやらんでもない。どうだ？」

そこまで言ってから、シーリオは相手の反応をたしかめた。

シンはいかにも意外そうに、その赤眼を丸めていた。

「頭でも打ったのか？　シーリオ」

「どういう意味だ！」

「あんたがそういう忖度《そんたく》のできる人間とは知らなかった。テキトーさを全部ボッチのやつに吸い取られた、融通の利かないカチカチの眼鏡人間だと思っていたが」

「……言いたいことが山ほどあるが、今は時間がない。聞き流しておいてやる。とにかく、話がわかったら気合を入れてやれ。私はしばらく空けるが、戻るころには完成させていろ」

パール色の外套《がいとう》を羽織りつつ、シーリオは横目で相手の様子をうかがった。

ついさきほどまで眠そうに垂れていた眼をぱっちりと開いて、じっくり思案でもするかのようにペンをまわしている。

どうやら、先ほどよりはやる気が出たようだ。

部下を使うというのも楽ではない。なんとなく自分が配属されたばかりのころを思い出しながら、シーリオは執務室を出て行った。

*

その日の業務もまた多忙を極めていた。

シーリオはつねにいくつかの粛清案件を同時進行で担当しており、上から降りてきた新たな仕事を、補佐課の捜査員たちを駆使して調査させている。

そして彼らから上がってきた報告を精査し、部下に割り当てるか、もしくは自分が直接粛清の現場へと向かうべきかを決定する。

そうした通常業務に加え、今は臨時特別警備体制の主脳としての役割がある。

会場側の警備部との連携や、提出書類の承認サイン、および連盟内の各セクションへの連絡や意志決定会議への出席など、連日連夜、本部内で寝泊まりする必要に駆られていた。

だが、本日最大の用事は公務ではなかった。

徹底的に業務を切り詰めて、ようやくわずかな自由時間が生まれたころになって、シーリオは本部の地下にある駐車場へと向かった。

いつもの場所に停めてある通勤用の自動車に乗りこんで、キーを回す。エンジンの起動と同時に車内排塵機《はいじんき》の電源が入ったのを確認すると、シーリオはアクセルを踏んだ。

すでに日は沈んでいる。

偉大都市《いだいとし》の南西部を、車が走行する。一番街に隣接している六つの区画のうち、この時間もっとも空《す》いているのは六番街に向かう方面だ。帰宅ラッシュを過ぎているうえに、こちらの方角には車で都市内を移動するようなエリートたちの居住区はあまり多くない。

シーリオは環状高速道路を降りると、インターチェンジの出口付近の路肩で車を停めた。

すると、路上に立っていた人物が、なんの断りもなく助手席に乗車してきた。

黒いトレンチコートに身を包んだ男性だ。着用するマスクは、わざと特徴を殺しているらしく、なんの印象も覚えない。扉を閉めるや否や、男はこう口にした。

「〝星を観測せよ〟」

「〝つつがなく下りた夜の帳《とばり》のうえに〟」

ほとんど儀式的な合言葉を交わすと、相手は腕時計を一瞥《いちべつ》して言った。

「毎度のこと、計ったように五分前だな。お前が几帳面な性格なのはよく知っているが、こうも正確だと驚くぞ。なんといってもこの十年、ただのいちどもずれずに五分前だ」

「なにをいまさら。私のそうした習慣は、すべてあなたに仕込まれたことのはずですが」

「私はただ、一流の従者たるもの時間を厳守するようにと言ってきただけだ。昔からお前は、私が言いつけたことはなんでも実現させてきた。後進教育として、あれほどラクなこともなかったものだ」

コントロールパネルに表示された空中砂塵《さじん》濃度を確認すると、相手はマスクをはずした。その下から、深いしわの目立つ、老齢の男性の素顔があらわれる。

シュテルン家執事長、ビルケット・ナウンだ。

シーリオはハザードを切って車を再発進させた。空いた公道を、低速で進んでいく。

「なにはともあれ、お館さまより御言付けだ。『式典警備の指揮権を押さえたと聞いている。かならずやその任をまっとうするように』とのこと。返事は?」

「『御心のままに』と」

「それも普段どおりだな。では、お前からの報告を聞こう」

「現在のところは、取り立てて御家に注意を勧告すべきような問題は起きていません。目下、市井の者に被害が及ぶ可能性があるのは、件《くだん》の〈捕食事件〉くらいですが――」

「その事件については聞き及んでいる。捜査の進捗《しんちょく》はどうなのだ?」

「じつは、私の部下が担当しております。が、まだ初動捜査の段階で、なんとも。少なくとも犯人の標的はアトランダムで、とくに御家が強く警戒すべきとは言えないのはたしかかと」

「ふむ。事件の規模からしても、昨年の獣人事件のように外出を控えるべき事態とはいえないのだな」

「ええ。ですが無論、外出の際は普段よりも多くの護衛をつけていただくように。それと式典にかんしてですが、前回開催時の二倍近くの警備員を手配しました。こちらは、最大の警戒体勢で執り行えるかと」

ビルケットがおどろいた。

「二倍か。それは、なかなか苦労したのではないか?」

「お館さまが参列され、お嬢さまがご出演される舞台です。あらゆる苦労は、苦労にはなりません」

その返しに、ビルケットは意味深にしばらく黙った。

「どうかしましたか?」

「気にするな。ただ、私の執事人生最大の功績は、あの日鵜飼いどものところでお前をみつけたことかもしれないと、ふとそう思っただけだ」

「ご冗談を。先代さまの時代から御家に仕えたあなたが、なにをおっしゃいますか」

「私の働きなどたいしたことではない。少なくとも、この偉大都市《いだいとし》でもっとも多忙な職に就きながら、それでいて自分の使命も忘れたことがないお前に比べたら、じつに些細《ささい》な仕事しかしてこなかったようなものだ、星の夜よ」

シーリオはどう返そうか迷ったが、結局、頭を軽く下げて応えるだけに留めた。

静かなエンジン音を鳴らしながら、車が夜の道を走りゆく。


——シーリオ・ナハトという名の粛清官《しゅくせいかん》には、ひとつだけ侵している罪がある。

それは、連盟内機密保持法の違反だ。つまるところ、一種のスパイ行為である。

自身の出自《ルーツ》を盟主シュテルン家の内部に持つシーリオは、粛清官という特別な地位に就くことで得られる情報から、同家にとって重要なものを見極めて秘密裏に報告する習慣があった。

こうした違反行為に、シーリオは罪悪感を抱いたことはない。

それは、これが利敵行為ではないという理由ばかりではない。

これが、当然の義務だからだ。粛清官である以前に、自分は同家の剣であるのだから。

そう——星の夜としての役割を、シーリオはいまだ忘れたことはない。

「さて、御家の現状を伝えておくとしよう」

車は中央街の方面に向かっている。ビルケットを降ろすのは、もう少し先のポイントだ。そこまでの時間は、両者の情報交換に使われることになっていた。

「まず、お館さまのご体調の件だが、あいかわらず芳しくない。不眠症は加速するばかりだ。主治医は安静に過ごしていればいずれ治ると言っているが、このところますます悪化された」

ビルケットの話に、シーリオは運転しながら耳を傾ける。

「偉大都市の医療技術もまだまだと言わざるを得ぬな。肉体治療の対処療法には優れるが、心因性由来にはとことん弱いときている。メティクル社の塵工《じんこう》服薬もいくつか取り寄せたが、ほとんどのものは一時しのぎにもなりはせぬ」

「以前話していた、セラピーの砂塵《さじん》能力者とやらは？」

「あれも効果があったとは言えぬな。お館さまのことだ、ああいった手合いにはあまりお心を開かれないだろうから、そう驚くこともないが」

その意見にはシーリオも同意する。対象の精神を癒す能力を持つと自称する者の多くは、クライアントのほうにも治療に向けた相応の努力を促すものだ。しかしいくら心身が弱ろうとも、自分たちの主人がそうした者たちに心を許し、弱みを明かすことはないだろう。

「お前からみて、どうだ。リオ」

「どう、とは？」

「本部でお館さまの姿をおみかけする機会はあるだろう。ご体調はどのように映っている」

「私は盟主の方々ときちんと対面する機会には、まだあまり恵まれておりません。が、以前、本部でおみかけした際は大きく変わったご様子ではありませんでした」

今や警弐級《けいにきゅう》位であるシーリオにとっても、連盟盟主とは依然として雲のうえの存在だ。職務上必要があって対面したのは去年の獣人事件を請け負っていたときがほとんど初めてだったが、そのときにはクルトは円卓を欠席しており、まみえることはなかった。

一瞬、会話が途絶える。

フロントガラスに広がる夜の街並みに、シーリオはふと、自分がはじめて当主と出会った日に、彼が着ていた漆黒の衣装を想起した。

あの当時は、だれよりも威風堂々とした佇《たたず》まいだった。それが今や心労がたたり、すっかりやせ細ってしまっているという。

「リオ、お前の意見が聞きたい。お館さまの抱える問題に、解決策はあると思うか」

「策はあるでしょう。ですがそれを口にするのは、御家への無礼に値します」

「なにを言うか。お前の言葉がシュテルン家を心配するからこそ出るものだということは、私にはよくわかっているつもりだ。なんであれ、率直な意見を言うといい」

シーリオはしばしの黙考を挟んでから、こう答えた。

「実娘のノエルさまが歌手活動をおやめになり、どこか良家の子息とご結婚され、御家の跡取りをその目でみていただくことです」

「……私が聞いたのは、それ以外の方策のつもりだったのだがな」

相手はあきれたようだったが、シーリオは至って大真面目のつもりだった。

「実際のところ、そちらの件はどうなのですか」

「まったくの平行線だ。ノエルお嬢さまには依然としてご結婚される気も、芸能界を引退される気もない。つまり、お世継ぎの問題にはまだまだ進展はみられぬ」

シュテルン家の問題は明白だ。

今、ふたりの親子は冷戦関係にある。互いの言い分に歩み寄るつもりは毛頭なく、シュテルンの本家は完全に分断してしまっているとのことだった。

*

事の発端は、ずっと前にさかのぼる。

当主クルト・シュテルンの最大の関心事は、今も昔もみずからの家の行く末だけだった。

彼は心の底から、シュテルン家の栄華が永遠に、綿々と続いていくことを望んでいる。そして若いころから、そのための努力を怠ることはなかった。

シュテルン家の伝統である浄化の砂塵《さじん》能力を継いだクルトは、生まれの良さにかまけることなく、知識を蓄え、よく研鑽を積み、連盟企業の長として舵を取ってきた。

クルトの立てた功績は著しかった。シュテルン社の役割は、おもに貯水や治水、水道業をはじめとする偉大都市《いだいとし》の生活基盤《インフラ》の保証だ。その性質上、安定しているかわりに成長の余地はあまり残されていないと思われていた同社を、クルトは自分の代で大きく飛躍させた。

当時まだブルーオーシャンであった偉大都市の外部資本に目をつけたクルトは、自分たちの用意する良質な水と製作技術を都市外へと輸出し、そのリターンとして、多くの塵工物《じんこうぶつ》や有用な砂塵《さじん》能力者を社内に採りこんだ。

そうして得た利益を専門外の分野に売却、あるいは貸与することで資金を集め、偉大都市じゅうの生活基盤の強化に還元した。

現在の偉大都市の、この砂塵渦巻く世界とは思えないほどの実生活の快適ぶりは、多くがクルト・シュテルンの手によってもたらされたといっても過言ではない。

そのようにして、クルトの当主としての人生は順風満帆に進んでいるはずだった。

彼の家族に不幸が起きて、跡継ぎの問題が生じるまでは。

――いったい、どの子どもに家督を継がせるか。

この問題は、おそらく偉大都市の内外を問わずして、世界に共通する明確な基準がある。

それはひとえに、正統な砂塵能力を継いだ子であるかどうかだ。男であるか女であるか、長男であるか次男であるかなどは、塵禍《じんか》以降の世界にとってはごく些細《ささい》な違いにすぎない。

それは歴史的な側面からみれば、当たり前ともいえる話だった。

偉大都市において近代革命が起こる以前は、特別な砂塵能力者たちが人々を生かしていた。機械工業化が進んだ今でも、砂塵能力に依存した事業をおこなう家はけして少なくない。それほどまでに、能力を基盤とした商いには、独特かつ唯一無二の価値があるものだ。

シュテルン社の例でいえば、水質の保証はとっくに科学技術が肩代わりしている。裏を返せば、当主が砂塵能力を継ぐかどうかはもはや飾りであり、実質的な意味はほとんど持たない。が、クルトにとっては、その飾りこそが肝要なのだった。

クルトが後継として認めるのは、自分と同じ浄化の砂塵能力を持つ者だけだ。

子が親と同じ砂塵能力を持つ確率は、統計では三十パーセントに満たないと言われている。その狭くはないが広いとも言えない関門を、クルトの子はきちんと突破した。

長子ダフィット・シュテルンは、五歳の時分には砂塵能力を開花させ、伝統たる浄化の砂塵能力の継承をたしかに証明してみせたという。

だが、彼が当主の座を継ぐことはなかった。

偉大都市がどれだけ発達しようとも免れることのできない病、砂塵障害によって、大切な伝統を継いだ息子はあえなく逝《い》ってしまったからだ。

シーリオが写真でしか知らない奥さまは、ふたりめの子どもを産んだ際に衰弱し、その後まもなく世を去ったという。

彼に残されたのは、妻と同じ巴旦杏《はたんきょう》のかたちの瞳《ひとみ》を持つ末娘、ノエルだけとなった。

クルトは残った娘を大切に――いささか過剰といえるほど大切に――屋敷のなかで育てた。

だれもあえて口にすることはなかったが、クルトが娘に期待していたのが、いずれ彼女から再誕するはずの新たなシュテルン家の未来であることはあきらかだった。

このままノエルが健やかに育ち、すべての事柄が万全に進めば、シュテルンの本家は依然として支障なく、後世へと紡がれていくはずだった。

だが、いざノエルが女学園を卒業し、いつでも立派に花婿を取れる年齢になって、とある予想外の問題が起きた。

それは見合いをいやがる程度の話ではなかった。

彼女は、歌手になりたがったのだ。

*

「ノエルお嬢さまが屋敷を出て行かれてから、もうしばらく経つか。あのときの騒ぎは、まったく今思い返しても肝が冷える」

同家でいちばんの古株であるビルケットは、これまで屋敷で起きたありとあらゆるトラブルを解決してきた。そんな彼からしても特筆すべき事件として記憶されているのが、ノエルが家出騒動を起こしたときだったという。

ある日突然歌手になると宣言したノエルと、それを言語道断であるとして突っぱねたクルトの直接対決は、すぐに休戦を迎えた。その日の明け方に、ノエルが屋敷を出て行ったからだ。

そして今、彼女は夢を叶えている。

それも、ただの一歌手としてではない。今やこの都市にノエル・シュテルンの名を知らぬ者はいないといっても過言ではないほどの、いわばスターになってしまったのだ。

それこそ、周年式典の特別ゲストとして呼ばれるほどの大物芸能人に。

ノエルがトップアイドルになるまでの紆余曲折《うよきょくせつ》は、シーリオも又聞きであり、詳しい事情まではわからない。だが、いつ聞いても信じられない反面、ふしぎと納得するところもあった。

歌を聴くことも、自身が歌うことも大好きだった、年下のあるじ。彼女が夢をみつけ、それをみごとに叶えたという事実を、間違いなくシーリオのひとつの面は喜ばしく思っている。

だがそれは、自分が忠誠を誓った当主の意向には反するものなのだ。

(これほど単純にして複雑な話も、そうはないだろう……)

嘆息とも取れる深い息を、シーリオは運転席で吐いた。

「今夜、ひさかたぶりにノエルお嬢さまは本邸にお戻りになる予定だ。お館さまが晩餐《ばんさん》の場にお呼びつけしたのだ。しかし果たして、どうなることやら」

「またおふたりの確執が深まると？　執事長」

「これまでどおりなら、おそらくそうなるだろう」

ビルケットもまた、深く息をつく。

「ノエルお嬢さまは、ご立派に成長なされた。お嬢さまの芯の強さは、亡くなった奥さまにもなかったものだ。もっとも、彼女のお人柄は、お前のほうこそよくわかるかもしれぬが」

その言葉を受けて、シーリオは去る日の光景を思い出した。

シュテルン家の屋敷を出て行ったときのことは、いつまでも忘れることがないだろう。

門から振り向いたとき、屋敷の窓越しにみえた、あの大粒の涙。

彼女のわがままを聞いてあげられなかったのは、あれが最初で最後だ。

「む。そろそろか」

車がいつもの降車ポイントに到着する。

ビルケットはシートベルトをはずすと、降車の支度をした。

「ともあれ、ノエルさまのことも、お館さまのご心労の件も、当面は致し方ないことだ。目先の課題は、とにもかくにも来週の周年式典を無事に終えることであろう」

「ええ。かならずや役目をまっとうすると約束します、執事長」

「最後にひとつ、お前に言っておきたいことがある」

ビルケットがマスクを取るように仕草した。

シーリオは白面のマスクをはずした。生来の近視のせいで厳しい印象を人に与える鋭い目の下には、連日の勤務が祟《たた》ってか、濃い影ができている。

ビルケットはその隈《くま》をしばらく眺めると、しかと目を合わせ、こう口にした。

「リオ。私はもう、長くない」

「……執事長」

「寿命が、という話ではない。自分の役割の話だ。私は、とうに現役とは呼べぬ身だ。お前に夜の座を渡してから十年、あらゆる点で、みずからの能力の限界を感じている。これは弱音ではなく、客観的な事実のつもりだ。だれがどうみても、今の私はただの老いぼれであろう？」

そう語るビルケットの見た目は、たしかに自分が屋敷にいたころとは別人のようだった。姿勢こそいいが、服の上からでもわかるほどに筋肉が衰え、その目は落ちくぼんでいる。

「今だからこそ明かすが、お館さまがお前を連盟の内部に忍ばせるとおっしゃったとき、私は諸手《もろて》をあげて賛成したわけではなかった。お前のような有能な男は、外に出すよりも傍《そば》に置いておいたほうが、なにかと益があると思ったからだ。だが、今は少し考えが異なる」

「考え、ですか？」

「そうだ。昨今の偉大都市《いだいとし》は、異常だ。この状勢の不安定な街で、お館さまがお前を粛清官《しゆくせいかん》に据えたのは、やはり先見の明がおありだったように思う。だが同時に、お前の後釜となれるような優れた従者がみつからなかったのも、また事実だ。私の言っている意味はわかるな？リオ。今では、屋敷は十全に守られているとは言えぬのだ。それを、肝に銘じておいてくれ」

その言葉は、ある種の懺悔《ざんげ》であるかのようにシーリオには聞こえた。長く屋敷を守ってきた男が、もう自分には相応の役割が果たせなくなったことを、恥じつつも正直に告白している。

そして彼が本心を明かし、物を頼めるのは、今や自分しかいないのだ。

当代の夜である、自分しか。

「ご安心ください、執事長。引き続き、私は私の使命をこなします。この先何年粛清官《しゅくせいかん》を務めることになろうとも、御家へのご恩を忘れることは断じてありえませんから」

その返事に満足したか、ビルケットは神妙そうにうなずくと、スペアマスクを装着した。

「――ミラー家当主殺人事件」

と、出て行く前に突然、ビルケットが口にした。

「まさしく震撼《しんかん》であったな。お館さまが今のようなご様子になられたのも、思えば三年前のあの事件からだった」

「……。」

「当主の座には、つねに危険がつきまとう。お前が先の言葉を誓約できるというのなら、もはや私に言うべきことはなにもない」

最後に、ビルケットはこう結んだ。

このさきも、ゆめゆめ忘れることなかれよ。

夜とは、星を輝かせるためだけにあるということを――

執事長と別れたあとも、シーリオはすぐに車を出しはしなかった。

きょうはまだ、本部に戻ったあとで部下たちとの軽いミーティングがある。

それでも二、三分は休む時間があるだろう。

シーリオはスーツの懐から煙草を取り出すと、その先端に火を点けた。

わずかな休憩時間を、塵工嗜好品《じんこうしこうひん》がもたらす微細な酩酊《めいてい》感とともに過ごすことにする。

（……中央連盟盟主、か）

二百年以上前のこと、〈Dの一団〉と呼ばれる者たちが、この土地をおとずれた。

すさまじく有能で、極めて稀有《けう》な砂塵《さじん》能力を持っていた彼らは、旧文明の大都市の跡地であるこの一帯を開拓した。

彼らの尽力が、生活基盤を作り、軍隊を組織し、信用のある紙幣を刷り、強い法を生んだ。

そのすえに結成されたのが、今の中央連盟だ。

中央連盟は、一団の結託を体現するものだ。各家が力を持てば、いずれ内部分裂を招く。ゆえに盟主たちは、中央連盟という大きな箱のなかで、一蓮托生の身となることを誓った。

各家が、使用人という名目で砂塵能力者に身辺警護させることは問題ない。だが個人が明確な軍隊や機動部隊を所有することは、盟主たち自身の制定した法で禁じられている。なにより、私情をもって連盟の軍事力に関与することも、またタブーとされている。

みなが団結したがゆえに、それぞれに対する守りの浅くなった盾。それが中央連盟であるという見方は可能であるし、現に、シュテルン家の当主は現状をそう認めた。

だからこそ、シーリオという駒が送りこまれたのだ。シュテルン家のことをなによりも念頭に置いて動く、連盟内部の影の兵士として。

そうした事情から、シーリオはこうして日陰者のようなかたちでしか古巣の者と会うことはできない。無論、シュテルン家の者と公に会うことも、その痕跡《こんせき》を残すこともできない。

今、シーリオは思う。

わがあるじの心労は、果たしてシュテルン家の未来を憂うばかりが理由なのだろうかと。

いや、そうではないはずだと考える。

シュテルン家には——盟主の家には、宝があるからだ。

けしてだれにも奪われてはならない、かつて楽園にて神が守ろうとした特別な果実が。

3

神をみた——。

男はそう思った。あるいは女神か、もしくは天女か。いや、そんなことはどうでもいい。

なんだっていい。目の前の女性が放つ魅力は、およそ人智を超えている。だからそれを形容する言葉がなんであっても、たいして違いはないように思えた。

会場は完全に熱狂している。ライブホールに集まった大勢の観客たちは一体と化して、舞台《ステージ》のうえで歌っているアイドルに――歌姫の姿に――魅入られ、共鳴していた。

それは男も例外ではなかった。彼は今、素顔も知らない男性ふたりと肩を組み、まだ覚えきっていない歌詞をうろ覚えで口ずさみながら、波のように左右へと揺れている。

その揺れが彼の内臓を、音が蝸牛《かぎゅう》を震えさせて、飲酒でも性交でも経験したことのない、得もいわれぬ強烈な陶酔を全身に与えていた。

きっかけは、職場の同僚たちだった。まるでタチの悪い伝染病のように、ひとり、またひとりと歌姫の虜になっていくさまを、正直はじめは気味悪く思った。

そりゃ、見た目はかわいいとは思う。看板、ポスター、街頭の電子モニター、雑誌の表紙。今の偉大都市《いだいとし》では、どこへ出かけようとも彼女の顔をみない日はない。

ただ、そうはいっても十代二十代の若い女だ。自分のような大人がハマるのは、ロリコンっぽい。そう自分を律して、歌姫が水色の髪を掻《か》きあげる塵工《じんこう》染毛剤のＣＭから目を離した。

それでも、友だちに強引にライブに誘われたときには、とうとう誘惑に負けてしまった。

「いいダフ屋と知り合ったんだ。いいからお前も来いよ。最高だぜ――」

そうして向かったのが、本日のライブ会場だった。物見遊山のような気持ちでやってきた彼は、曲がはじまると同時、これまでの自分を恥じた。

ノエル・シュテルン……いや、ノエルさま、と男は思う。これまで彼女の存在を知りながらライブに足を運ばなかったなんて、自分はなんという大間抜けだったのだろう。

麗しい容姿、愛嬌《あいきょう》のある性格、豊かな表情。

なにより、こんなにも心を震わせてくれる歌声！

最後の一曲が終わって、退場を願うアナウンスが鳴っているあいだも、男は多幸感に包まれていた。ライブは終わってしまったが、かなしくはなかった。だって生きてさえいれば、また彼女の歌を聴きにくることができるのだから。

観賞に夢中になりすぎたか、いつのまにか失くしていたネクタイを探すことさえせず、男はよろよろとした足取りでライブホールから出て行った。

＊

全身が燃えるような感覚だった。身体の外部の湿気と、内部の熱気が、自分と世界の境界で混ざり合い、呼吸さえも困難であると錯覚してしまうような、そんな極めて強い負荷状態。

それでいて、けして気分は悪くない。むしろ逆で、どこまでも昂揚《こうよう》していた。自分でも制御できないほどに、身体じゅうにエネルギーが満ち溢《あふ》れ、強く滾っている。

彼女は、この先の顚末《てんまつ》をよく知っている。あと少しすれば、この身体の火照りは消えていく。

かわりに、燃え盛った分の代償を払うかのように、強烈な冷気と疲労感が迫りくるのだ。

背後からは、二度めのアンコールを望む声が響いていた。ファンの声に背を向けてステージを去るのは、いつでも心苦しいものだった。だが会場の都合も、酷使した喉《のど》の状態も、黒晶《こくしょう》器官《きかん》の稼働限界時間も、そのどれもが、自分にこれ以上のパフォーマンスを許してはくれない。

舞台裏から楽屋へと引っこんでいく彼女を、会場のスタッフが拍手で迎えた。

「お疲れさまでした！　こちら、タオルです！」

「きょうもすばらしかったです！」

「わたし、感動しました！」

ぺこぺこと頭を下げながら、彼女はスタッフたちの列を通り過ぎていく。手渡されたタオルで首元を拭《ぬぐ》いながら、一目散に専用の楽屋へと戻る。

個室に入ると、すぐに仮面をはずした。

舞台用マスクの下から、水色のミディアムヘアをした女の顔があらわれる。

「お疲れさま、ノエル」

楽屋では、いつものようにマネージャーが迎えてくれていた。

自分が芸能界入りしてから今まで、ずっとめんどうをみてくれている年上の女性だ。

手渡された栄養ドリンクをひと口含んでから、ようやくノエル・シュテルンは脱力して、大きく息をついた。

「きょうも最高のパフォーマンスだったわよ、ノエル」

「ありがとうございます、クオコさん」

ノエルはリラクゼーションチェアに座りながら、首元にマッサージを受けている。

専属マネージャーであるクオコ・レイの手つきは、毎度のことながら手慣れていた。彼女は、ノエルの首から肩にかけて、丁寧に塵工《じんこう》製のオイルを塗りながら話した。

「惜しむべくは、わたしはもう直接あなたの歌声を聴けなくなってしまったことね。どうしても気分が昂《たかぶ》ってしまって、こうしてライブ後に満足なケアをすることができなくなるもの」

「そ、そんなにですか？」

「ええ。あなたをみていると、いったいどこまであがっていけるのかと楽しみになるわ。きっと、今に伝説のマドンナ・レフューを超えるに違いないわね」

「そ、そんな。マドンナを超えるだなんて、わたしには畏《おそ》れ多いですっ……」

委縮するノエルに、マネージャーはくすりと笑った。

「そうだった、あなたはマドンナの大ファンだったわね。でも、誇張でもなんでもないわ。彼女はすばらしい歌手だったけれど、あなたにはそれ以上の特別があるもの――さ、起きて」

マッサージが終わって、ノエルは半身を起こした。目の前に、一本の瓶《びん》が置いてあった。喉《のど》に効くという塵工薬液だ。とても苦い飲み薬だが、これ以上はないという代物なので、がまんして飲み干す。これで、一連のアフターケアは終わりだ。

作業を終えたクオコが、手元を拭きながら言う。

「そうだった。ノエル、来週の周年式典ライブにかんして、細かい詰めの部分でいくつか確認しておきたいことがあるのだけど」

びくっ、とノエルはその単語に反応してしまった。

相手はそれに気づかずに、手元のスケジュール帳をみながら続けた。

「今夜は、このあと用事があるのだったわよね？　予定としては、あすのどこかのタイミングで時間を取ることもできるけど、今のうちに簡単に済ませてもいいわ。どうする？」

「……えっと。それなら、あしたでお願いできますか？」

「そうよね。ただでさえ、今は疲れているものね。では、その件はまたあすということで」

クオコはまじめな顔で手帳になにかを書きこむと、一転、優しげな微笑《ほほえ》みを向けてきた。

「それにしても、本当に楽しみね」

「え？」

「周年式典よ。これまでとは違って、つぎのライブはあなたのファン以外にもたくさんの人が観賞することになる。本当の意味で、この偉大都市《いだいとし》という街に認められることになるのよ。それになにより、あなたの悲願でもあったじゃない。きっと、最高の舞台になるに違いないわ」

「は、はい。ありがとうございます……がんばります」

「じゃ、私は少し電話をかけてくるわね。迎えの車が来たら報《しら》せるから、準備をしておいて」

そう残して、マネージャーが扉を開けたときだった。

「ちわーす、おつかれーす。ノエっちいますー？」

陽気な声で挨拶《あいさつ》しながら、ひとりの女性が入れ違いで入ってきた。彼女はノエルの姿をみつけると、ぶんぶんと大きく手を振った。

「あ、いたいた。ノエっち、おつー！」

「サリサちゃん。お、おつー、です」

「ウケる。だから、ですはいらないんだってば」

マネージャーが、彼女を注意した。

「サリサさん。いつも言っていますが、断りをとってから部屋に入るように。まちがっても歌姫に失礼がないよう、よく気をつけてください」

「えー。べつにいーじゃないっすか、ダチなんだから」

「たとえご友人でも、です」

「はぁい、つぎから気をつけまーす」

いかにも軽い調子で謝る相手に、クオコはわざとらしくため息をつくと「彼女はお疲れですから、あまり長居しないように」と言い残して出て行った。

廊下の足音が遠ざかると、彼女は首を傾げて言った。

「べつにいーじゃんね？　当のノエっちがいいってゆってんだし、マネだからって管理しすぎはどーかと思うけどなー」

「そう言わないであげて、サリサちゃん。クオコさん、わたしを気遣ってくれているだけだから」

　彼女の名は、サリサ・リンドールという。職業はダンサーで、ノエルの舞台には常連の演者だ。天然ものの小麦色の肌と、ギラギラと光る金髪が特徴的な、ハデな外見の女性だ。

　サリサのほうはとっくに着替えが終わったらしく、偉大都市《いだいとし》のファッション用語でオーフィフ系と呼ばれる、ラフな服装に身を包んでいた。

「や〜、にしてもきょうもハードだったね。ノエっちも後半、いつもより疲れてたっしょ？」

「え？　そうだけど、どうしてわかるの？」

「そりゃもー、いつもばっちしうしろからみてっかんね。ノエっちのステップがちょっち遅れぎみなのも、声のトーンがいつもより低めなのも、あーしにはお見通しってわけ」

「そうなんだ。クオコさんには、なにも言われなかったんだけどな」

「マネよりもダチのがよくみてるってことよ。へへ、いえ〜」

　サリサが握りこぶしを向けてくる。きょとんと首をかしげたノエルは、すぐにハッと思い出して自分も拳《こぶし》を向けた。コツンと当てると、ばらばらと指が崩れるジェスチャーをする。

「やった、できたっ。これでサリサちゃんのいっているギャル道、クリアですか？」

「こんなんで喜んでるのウケる。いやもー、ぜんぜんよ？　ゆっとくけどこれレベル1だかんね。もっとすげーのあっから。ノエっちが絶対ついていけんヤツ」

「ええっ。き、厳しいのね、ギャル道は」

「そーそー。まー、そのかわりにノエっちは清楚道を極めてっからいいんだけどねー」

八重歯の覗《のぞ》く無邪気な笑顔に、きれいなひとだな、とノエルは素直に思う。彼女なら当人もアイドルとして売り出していけるだろうに、サリサは現状で満足しているとのことだった。

「で、実際どーなん？　ノエっち」

「え？」

「だからー、ノエっち、きょうは普段とちょい違ったから、なんか心配事でもあんのかなー、つらたんなんかなーと思って、こうして話を聞きに来ちゃったんだけど……そこんとこどーなん？　ひょっとして、またパパっちと喧嘩《けんか》でもしちゃったん？」

（そっか。サリサちゃん、わざわざ心配して来てくれたんだ……）

そう気づいて、ノエルは礼を言った。

「ありがとう、サリサちゃん。でも、そんなにたいしたことではないの。ただ、次のライブのことがほんの少し気がかりなだけだから」

「次ってゆーと、周年式典ライブのこと？」

「うん。なんというか、こんなに緊張するのってはじめてだから、それでちょっとだけ、ね」

すると、サリサは「へえ」と、なぜか感心するように目を丸めた。

「そーなんだ、ノエっちでも緊張とかすんだ。めっちゃ意外、いっつも超余裕そーなのに」

「そんなことないよ！　むしろ、いつもライブ前ってすごく緊張しちゃうの。でも、そういうのってだいたい直前で、こうして何日も前から心配になることってあまりなかったから」

「まあでも、それはフツーに当たり前じゃね？　なんたって次はマジ特別じゃん。ファン以外もたくさん来るし、中央連盟のエラい人とかも来るわけだしさ」

「えっと、それもあるとは思うんだけど……たぶん、それだけじゃない、っていうか……」

どう説明すればいいかわからなくて、ノエルは言いよどんだ。そこに事情を感じたか、サリサは椅子《いす》パイプを引っ張ってくると、ノエルの前に座った。

「なになに、話してみ」

「ごめんね、サリサちゃん。それなら、ちょっとだけ聞いてくれる？」

「もち！　いいに決まってんでしょ。どしたん？」

「……あのね、次のライブは、わたしにとって本当に大きな区切りになると思うの。なんというか、ひとつのゴールって言ってもいいのかな」

「ゴール？」

「うん。周年式典みたいな大きなステージで歌うのは、はじめからわたしの目標だったの。それこそ、デビューする前からのね——」

ノエルが初めてステージの上に立ってから、すでに一年半以上が経過している。いつか歌手になるという目標を抱いてからという話なら、それよりもずっと前のことになるが。

遅れて入学した女学園の高等部を卒業し、いざ心の準備が整うと、ノエルは自分のやりたいことを、父クルト・シュテルンに明かした。

ノエルの宣言に、彼は自分の耳を疑ったようだった。

あの寡黙な性格の父が声を荒らげてまで反対してきたのは、ノエルの想像の範ちゅうだった。わかってもらえるはずがないことは、よくわかっていた。

だからこそノエルはうろたえずに、事前にこっそり用意していた家出用のバッグを抱えて、まるで夜逃げでもするかのように屋敷を出た。

ノエルが向かった先は、さまざまな企業の集まるビジネス街だった。

大手から弱小まで含めて、偉大都市《いだいとし》には多くの芸能事務所が偏在している。ノエルはあらかじめリストアップしていた事務所の扉を、片っ端からノックすることにした。

アポも取らない飛び入りだ。面接の場でみずからの名を明かすと、ほとんどの採用者は驚きに飛び上がった。かの連盟盟主の娘が突然たずねてくるとは、夢にも思わなかったのだろう。

「し、少々お待ちください――」

とある大手事務所の担当者は、裏でシュテルン社に連絡を取りに行ったようだった。

多くの事務所が、連盟企業をスポンサーに持っている。どう考えても、現場の者だけで判断していい事柄のはずがない。情報はすぐさま伝播《でんぱ》して、クルトの耳にまで届いた。

シュテルン家がよこしてきた返事は、ごく簡潔だった。

「娘を受け入れることは許さない」。それともうひとつ、「すぐに迎えをよこすからその場に留めておくように」だ。

だが担当者が戻ったころには、事態を察したノエルは早くも事務所から抜け出していた。

そうした事務所の応対も、ノエルには想定済みだった。

自分は、ただの箱入り娘以上の存在だ。まさしく、鳥かごのなかの鳥のようなもの。自由な行動はほとんど許されておらず、なにをやるのにも制限される。

学園を出た今、父が自分に望んでいるのは、一にも二にも結婚だ。そして自分に、伝統の砂《さ》塵《じん》能力を継いだ、健康な子どもを産んでもらうことだけだ。

でもそんなのは、とノエルは思う。

（そんなのは、そんなのだけは、ぜったいにごめんなんだから……！）

ノエルは意志を強く持ち、次の事務所をたずねた。結果は同じ。その次の事務所も、そのまた次も同じだった。どこも、シュテルン家のひとり娘を受け入れてはくれない。

最後の大手事務所の入り口には、とうとうシュテルン家の者が待ち伏せをしていて、ノエルは急いでその場から走り去った。

そこまでやるのかという驚きがあったが、それでもノエルは諦《あきら》めなかった。

最後の最後に、ノエルは名前も聞いたことのないような弱小事務所の前に立っていた。

場所は八番街のはずれにあるさびれたビルで、周囲はどことなく物騒であるようだった。考えてみればまともに中央街を出るのさえ初めてだったノエルは、緊張しながら戸を叩《たた》いた。

ここでも断られたら、いっそのこと路上で歌いはじめるつもりだった。

面接をしてくれたクオコ・レイという利発そうな女性は、例に漏れず驚いたようだった。

「すみません。ちょっと理解が追いつかないのですが、あなたは、あの連盟盟主であるクルト・シュテルン氏の、じつの娘さんであると」

「はい」

「それで、歌手になりたくてわれわれの事務所をたずねてこられたと」

「はい」

「……確認したいのですが、おひとりでここまで来られたということは、あなたの活動にシュテルン氏は反対されていると解釈して差し支えありませんか?」

「……はい」

ノエルは、すべての質問に正直に答えた。相手の顔色をうかがうと、いったいどう断ったものかと思案しているのが伝わってきて、あわててこう口にした。

「あの！　もしよろしければ、わたしの歌を聴いてから判断していただけませんか！　一曲だけでいいんです。それでお眼鏡にかなわないようでしたら、おとなしく帰りますから……っ」

ダメ元の提案だったが、それが契機となった。

ノエルの歌を聴いて考えを一変させたらしいクオコは、事務所の奥にある社長室に飛ぶように向かうと、ノエルのプロデュースをさせてほしいと直談判した。

ノエルにとって運がよかったのは、いかにも柔和そうな顔をした初老の社長が、いわゆる連盟派に属する労働者ではなかったことだろう。ノエルを受け入れることでシュテルン社からどのような圧力がかかるかはわからないが、彼は、

「よいではありませんか。どのみち、あすもわからぬような零細事務所です。わたしどものところでよければ、ぜひマイクを握っていただきましょう」

とまで言ってくれたのだった。

そうして、ノエルの所属事務所が決定した。

ノエルのデビューは、いかにも場末といった見た目の小さな箱でおこなわれた。お世辞にも高級とは言えないが、それでもかわいいデザインの特注衣装を作ってもらったノエルは、ほかの出演者のバンドメンバーたちが騒いでいる舞台裏の片隅で、クオコにこうたずねた。

「あの、クオコさん。笑わないで聞いてくれますか？」

「どうしたの？」

「わたしは、有名になりたいんです。いつか、この偉大都市《いだいとし》でいちばん大きな舞台で歌って、

都市じゅうに……いえ、大陸じゅうにわたしの名が知れ渡るくらい、有名に……。その夢は、いつの日か実現できるでしょうか？」

クオコは笑わなかった。ノエルの緊張を察してか、その肩にしかと手を置くと、真剣な眼差《まなざ》しでうなずいた。

「あなたならできるわ。だいじょうぶ、私はもう確信しているの。あなたは間違いなく、一世を風靡《ふうび》する新時代のアイドルになる。だって、あなたの歌には力があるのだもの。だれにも負けない、特別な力が。──そう、あなたの伝説はここからはじまるのよ、ノエル」

力強く送り出されたノエルは、震える足で舞台まで歩き、そこで一生懸命に歌った。

果たして結果はどうなったか？

その日のライブハウスに居合わせた四十一人の客は、全員がノエルの歌に度肝を抜かれた。客だけではなく、スタッフやほかの出演者までもが全員ノエルのファンクラブに加入して、次のライブにもかならず来ると口を揃《そろ》えて言い、そして有言実行してくれた。

はじめの何回かは、ノエルは小さな会場で歌った。

そのたびに九割を超える客がリピーターと化したため、すぐに会場は倍のサイズになった。

かくして、ノエルの歌手道は堂々と幕を開けたのだった。

＊

「そーなんだ。ノエっち、ずっと周年式典ライブが目標だったんだ。知らなかったな」

サリサが、意外そうに口にした。

「それってやっぱり、ノエっちの好きなマドンナも出演したから？　たしかマドンナって路上で歌い始めて、最後には連盟のイベントに呼ばれるようになったんだよね」

「ええと、うん。まあ、そんなところかな……」

ノエルはそう答えておいたが、実際には、マドンナは関係なかった。もっと個人的で、どうしたって譲れない理由のせいで、ノエルはこの世界で勝負しなければならないのだ。

だが、その真相だけは胸の奥底にしまっていて、だれにも語ることはなかった。

「……ノエっち、それ」

サリサに指をさされて、ノエルは自分の足がカタカタと震えているのに気がついた。椅子《いす》の下に急いで隠すと、えへへ、と照れ隠しをする。

「情けないよね。いちばんの目標が目前なのに、足が竦《すく》んじゃうなんて。本当、ダメだなぁ、わたし。いつまで経っても意気地なしのままで、自分がいやになっちゃう」

空気が重くなったことを察して、ノエルはそうして自分を茶化してみせた。

が、サリサは「は？」と眉《まゆ》を吊り上げると、

「いや、ぜんっぜん情けなくなんかないっしょ。てか、むしろ逆だから！　こわいのは、ノエ

っちが立ち向かおうとしてっからじゃん。そやって自分サゲんのだけはダメだよ！」

めずらしく真剣な表情で、サリサはこちらを一直線にみつめて言った。

「あのさ、聞いて？　あー しはただのバックダンサーだし、まあ、ゆうなら裏方だし？　だからノエっちの悩みは、ガチのレベルではわかってあげられないと思うんだよね。でもね、それでも自信持ってゆえることはあるよ。それはね、ノエっちは本物のアイドルだってこと！」

「ほ、本物、ですか？」

「そ！　ノエっちは本人だからわかんないかもだけど、みる側からするとね、本物とそれ以外の違いって、一目瞭然なんだよ！　ノエっちはガチでまぶしーくらい輝いてる本物だからこわがることないし、いつもどおりやればぜったいに大丈夫だって！　あーしが保証する！」

そこでサリサは、いつの間にか自分がノエルの両肩を摑《つか》んでいたことに気づくと、ぱっと手を離した。

「あいや、ゴメン。冷静に考えて、べつに緊張がほぐれる話にはなってなかったわ。ただの根性論じゃんね、今のだと。てか、むしろ逆にプレッシャーになっちゃった？」

「ううん、そんなことないよ。最終的には、わたしがどうにかしないといけない話だし。それに、そう言ってくれて嬉《うれ》しかったよ」

ノエルには、業界の友だちが少ない。生まれの家のこともあり、周囲から敬遠されがちなノエルに、サリサだけは向こうからフランクに話しかけにきてくれたのだった。

「んー。にしても緊張、緊張ねー。あ！ 昔いっしょに仕事したアガリ症の人が、なんか対策になるってクスリ飲んでた気がする！ かわりに頭がぼんやりするともゆってたけど」

「そ、それは遠慮しておこうかな……」

たはは、とノエルは苦笑したとき、ノックがあった。扉越しに「お迎えがきたわよ、ノエル」とマネージャーの声がする。

「あ、いけない、もう行かないと。ごめんね、サリサちゃん。せっかく来てもらったのに、あわただしくて」

「いーよー、あーしがきゅうに来たんだし」

「そうだ。よければ、サリサちゃんも乗っていく？ 途中、どこでも降ろすから。最近また物騒な事件が起きているみたいだから、女の子のひとり歩きは避けないと」

「えー、あんがとー。でもだいじょぶ！ あーしも今夜は迎えがあるから！ コレの」

サリサが親指を立てる。その意味がわからなくて、ノエルは首を傾げた。

「おおっと、ピュアピュアアイドルのノエっちにはわからんちんかなー？」

「わ、わからんちんかもです……。なぁに？ サリサちゃん」

にやりといたずらに笑うと、サリサはノエルの耳元まで口を近づけて、

「男だよん、お・と・こ。お泊まりってこーと♡」

「え!? え、え、ええ――――っっ！」

「わお、お顔が真っ赤！　んー、やっぱお嬢様っぷりが違うわー、ノエっちは」

「で、でもでも、サリサちゃん、お付き合いしている方はいないって、前に、前にっ」

「お付き合いしている方はいませんよー？　でもまあ、芸能界をほっつき歩いているイケメンくんのつまみぐいくらいはしちゃいますって。最近ごぶさただったのもあり、今夜のサリサちゃんは機嫌いいっすよー？」

しゅっしゅっ、とその場でシャドーボクシングをはじめるサリサに、ノエルはぱくぱくと口を開け閉めするしかできなかった。

女学園時代、まわりの子たちがこっそり回し読みしていた少女漫画の過激シーンすら直視できなかったノエルには、あまりにも高度な話といえた。

「ありゃりゃ、フリーズしちった」

「あ、いえ、あ、その、いあ」

「うわ壊れてんじゃん、ウケるー、もっとからかいてー！　けど、あーしもそろそろ行かなきゃだわ。今度どーだったか詳しく教えたげるから、期待して待っとけよー？」

「だ、だいじょうぶですっ。その、耐えられない気が、するので！」

「あはは、かーわいっ。とにかくノエっち、またねー」

元気に手を振りながら出て行こうとするサリサは、最後に振り向くと、

「あのさ、だいじょうぶだよ」

「え？」

「周年式典ライブ。不安でも、ノエっちはやれると思う。それにさ、もしかりにうまくいかなくても、ノエっちにはきっと、なんどだってチャンスがくるから。だから、気楽にやんな！」

それから、軽快な足取りで出て行った。

「……ありがとう、サリサちゃん」

残されたノエルはそうつぶやくと、シュテルン家のマスクをかぶった。

自分も、はやく行かなければ。――きょうはこれから、まだ大仕事が残っている。

＊

黒いリムジンが一番街の奥地へと進んでいく。丁寧に舗装された道に、暗闇《くらやみ》になじむ深緑の木々が並んでいた。

この都市でごく一部の者だけが住まうことを許される特別な住処《すみか》――エデンの仮園だ。

連盟本部の裏手に鎮座するこの場所は、大陸一の都市のなかにあるとは思えないほど閑静で、特別な静寂を保っている。

ゆるやかに続く坂道をあがると、有数の巨大な屋敷がみえてくる。それぞれ警備員が立っているふたつの門を越えてから、リムジンがシュテルン家本邸の玄関前に停まった。

ノエルが車を降りると、使用人たちが頭を下げて迎えてくれた。

「お帰りなさいませ、ノエルお嬢さま」

「ただいま、みんな」

使用人たちはみな、シュテルン家の属人であることを示すマスクを装着していた。そのうちのひとりに、ノエルはたずねる。

「お父さまはどちらに？」

「食堂でお待ちです」

「わかったわ。このまま向かいます」

ノエルは従者に手荷物を預けると、大広間を抜けてダイニングルームへと向かった。

広い屋敷のなかは、昔からかわらず荘厳で洗練されている。だが、これも昔からそうで、なぜだか人間の温かみを感じさせなかった。

使用人たちが、両開きの扉を開く。

長いテーブルの先に、白髪の混じる青髪をした男性が座っていた。

「ただいま戻りました、お父さま」

食前酒を片手に夕刊を読んでいたクルトは、よく慧眼と称えられる切れ長の目をこちらに向けると、小さくうなずいた。「——食事にしよう」従者たちが動き出す。

食堂に、カトラリーの擦《こす》れ合う音が響いている。

その空間は、親子水入らずの晩餐《ばんさん》の場にしては、あきらかに空気が重たいといえた。

それでも、ノエルはその場の圧力に負けじと食事を口に運び続ける。

歌手活動をはじめてからというもの、ノエルはシュテルン家の別邸に居を移している。

こうして時たまに本邸に戻り、父とふたりで食事をするという習慣は、ノエルにとっては義務を果たしている感覚に近かった。

「先日、社内で大きな会議があった。わが社の今後の方針を決定する、重要な会議だ」

長らく続いていた沈黙を、クルトのほうが破った。

「そこで経営陣のおよそ半数から、部署の再編成を要求された。前半期に執り行った合併事業の制御に、当初の想定よりもブレーンが足りておらず、そのためにも子会社の有力候補を連れてくる必要があり、ひいてはグループ内の大規模な異動が求められている、とな」

クルトは加工済みのバイソン肉を口に含むと、ゆっくりと咀嚼《そしゃく》してから聞いてきた。

「その意味がわかるか、ノエル」

「いえ、わかりません」

シュテルン社の内部事情について、ノエルは明るくない。はじめから自分の使い方を決めていたクルトのほうに、娘と事業をかかわらせるつもりがなかったからだ。

「その動きを先導していたのは、お前もよく知る従伯父のコルテオだ。つまり体裁のいい理由を並び立ててはいたが、分家の勢力を社内でまとめようとしているということだ」

「そうなのですか」

「どうとも思わんのか、ノエル。シュテルンとは名ばかりの分家筋が力をつけて、いずれは私の座を、当主の座を奪おうと画策しているのだぞ」

ノエルは小さくため息をついた。

いつもと違う話かと思いきや、その逆、まるきり同じ話だったらしい。

「わたしは、コルテオおじさまはとてもお優しい方だと思います。あのおじさまが、お父さまからなにかを奪おうとしているだなんて思えません」

コルテオとは、シュテルンの分家筋に当たる親戚の男だ。

本家と分家は、かなり微妙な関係といえる。分家の人間は遺伝子学の見地からいって、もはや初代当主と同じ砂塵《さじん》能力の開花が見込めるだけの因子は継いではいないとされており、それゆえに、親戚であるにもかかわらず、本家とは隔たりのある存在なのだった。

「それは、お前がやつの本心を知らぬからだな。コルテオは昔から、私の地位をひどく妬《ねた》んでいたのだ。分家に生まれた自分に非があるというのにな。……いや、あれはそもそも非砂塵能力者《ブランカー》であったか。とすると、逆恨みにもほどがあるといえるが」

嘲笑《ちょうしょう》するようなクルトの物言いに、ノエルは嫌な感情を抱いた。砂塵能力者が能力を持たない者をばかにする光景は当たり前にみかけるが、父にはとくにその傾向が強かった。

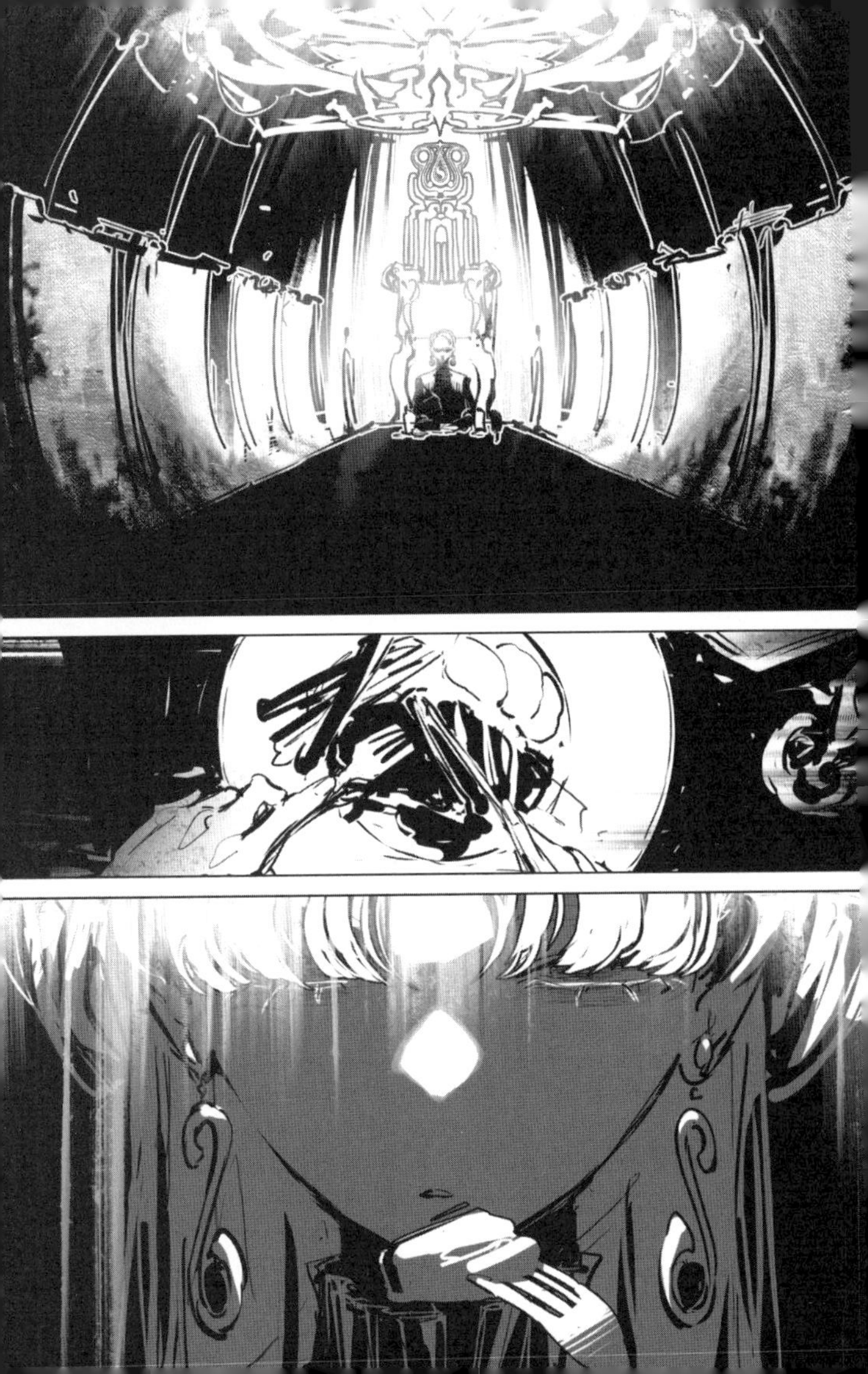

「ともあれ、やつの考えもわかるがな。もしかりに、本家に新たな浄化の砂塵《さじん》能力を継ぐ者があらわれなければ、この私とたいして差がなくなると考えているのだろう。場合によっては、自分のところの放蕩息子がこさえた孫に、この紋章が渡ることとさえありうるとにらんでいるのかもしらん。そしてそれは、あながち夢物語でもない。このままではな」

クルトは余裕そうな笑みを装ってみえるが、ノエルにはわかる。

――このひとは、こわがっている。でも、なにを？　泣く子も黙るクルト・シュテルンが、たかが娘のひとりも制御できていないと周囲に思われていそうだから？

だとしたら、なんと矮小《わいしょう》なことだろう。

父の外見は、この数年で大きくかわった。まだ働き盛りといえる年齢のはずなのに、ひと目みたときに抱く印象は、まるで人生に疲れきった老人のようだ。積み重ねた心労に摩耗し、その摩耗を悟られぬよう懸命に虚勢を張る男の姿には、なんともいえない哀愁が漂っている。

クルトは、シェリーグラスを鷲摑《わしづか》みにして水をひと息に飲むと、濁ったような眼球でノエルの顔を覗《のぞ》いた。

「ノエル。お前は、いつになったら身を落ち着けるつもりだ？」

「お父さま」

「私にわからんのは、お前の欲しいものだ。人生経験か？　ならばもう、じゅうぶんに歌っただろう。それとも名声か？　歌姫などと持て囃《はや》され、ガクトアーツの広告にまで呼ばれれば、もうよいだろう。これ以上、なにを望むというのだ？　いい加減に自分の役割を知るといい」

「――お父さま！」

　ノエルは背筋を正して、はっきりと述べた。

「わたしはきょう、お父さまとお食事をするために戻って参りました。いつまでも終わることのない、堂々巡りのお話をするためではありません」

　ですからお願いします、とノエルは頭を下げた。

「もう、こんな話はおやめください。それ以外でしたら、わたし、どんなお話だって楽しく聞けますわ。そうだわ、お母さまの昔のお話をしてくださらない？　わたしの部屋にあるアルバムを持ってきてもらって、なにか思い出話でも」

「ばかげたことをいうな、ノエル」

　怒気のこもった口調で、クルトはこちらの言葉をさえぎった。

「私はこれまで、さんざん譲歩してきたつもりだ。お前がそうまでして、あのような娼婦のごとき衣装を着て歌いたいというのなら、もうこの際それはかまわん。だが、それならばせめて子をなせ。婿の候補ならばいくらでも挙げてやる」

「結婚のタイミングも、お相手も、わたしが自分で決めます。そうした大切なことは、私が自分自身でよく考えて判断したいのです。どうしてわかってくださらないのですか」

「お前のほうこそ、なぜわからぬ。それが、連盟盟主の家に生まれた者の責務だからだ。今となっては、これからのシュテルンの未来を担えるのはお前しかおらぬのだぞ」

クルトは椅子《いす》に深々と背を預けると、辟易《へきえき》するかのように息をついた。

「ああ、こんなことになるのなら、お前はまだ非砂塵能力者に生まれたほうがマシだったな。まさか十六を超えてから黒晶器官《こくしようきかん》が目覚めるとは……第一、音楽《ブランカー》になどなんの意味がある？所詮はくだらん余興だろうに」

その言葉に、ノエルは強い怒りを抱いた。

さんざん譲歩しただって？

ライブの関係者席には、つねに空席がある。ノエルが、クルトのために用意している席だ。だがこれまで、その席が埋まったことはない。

その空白が、自分たちの距離そのものじゃないか。

「……シュテルンの未来が、いったいどう関係するというのですか」

震える声で、ノエルは口にした。

「もしもわたしが生涯独身だったとしても、それはそれで分家のみなさんが立派に切り盛りされていくでしょう。浄化の砂塵《さじん》能力も、今の偉大都市《いだいとし》の科学力なら、とっくに必要のないものではないですか。だったら、今さらわたしがどうしようと関係がありますか？」

言ってしまった、と思った。

だが、もう遅かった。怒りに火をつけたように、言葉が止まらなかった。

「お父さま、わたしの望みはなにかとおっしゃいましたね。それならば簡単です。わたしはお父さまに、人形ではなく、ひとりの人格のある人間として扱っていただきたいだけです」

用を待つ使用人たちのあいだに、にわかに緊張が走った。ノエルがこうまではっきりと言い切るのは初めてだったからだろう。

クルトは、露骨に顔をゆがめた。

「人形だと？ 私がいつお前を人形扱いしたというのだ」

「わたしの知るかぎり、昔からずっと。お父さまはっ……お父さまは、わたしを大切にしてきたのではないわ！ ただ丁重に管理してきただけよ。でもわたしは、本家の血を継ぐための器なんかではありませんから」

「なにを見当違いなことを。ノエル、お前はだれのおかげでこうも豊かな暮らしが送れたと思っている？ 言っておくが、私ではないぞ。初代当主さまより前から続く、シュテルンの血族そのものにだ。そしてこの誇り高き力は、偉大都市がどう発展しようとも、つねに万全に受け継がれるべきものなのだ！ お前の青臭い発言は、一族の歴史を知らぬがゆえと自覚しろ」

「ですから、そういう言い方がっ……」

ノエルの片目から、涙がこぼれ落ちた。手の甲に落ちた涙をクロスで拭《ぬぐ》うと、ノエルは限界を感じて席を立った。

「逃げるのか？ 言いたいことがあればなんでも言え。待て、ノエル！」

ノエルは、制止の言葉を聞かずに扉に向かった。

ドアノブに手をかけると、振り向かずにこう口にした。

「お父さまがなんとおっしゃろうとも、わたしは歌手をやめるつもりはありません。わたしはわたしの夢のために、やりたいことをやりますから」

そう言い残して、ノエルは出て行った。


本宅の自室に戻ると、ノエルはベッドに倒れこみ、さめざめと涙を流した。

そうしていると、自分が心のどこかで愚かな期待をしていたことを自覚する。

骨の髄まで連盟主義者の父親が、ひょっとしたら娘が栄誉ある周年式典に招致されたことに触れ、褒《ほ》めてくれるとは言わないまでも、少しは話が弾むのではないかと期待していたのだ。

だが蓋《ふた》を開けてみれば、あいかわらずだ。

きょうのライブのことさえ、ただのひと言だって聞いてくれはしなかった。

この家は、とノエルは思う。

このシュテルンの本邸は、冷え切っている。まるで冬の夜みたいに。そして、自分を温めてくれるひとは、もう屋敷のどこにもいないのだ。

「お嬢さま、クロエです。入れていただけますか」

扉の向こうから声があった。クロエというのは、侍女のひとりだ。自分と比較的年齢が近く、こういうときに用命がある。が、ノエルは動かなかった。

「ひとりにして。だれとも話したくないわ」

「ですが」

「放っておいてってば！　わかっているのよ。あなただってお父さまの側でしょう？　なにかを報告しなきゃいけないなら、なんでも好きに言って。だから、わたしをひとりにして！」

思ったよりも大きな声が出て、ノエルは自分でもおどろいた。

「……わかりました。失礼します」

そう返事があり、相手が下がっていく。

怒鳴ったことを申し訳ないと思う余裕もなかった。

この家には、たくさんの使用人がいる。別邸でも自分の世話をしてくれている彼らに、ノエルは悪印象などけして抱いていない。彼らが仕えているのは自分ではなく、あくまで父クルトなのだということも、よくわかっている。

それでも、これまでノエルが主人と従者の垣根を超えて信用したのは、たったふたりだけだ。ひとりは乳母がわりのメイド長で、高齢だった彼女はとっくに亡くなってしまった。

そしてもうひとりの執事は、亡くなるとはべつの理由で、屋敷からいなくなってしまった。

そのどちらも、今となっては遠い昔のこと。

ライブ後の疲労を無視して動かしていた身体に、とうとう限界がおとずれる。せめて悪い夢をみないように祈りながら、ノエルは青色の瞳《ひとみ》を閉じた。

4

輸送車のなかで揺られながら、シルヴィは捜査資料に目を落としていた。

結局、すべての殺害現場を見回るのに丸一日を費やすことになってしまった。本来であれば半日ほどで済み、残った時間は上官の執務の手伝いに費やせたはずだが、行く先々で後輩たちが問題を起こすものだから、なかなか迅速な行動がとれなかったのだ。

だが、それもしかたのないことだ。自分が少々残業すればリカバーできることだし、シルヴィにとって、それはとくに苦というわけではない。

あとは本部に戻るだけとなった車内で、シルヴィは白犬のマスクをはずしていた。

銀色の長髪が、耳にかけてもかけてもするりと落ちてきて、物を読むのに邪魔だった。やっぱりマスクをつけ直そうかな、と思ったあたりで、ふと視線を感じた。

さきほどから、何度か感じている視線だ。この時間は考えをまとめるのに充《あ》てたいと思っていたが、こちらのほうが大切かもしれないと思い直して、シルヴィは顔をあげた。

「検死資料、気になるならあなたも読む？　鞍馬《くらま》くん」

突然のことだったからか、向かいに座る和服姿の青年は大きくあわてた。

「あ、いや、そういうわけじゃないです！　って、それも違うか。いやその、すげー気にはなるんすけど、今はそれじゃないっつーか」

「どういうこと？」

シルヴィがたずねると、テオリはすぐとなりに目をやった。

そこではライラ・イライッザ警伍級《けいごきゅう》が眠っている。マスクの内側から、時おり聞き取れない程度の寝言を、むにゃむにゃと漏らしていた。

「俺ずっと、ちゃんと先輩に謝ろうと思っていて。その、きょうもいろいろと迷惑かけて、マジでサーセンした！」

テオリは座ったまま、勢いよく腰を折った。

「そんなこと？　いいのよ、べつに」

「いや、よくないすよ。いつも出かける前は、きょうこそうまくやろうって思うんすけど、どうもこのバカといると、売り言葉に買い言葉になっちまうっつーか、調子が狂うっつーか。だから先輩、もし俺らが本当にアレだったら、その、アレしてもらってだいじょうぶす」

「アレじゃわからないわよ」

シルヴィはくすりと笑った。

「だからその、アレすよ。どっかよそに移してもらうっつーか、戦力外通告っつーか」

「またそれ？　そんなことしないってば」

「でも」

「本当にいいのよ。就任したばかりでいろいろなことがうまくいかないのは当然のことよ。わたしだって、ずっと上官には迷惑をかけっぱなしだったもの」

「先輩が？　……冗談すよね？」

「冗談なんかじゃないわ。パートナー間のいざこざどころか解消だってしているし。現場での失態なんて両手の指でも数え切れないわよ。ここだけの話、命令違反だって起こしたことがあるしね。だから、あなたたちがちょっと言い合いをしているくらいならかわいいものなのよ」

テオリが疑うような目つきになった。

「でも先輩は、今はめっちゃうまくやっているじゃないすか。きょうみたいな捜査とか、指示出しとかもテキパキしてるし、すげー凶悪犯も粛清してきているし。俺、ライラのやつとそういうふうにやれるようになるとは、ぜんぜん思えないし……」

「べつに、わたしも自分がうまくやれているなんて思っていないけれど……でも、そうね。もし多少なりそういうふうにみえるなら、それはこれまでの積み重ねがあったからよ。だからあなたも、今はなにも悲観することはないわ。つぎに的を狙《ねら》ったときに、少しでもましなところに当たっていればいいのだから。ね？」

そう諭すも、後輩はなおも納得していない様子だった。

シルヴィにはその気持ちが理解できる。自分自身、こうした一般論を説かれて納得できるようなタイプではないからだ。そこで、シルヴィは切り口を変えることにした。

「そういえば、鞍馬《くらま》くん。官林院《かんりんいん》の報告によると、あなたは犯罪捜査の論理思考とか、ひらめきに長けているそうね」

「え？　あいや、どうなんすかね……」

「卒業試験の粛清案件でも、あなたの機転でうまく犯人を捕まえられたと聞いているわよ。だからね、もしあなたがきょうのことを悪いと思っているのなら、調査資料を読むのを手伝ってくれない？　初動捜査の段階で勘のいい人の意見があると助かるのよ」

「本当すか？　もちろん、やらせてください！　俺でよければ、いくらでも協力します」

テオリは喜んだ様子だった。あまり負担を与えないようにと、後輩たちには簡単な連絡業務や調べ物しか頼んでいなかったが、この分だとある程度は任せたほうがいいのかもしれない。

「今はなにを読んでいるんすか？　さっきから先輩、ずっと同じところみてますよね」

「ちょっと気になることが書かれていたのよ。これは、さっき鑑識から新しく受け取った分なのだけれど。ほら、ここを読んでみて」

シルヴィは資料を相手に渡した。

捕食事件の、最新の検死報告だ。そこには、つい先日発見された遺体の推定死亡時刻や、直接的な死因の候補、砂塵《さじん》的な反応の有無などが書かれている。

もっともシルヴィの興味を引いたのは、解剖した医師の添えたコメントだった。

『遺体に残された噛《か》み痕は、〝旅人喰いの触手《テンタクル》〟、通称ミセリアワームの歯型と酷似しているようです。念のため、噛み痕から採取できた分泌液のサンプルを、ルイス大学校の研究室に送ります――』

ずいぶんと意外な名が出たものだ、とシルヴィは思う。

ミセリアワームとは、化け物揃《ぞろ》いの砂塵《さじん》共生生物のなかでも、とくにおぞましい生き物の名だ。

塵禍《じんか》によって、人類は大きく変化した。

だがそれ以上に変化したのは、野生動物たちだ。

砂塵とは選択毒性だ。つまり、その毒素が効く生物と、効かない生物がいる。

塵禍を生き延びた動物たちは人間とは異なり、高密度な砂塵粒子を吸ったとしても、基本的には死に至ることはない。そのかわり、彼らはその生態に大きな代償を払うことになった。

今の世界では、野生動物は一部の例外を除いて、ほとんどが獰猛《どうもう》な害獣と化している。

砂塵環境下で何世代も生き繋《つな》いだ結果、砂塵共生生物のなかには大きく姿形をかえ、旧文明時代では想像もつかなかったほどグロテスクで、怪異な見た目となったものもある。

その代表格が、史上最悪の肉食生物、ミセリアワームだ。

その見た目の醜悪さは、ひと言での説明がむずかしい。触手の集合体とでもいうべきか、幾重もの太い紐《ひも》が絡み合ってひとつの生き物となっている変異生命体である。

テオリも一読が終わったらしい。怪訝《けげん》そうに眉《まゆ》をひそめると、こう口にした。

「これ、犯人が人間じゃない可能性があるって言いたいんすかね？　いやでも、そんなはずはないすよね。動物が街なかで人を襲えば、かならず目撃者が出るに決まっているし……」

「わたしもそう思うわ。それを踏まえて、あなたはこれがどういう砂塵犯罪であると推測する？　鞍馬警伍級《くらまけいごきゅう》」

シルヴィの問いに、相手は顎《あご》に手をあてて思案した。

「まさか、生き物を操る能力者がいる？　いやでも、そうすると動機が謎《なぞ》になるな。今のところ被害者たちに共通点はねえんだし、第一、死体の発見場所と死亡推定時刻を照らし合わせて、もともと単独犯は考えづらいって話だ。なら、外で作った死体を都市内に持ちこんでいる……って線だと、わけわかんなくなるよな。だとすると、現実的に考えられるのは……」

（あら。どうやら、本当にこういうのを考えるのが向いているみたいね）

この後輩にはつまらない反省なんかさせるよりも、べつのことで気を紛らわせたほうがいいのかもしれない。そんな新たな発見を得て、シルヴィが静かに見守っていたさなかのこと。

テオリが、こうつぶやいたときだった。

「そもそも、ミセリアワームが偉大都市《いだいとし》にあらわれるとしたらどういうケースだ？　地下には……いてもおかしくないか。もしくは外から侵入してきたか」

「――――ッ!!　ミ、ミセリアワームッッ!?」

眠りこけていたライラが、突然そう叫んだ。

彼女は跳び跳ねるようにして座席から立ち上がると、まるで拳闘士のような構えを取った。

それから、間髪入れずにインジェクターを起動した。

「はぁッ!?」

「え……っ!?」

ふたりが驚愕《きょうがく》するのも目に留めず、ライラは窓の外を気にしながら大声を出した。

「みえたんな何匹!?　規格は!?　全部うちがやるけん、パパとママはお客しゃんと荷物ば守って、物音ば立てんごとして隠れて！　ワームん場所は……ッ!?」

「おいおい――おいおいおいおい、コンのとんでもバカが！　また意味わかんねえこと言い出しやがって！　なんのつもりだよ、てめえ！」

羽交い絞めして止めようとするテオリを、ライラはふしぎそうにみつめた。

「え。テ、テオ？　と、シルヴィ先輩？　あれ、どうして……」

「どうしてはお前だっつーの！　いいからはやくインジェクターを解除しろ！」

「し、粛清官殿《しゅくせいかんどの》！　どうかされましたか!?」

車が急停止して、運転手が動揺した声で叫んだ。

シルヴィはあっけにとられながら、ライラの緑色をした砂塵《さじん》粒子が渦巻く様子をみていることしかできなかった。

「も、も、もうしわけございませんでしたぁ――っ！　なんとお詫《わ》びすればよいのやら。すべては自分の、勘違い？　居眠り？　夢のせい？　とにかくもう、ぜんぶぜんぶ自分が悪かったであります――っ」

＊

どこかデジャヴを感じる光景。

連盟本部の前でライラ・イライッザが平謝りする姿を、シルヴィは眺めている。

「運転手さんも、さぞ驚いたに違いないでありますよね？　よくぞ事故を起こさなかったものであります。おかげさまで助かったでありますっ」

「いやはや、敵襲でもあったかと驚きはしましたが、何事もなかったのならよかったですよ」

運転手がマスクのなかで苦笑いした。あまり自分以外のことには頓着しない性格のシルヴィだが、今回ばかりはさすがに恥ずかしくて、頰《ほお》を赤くしていた。

ブロロロ、と輸送車が去っていく。頭を下げて見送っていたライラは、車が曲がり角に消えていくと同時、すさまじい勢いですがりついてきた。

「うぅぅ、き、きらいにならないでくださいぃ、シルヴィ先輩！」

「な、ならないから安心して」

「本当でありますか？　自分、あこがれの先輩に失望されたくないでありますッ！　罰としてなんでもやるでありますから！　本部の床をぜんぶピカピカに磨くでありますからぁっ！」

「それは本職の人がいるからあなたがやる必要はないわよ……」

ここにきてどっと疲れがきた気分だ。シルヴィはマスクのなかでうるうると泣いているらしい後輩を引きはがしながら、本部のエントランスに入った。

夜が更けてきたこともあり、人の姿はまばらだった。シルヴィは粛清官手帳《しゅくせいかん》を取り出してゲートをくぐると、エレベーターのほうに向かった。

「それより、事情を話してもらいたいのだけれど。あれはいったいどういうことなの？」

「あ、あのぅ、そのぅ。なんと説明すればよいのやら……」

「俺は、なんとなくわかりましたけどね」

と、テオリが口をはさんだ。

「こいつ、キャラバンの出身なんすよ。偉大都市《いだいとし》と外を繋《つな》いでいる〝偉大への道《トゥグラン・ロード》〟で、隊商の護衛をする民間会社にずっといたとかなんとかで」

「ああ。そういえば、経歴書にそんなことが書いてあったかも……」

偉大都市は、基本的には自給自足の都市だ。大半の供給と需要は、自分たちの箱庭だけで自己完結させている。とはいえ、もちろん外部との連絡が存在しないわけではない。

ここからさほど離れていない場所に、いくつかの小都市がある。地上の楽園とささやかれる偉大都市に安寧を求めて旅をしてきた者や、能力依存の商いにやってきた者、一部の物品を貿易している隊商などが身体を休めるための、小さいながらもれっきとした街だ。

そこまでの道中は、当然のごとく危険にあふれている。荷物や食料を狙《ねら》う野盗もいれば、突如として発生した砂塵嵐《ダストストリーム》に車両ごと呑まれてしまうこともある。

なかでもとくに脅威なのは、砂塵《さじん》共生生物の存在だ。あるいは下手な砂塵能力者よりもずっと旅人たちの頭を悩ませ、その命を奪ってきた、自然界に生きる化け物たち。

「じ、じつはテオの言うとおりなのであります。自分、連盟関係の商業組合に雇われた護衛キャラバンで育った身でありまして。官林院《かんりんいん》に入るまでは、ずっと特別装甲車《S・バギー》のなかでお客さんや荷物をお守りする毎日だったのであります」

「そうなの。それは大変な生活だったのね」

「大変は大変でしたが、楽しかったでありますよ？　いろいろな人の生活もみられたですし。ただ来る日も来る日もクリーチャーどもを撃退する生活だったものでして、とくにミセリアワームと聞くと、もう脊髄《せきずい》反射的に跳び起きてしまうというでありますか」

とっくに屋内にいることに気づいたらしく、ライラはマスクをはずした。よほど恥ずかしいのか、真っ赤に染まった頬《ほお》をパタパタと扇ぎながら、

「それで、さきほどは、そのぅ、ちょうど昔の夢をみておりまして、しかも車に揺られていたものでありますから、もう、完全に勘違いしてしまったのでありますっ。あうぅ、こんなのっ

て言い訳にならないでありますよね……？」

「言い訳にはならないかもしれないけれど、理由はよくわかったわ。というより、安心したというか。もしかしてものすごく支離滅裂な子なのではないかと、とても心配になったから」

そこで、テオリが呆《あき》れたように言った。

「いや、そもそも先輩が捜査資料を読んでいるのにぐーすか眠っていたのはどうなんだよ」

「そ、それはっ！　それもキャラバン生活の影響というでありますか、静かな車のなかにいると、どうしても身体が仮眠をとってしまうのでありますよっ」

「いいのよ、移動ちゅうなんて好きにしてもらって。むしろ休めるときは休んでもらったほうが助かるくらいだわ」

「ほ、本当でありますか？　で、では、自分の処遇は……？」

「昼の件とまとめて反省文を提出したら、差し当たって不問とするわ。ただし、きちんと書くこと。いいわね？」

おびえる小動物のような表情をしていたライラが、きゅうに安心した顔になった。すりすりと擦《す》り寄ってきて、シルヴィの肩にぴとりと張りつく。

「シルヴィ先輩は優しいから大好きであります。ものすごいママみを感じるでありますっ」

「そ、そう。ありがとう」

ママみ？　と首を傾げるシルヴィからはみえない角度で、ライラは一転、威嚇《いかく》した表情を

……
ママみ…？

パートナーに向けた。

「テオはぜんぜん優しくないからものすごーく嫌いでありますっ！」

「はっ、そうかよ。気が合うな、俺もだ」

「？　自分で自分が嫌いなのでありますか？」

「そういう意味じゃねえよ、ニンのボケナス女……ッ!!」

「もう。だからけんかはだめだってば」

またぞろいがみ合いをはじめた後輩たちをなだめると、シルヴィはエレベーターに乗った。


「――いい？　ふたりとも。もういちど忠告しておくけれど」

本部中層階、第七執務室のあるフロア。

後輩ふたりを引き連れて無事に帰還したシルヴィは、廊下を歩きながらこう注意した。

「わたしはともかく、ナハト警弐級《けいにきゅう》のまえではしっかり気を引き締めるようにしてね。彼はとてつもない経歴の持ち主だし、その、あまり冗談が通じるようなタイプでもないから」

今がとくに多忙な時期ということもあり、ふたりはまだシーリオと対面した回数はそこまで多くない。指導を任されているシルヴィが、間接的に新入りたちの働きを伝えるので済ませてばかりだった。

「し、承知したであります！　たしかにこう、いっきにフロアごと寒くなったような気がする

であります ね……！」

「それはたぶん、ふつうに暖房の効きがちょっと弱いからね……」

節電かしら？　とシルヴィは天井の空調機を見上げた。

そこで、テオリがつぶやくように口にした。

「〝夜鳴り寒柝《ナイト・コール》〟のシーリオ・ナハト警弐級。官林院《かんりんいん》の対砂塵《さじん》犯罪ケースでもよく実例に挙がっていた、類推捜査のエキスパート……」

「あら。詳しいのね、鞍馬《くらま》くん」

「そりゃ有名すから。っても、まさか自分が下に就くことになるとは思ってなかったすけど」

シーリオにつけられた異名は、まさしく言い得て妙といえる。

火事の発生を報《しら》せる、冬の夜に打ち鳴らされる音。それは火事場のボッチとともに、これまで数多《あまた》の犯罪組織を粛清してきた彼の性質を端的にあらわしている。

あまりにも高名なパートナーの名声に隠れがちだが、そのたしかな実力はシルヴィもよく知るところだ。じつは近年の単純な粛清実数でいえばボッチを凌駕《りょうが》していることも、彼がそうした功績をけして吹聴しないことも知っている。

厳しいながらも公平な判断で働きを評価してくれる、頼れる上司だ。

三人は、第七執務室のまえに到着した。

後輩たちはおろか、シルヴィまで緊張を覚えてきた。

きょうのライラはいつにもまして調子がいい。これまで時間をかけてようやく上官の信頼を勝ち取れるようになったのだから、あまり粗相はしたくないものだ。

「し、失礼します」

シルヴィは心を落ち着けると、電子ロックを解除して入室した。

「――貴様、今なんといったか？　よもや私の聞き間違いでなかろうな！」

と、同時に聴こえたのは、大声。

みえたのは、応接テーブルを挟んで言い合いをしている、ふたりの粛清官《しゅくせいかん》の姿だった。

「なんだ、とうとう耳の穴まで結露したか？　もしそうでないのなら、聞き間違いではないだろうな」

「言いがかりにもほどがあるぞ、地海《ちうみ》！」

「どっちが言いがかりだ？　俺が就任したときに口酸っぱく言っただろう。俺がこの世でもっとも嫌いなのは、無断で俺に触れようとするやつだと。いったいどういう了見で近づいた？

言ってみろ、変態眼鏡め」

「貴様、人の厚意も知らずにぬけぬけと！　提案書のうえで居眠りなどしているそちらに非があるのだろうが！　叩《たた》き起こしてやってもよかったものを、私が温情で紙だけ抜き取ろうとしたのだ！」

「思いきり俺に触れただろう。あんたが手袋をしていなかったら手首を斬《き》り落としていたところだ。ああ気味が悪い、今すぐにシャワーを浴びたい」

「それは貴様が突然寝返りなどを打つからだろうが、このたわけ者……め……」

大声で言い争っているふたりが、シルヴィたちの入室に気づいた。

きまずい沈黙が流れる。

素顔のシンは、いかにも不機嫌そうな表情でつかつかと歩み寄ってくると、シルヴィの背後に隠れるようにしておさまり、シーリオに向けて恨みがましい目線を送った。

対して、怒りに震えるシーリオは、なにかを言おうと口を開け閉めしたが、結局はなにも言わずに執務席に戻ると、書類に目を通しはじめた。

どうやら、なにもみなかったことにしろ、ということらしい。

「なあ。ナハト警弐級《けいにきゅう》って、こんな感じだったか？」

「な、なんだか、自分の記憶とはちょっと違うでありますね……」

後輩ふたりの小声のやりとりを耳にして、シルヴィは笑い出さないようにこらえた。

けんかするほど仲がいいという言葉もある。二年前の自分たちに比べたら、ずいぶんと関係はよくなったに違いない。

「――ご苦労だった、バレト警肆級《けいよんきゅう》」

気を取り直した声で、シーリオがそう言った。

シルヴィは、本日の活動報告を簡潔に済ませていた。詳しい報告書はまた後日提出するとして、捕食事件にかんして差し当たっての進展はないことや、自分が担当しているぶんの周年式典の業務が問題なく進んでいることを伝える。

終始ライラがはらはらした様子だったのは、いつ自分の失態に言及されるか心配していたからだろう。シルヴィがなにも言わないとわかると、ほっと胸を撫《な》で下ろしていた。

べつに甘くしているわけではないわよね、とシルヴィは自分自身にたしかめる。きょうの件は、どれも自分の管轄で済む話だ。わざわざ多忙な上官の耳に入れるような話ではない。

「では各人、なにかこの場で共有しておきたいことはあるか」

シーリオが、デスク越しに四人の部下を見渡した。

口を開いたのは、シンだった。

「いつになったら俺は通常業務に戻れる？　もうお前と缶詰で書類仕事をするのはごめんだ。息が詰まるなんてものじゃない」

「まるで自分がまともに仕事をしていたかのような口ぶりだな、地海《ちうみ》。貴様がやったことといえば、タイダラ警壱級《けいいっきゅう》の執務室を仮眠所にかえたことくらいであろうが」

「フン。まあ、寝床としてはここも悪くないな。あのソファ、俺の部屋にも欲しい」

「いつか本当に凍らせてやろうか、貴様……」

ぎろりとシンをにらみつけて、シーリオは鼻を鳴らした。

「とにかく、来週以降の貴様の仕事についてはさきほどの書類次第だ。沙汰《さた》を待て」

「俺なりに最良と思う方法を書いた。あれで却下だと困るからはやくサインを書いてくれ」

「だから、それを決めるのは私だというのだ！」

どうやら雲行きが怪しいようだ。シルヴィは助け舟を出すことにした。

「ナハト警弐級《けいにきゅう》。わたしからも質問があるのですが、よろしいでしょうか」

「なんだ」

「周年式典にかんしてですが、やはりタイダラ警壱級は不参加なのでしょうか」

みなの視線がシーリオに集まった。全員にとって関心のある質問だったらしい。

シーリオは神妙そうな表情を浮かべると、首肯した。

「ああ。つい今朝方、予定どおり地下攻略に向かわれたそうだ。地上に戻られるのは、いつものように一週間後になるであろう。つまり、式典の開催日にはご不在となる」

やはりそうなったか、とシルヴィは思った。

地下攻略とは、中央連盟がこの十数年に渡って着手している長期任務のことだ。

一部の粛清官《しゅくせいかん》が持ち回りで担当して、地上に勝るとも劣らない面積を持つとされる地下都市――通称〈零番街〉の地理・状況・実態などを調べる、危険な斥候任務だ。

偉大都市《いだいとし》と同等以上の歴史を持つ地下は、この二百年ほどのあいだに独自の共同体《コミュニティ》を形成しており、中央連盟の管理が行き届かない危険地帯として特別な認識を受けている。

ある日突然あらわれる犯罪組織は、その大半が地下で結成されているという話だ。

二〇年ほど前には、零番街解放戦線と名乗る凶悪な武装組織を粛清するために大規模な粛清案件が組まれもしたが、彼らの存在は、氷山の一角にすぎないとされている。

物が盗まれ、人が盗まれ、技術が盗まれ、そして地下へと消えていく……。

いつか、中央連盟がかならず解決しなければならない問題だ。

第七指揮のボスであるボッチ・タイダラ警壱級《けいいっきゅう》も、地下には人一倍強い関心を持っている。

自分の担当周期がおとずれたときには、援護の職員も随行させずにひとりで潜り、だれよりも正確なデータを持ち帰ってくるという噂《うわさ》だ。

シルヴィが聞いたところでは、シーリオも過去には何度かボッチに付き添って地下に潜ったことがあるという。だがシーリオが今の地位に就き、かわりに指揮官としての業務をこなせるようになると、役割分担としてボッチが単身で向かうようになったのだそうだ。

「想像がつくだろうが、タイダラ警壱級はさほど式典準備に関心をお持ちではない。むしろ、それくらいの業務が自分抜きでこなせないようであれば困る、というような旨のことまでおっしゃっていた」

それはシルヴィにも容易に想像がついた。現場の叩《たた》き上げであるボッチの放任主義はスパルタ的だが、事実として効果がある。少なくとも、ほかの指揮系統の粛清官《しゅくせいかん》よりも自主的に任務をこなせるようにはなるのは間違いない。

「われわれのほかにも、相応数の粛清官が式典に参列する。彼らが自然に、護衛としての役割も果たすだろう。最終的な頭数には影響しない——予定どおり、このまま工程を進める」

シーリオはそう締めくくると、新たに共有事項の増えた資料をおのおのに渡した。

＊

かくして、その日の業務がようやく終了した。

シルヴィは、いかにも眠たそうに目をこすっているパートナーと、ぐったりと疲れた様子の後輩ふたりをともなって、執務室を出た。

ライラが、大きく背伸びをした。

「んああ、お腹が減ったでありますっ。もう、ぺったんこすぎてお腹が背中から出ていきそうでありますよっ」

「それじゃ化け物じゃねえか、お前……」

「この際化け物でもなんでもいいでありますっ。ほらほら、はやく食堂に行くでありますよ、テオ！　二十四時間あいている、最高の本部食堂に！」

「俺、べつに腹減ってねえんだけどな……。まあ、どうせ反省会は必要だしいいか」

「反省？　うぅん、しょうがないでありますね。自分がテオの懺悔《ざんげ》を聞いてあげるでありますよっ」

「こいつ……ッ！」

テオリは、自分たちが視線を集めていることに気づくと、はやく切り上げようと思ったか、姿勢正しく礼をした。同時に、ライラの頭を鷲掴《わしづか》みにして、むりやり下げさせる。

「じゃ、先輩がた、俺らはここで失礼します」

「お、おやすみなさいでありますっ」

「ええ、おやすみなさい」

そこでテオリは、シルヴィのほうを向くと、

「それと、シルヴィ先輩にはきょうもご迷惑おかけしました。今後はああいったことがないようにするんで、またご指導のほど、よろしくお願いします」

「丁寧ね。そういうところすごくいいと思うわよ、鞍馬《くらま》くん」

「ッス、あざます」

「そ、そのぅ、自分、先輩たちともいっしょにご飯食べたいのでありますが……」

「バカ、これ以上迷惑かけんじゃねえよ。とっとと行くぞ」

「ああ、シルヴィ先輩、シン先輩〜っっ」

誘拐《ゆうかい》されるように連れ去られていくライラに、シルヴィは苦笑した。

すぐとなりでは、シンがふらついていた。この時間はいつも眠たそうにしているが、普段よ

りも疲れている様子だ。慣れない書類仕事にずいぶんと苦戦したのだろう。

「ほら、チューミー。立ったまま寝てないで、はやく帰って横になりなさい」

「でも、まだお前の話を、ちゃんと聞いていない。捕食事件、なにかしらの進展はあったのだろう……」

「そんなの、またあしたにでも話してあげるから。ね？」

シルヴィが黒犬のマスクをかぶせてやると、シンは弱々しくうなずいた。

そのときふと、シルヴィはそこはかとない平和を感じた。

実際には、この都市は平穏とは程遠いというのに。

きっと今も、ここからそう離れていない場所で、何者かが人を襲っているのだ。

あるいは、あの獣たちよりもおそろしい存在が。

腕に抱える捜査資料をどこか重たく感じながら、シルヴィは半分寝ているパートナーを部屋まで送るために歩き出した。

5

六番街の南地区にある、とあるホテルの一室にて。

もつれあうように部屋に入った男女が、荒々しく扉を閉めた。入室と同時に邪魔なマスクを脱ぎ捨てると、男のほうが女を壁に押しつける。

暗い室内に、互いの口をついばみあう音が零《こぼ》れた。

「んっ。ねえ、ちょっと落ち着きなって。ほら、どーどー」

「なにがどーどーだよ。飯食っているときから煽《あお》りやがってっ……」

「べつにあーし、煽ったつもりなんかないんですけどぉ？　ちょっとテーブルの下でおいたしただけじゃん。まあまあ、とにかく逃げたりしないからさ、奥行こーよ。ね？」

男は髪を掻《か》きあげると、その端正な顔を不満そうにゆがめた。自分の手を引いて連れていく女の肌と骨格を、うしろからじっと観察する。

「んー、あーしの好きなのあっかなー」

女がしゃがんで冷蔵庫を物色するとき、ゆるそうにみえて案外と隙《すき》のなかった服装の胸元が、ようやく覗《のぞ》けた。

いかにも張りのよさそうな双丘がたわんでいて、男はとうとうがまんがきかなくなる。

「なあ。さっきさんざん飲んだだろ、いいから来いよ」

「やん。も、強引すぎー」

男は無理やり引っ張ると、女をソファに押し倒した。

若干の苛立《いらだ》ちを覚えているのは、主導権を握れていないからだ。いつもなら、自分が軽く声をかけるだけで事はすべて自由に進むというのに。

彼に砂塵《さじん》能力はない。それでも、持って生まれた美貌《びぼう》はあった。なにより、運も。だからこそ、こうして偉大都市《いだいとし》でもトップクラスの人気を誇るアイドルグループで活躍している。間違っても、こんなバックダンサー風情の女の掌《てのひら》の上で遊ばれるような男ではないはずだ。だというのに、今も相手はごく余裕そうな表情で、下から自分をみつめている。

「シャワーもなし？」

「俺は気にしないけど？」

「こっちが気にすんだって。でもま、いっかぁ」

相手は小悪魔のような笑みを浮かべると、くるりと身体をひるがえした。一瞬のうちに、逆に男のほうが組み伏せられてしまう。その体術とさえ呼べそうな手際に、男はおどろいた。

妙に体温の高い、やわらかい掌に全身を襲われる。それぞれの部位の実在をたしかめるような、入念な手つきで身体を撫《な》でられて、男は声を漏らしそうになった。

「ね、あてたげよっか？　ルイくんさ、自分のこと肉食系だと思っているでしょ？」

「っ。悪い、かよ」

「んーん、悪くないよ。ただね、あーしからすると、ちょっとだけ経験不足かなぁって。これまであんまし攻められたことないから、勘違いしちゃってるんじゃない？　ほら、きもちよさそー。今、すごくいい顔してるよ？」

男は屈辱を覚えた。それでも、否定する言葉が出てこなかった。こういうのも悪くないかもしれない、と脳裏で思ってしまったからだ。女のほうに馬乗りにされて、一方的な愛撫《あいぶ》を受けるというのも。

「もひとつ当てたげる。ルイくん、あんまり食べるのが好きってわけじゃないでしょ」

「……は？　いや、ふつーに好きだけど」

「や、聞きかたが悪かったかなぁ。あーしがゆってるのはね、積極性の話。欲求を利用して愉しんでいるのか、それともただ欲望に操られて、しかたなくそうしているのかってこと」

男にはよくわからない話だった。いかにも頭の悪そうな見た目をして、意外と深いことを言う女のようだ。

「食欲と性欲ってね、すっごい密接にリンクしてるんだよ。だからどっちかをみればね、もう片方がわかんの。きれーに、透けるみたいに。それでいうとね、ルイくんはさ、後者なワケ。だからほら、受け身なのに、もうこんなになってるじゃん？」

相手の手が下半身に触れる。男は無意識のうち、脱がされやすいように腰をあげてしまった。その仕草をみて、相手がくすりと笑う。

「っ、はやく。はやく、してくれ……」

「待って、焦んないで？　そのまえに、あーしのこともみて？」

女が、短いレザースカートのなかに手を忍びこませた。こちらにみせつけるようにして、派手な色合いの下着を脱ぎ去ると、ひょいと投げ捨ててから、裾《すそ》を徐々にたくしあげていく。こちらの反応を楽しむように、舌なめずりをしながら。

太陽に灼けた砂のような色の太腿《ふともも》が、少しずつ面積を広げていく。男はその光景に魅入る。

はやくあれの中身に触れて、自分のものにしたいという欲求が、強まっていく。

「そだ。あのさ、さきゆっとくけど」

「な、なんだよ」

「あーし、まじ肉食だから。あんま、引かないでね？」

そうして、女の中身が明かされたとき。

男がみたのは、薄暗い闇《やみ》のなかでうごめく――

一本の触手、だった。

ぬるりとした質感を持つ醜悪な器官が、女の腹の下から伸びてくる。みるみるうちに、彼女を取り巻く触手の本数が増えていく。

それらは蜷局《とぐろ》を巻き、ずるずると絡みあい、淫猥《いんわい》に、蠕動《ぜんどう》している。

「――は？」

それ以上の声を出す余裕はなかった。逃げようと思うことも、危機感を覚えることもなかった。しいていうなら、ただただ目の前の絵面に対する強い違和感があるだけだった。

次の瞬間――。

いただきます、とつぶやいて女が覆いかぶさってくる。途端に走った激痛が声にならなかったのは、やわらかな胸が男の口腔《こうくう》を塞《ふさ》ぎ、あたかも万力のように力強く圧迫したからだった。

部屋のなかに、男の声にならない絶叫と、女の発する悩ましい嬌声《きょうせい》が響く。

「――――ッツ、――――ア、――――ガっ」

「あー、やば。まじで、あーしら、超相性いいかも……すご、だめそれ。あ。あっ、あっ」

ごり、ごりゅ、がごっ、ごりゅ、がぎゅっ。

「――――っ、――――ひ、――――――――ごッ」

「いいよ、あ、めっちゃいい。そ、抱いて？　手、まわしてっ。そう、そうそ。背中に。それで、強く、強くやって。あ、それ、そのまました、そのままっ」

ぼり、ごり、ぼりっ、ごっ、がりっ、ごぎゅっ。

「――――ッ――――オ、――――あ、――――イッ」

「あっ、あっ、んっ、いい。やっば、ほんとイイ、ダメ、やめて、うそ、やめないで、もっと暴れて、ちょうだい？　ね？　出して、あーしに、ぜんぶ、そのまま、出して！　あっ、あ、あ、あ、あっ、あっ、あっだめ、もう。あっ――――あ」

ボキュリ‥

最後に、ボギュリと決定的な音がして、密接するふたりのあいだに大量の鮮血が弾けた。

それを期に、それまで激しく痙攣《けいれん》していた男の身体が、とうとう動かなくなった。

「ハァッ、ハァ。んっ、ハァ。まじ、ちょーよかったよ……」

彼女が起き上がると、褐色の肌に玉のような汗がいくつも浮いていた。うごめく触手の先端が、クロユリの花弁のごとく淫靡《いんび》に開いて、とろりと体液を漏らす。

骸《むくろ》と化した男の体幹には、手荒に耕した農地のように凸凹とした穴が空いていた。すっかり食い荒らされた無惨な空洞から、赤々しい液体が流れ出ていく。女は、もったいないとでもいうかのように両手で掬《すく》うと、その血だまりを、自分の腹のなかに捧げるようにして添えた。

恍惚《こうこつ》とした表情で、彼女は天井を見上げる。

絶頂のあとの、昂揚《こうよう》と放心。深淵《しんえん》のごとき余韻を構成する、心地のよい倦怠感《けんたいかん》。

疲労感。……満腹感。

なにより、いつだって付き物の孤独感。それらすべてを享受しながら、彼女は男のとなりに横たわると、ほんの少し前までは精悍《せいかん》だった顔の輪郭《りんかく》を、いとおしげに指先でなぞった。

いつのまにか、微睡《まどろ》みのなかにいた。

彼女が目を覚ましたのは、しつこいノックの音を耳にしたからだ。

いやな予感がする。ファッションホテルに客室をたずねてくるスタッフはいない。

しばらくノックを無視していたが、向こうも折れるつもりはないらしい。舌打ちして、彼女は素肌のうえに上着を羽織ると、扉の前に向かった。

「だれ？」

「司祭のマルヴォーロでございます。女神の奇跡を賜りにきました」

ハアアア、と彼女は大きくため息をついた。想像したとおりだ。でも、どうして？

「なんでここがわかったん？」

「われわれの眼は、つねに尊ぶべき器をみつめておりますから。特別司祭殿」

「はぁッ!?　えなにあんたら、あーしのこと見張ってんの!?」

「それも大司教の命令でありますれば」

「……うわぁ、それまじきもいって」

彼女は脱力する。扉の向こうの者たちは、おそらくなかに入れてもらいたがっているのだろうが、それだけはごめんだった。男と逢瀬《おうせ》を楽しんだ部屋――それもまだまだ楽しむ余地が残っているというのに――に、こんな薄気味の悪い連中を入れたくはない。

「で、要件はなに？　はやく消えてほしーんだけど」

「ですから、女神の奇跡を賜りに参りました」

そういえば、そんなようなことを言っていた。

「いつものアレね。でもさー、もうけっこう数やったじゃん。それともまた新しいのが入ってきたん？　もういいっしょ、いーかげんに」

「ですが、大司教のご命令にありますれば」

「あーはいはい。だいしきょーだいしきょーって、本当、好きにしろって感じ……」

「特別司祭殿」

「わかってるってば。てかさ、その呼び方やめてくんない？　いつもゆってっけど、あーしはあんたらのヘンな宗教に入ったつもりは一ミリもないんだかんね」

「……。」

「都合の悪い話は聞こえないってわけ？　ほんといい神経してるわー」

あーもう最悪、と彼女は思う。せっかくのいい夜だったというのに。

「あんたたちは拠点に戻っときな。あーし、今晩は羽を伸ばすって決めてんだよね。あしたの朝イチで済ませるからそれでいいっしょ？」

「しかし、大司教は迅速な対応を求めておいでです。決行日の前に、可能なかぎり頭数を揃《そろ》えておきたいとのことでして」

「──あのさ、殺されたい？」と苛立《いらだ》って彼女は言った。「ベルっちはともかく、あーし、あんたらのことはぶっちゃけどーでもいいんだよね。あんましつこいとさ、黙らせるよ？」

うずるうずる、となにかがうごめく音が、廊下の外に漏れた。

こちらの怒気が伝わったのだろうか、相手はしばらくしてこう返してきた。

「承知しました。それでは明朝に」

複数人が、踵《きびす》を返す音がした。その後ろ姿に向けて、彼女は言い足した。

「それと、ベルっちに伝えといて。次に乙女のプライバシーを侵害したら、いくらベルっちでも許さないって」

「……そちらも承知しました、特別司祭殿」

女はきゅうに冷めた気分になってしまった。部屋の奥に戻り、カーテンを開くと、黒い窓ガラスの向こうに、偉大都市《いだいとし》の摩天楼と、自身の姿が浮かんでいるのがみえた。

「……あーあ、来週にはもう周年式典か。はやかったような、遅かったような」

彼女は、外見を褒《ほ》められることが多い。剝《む》いた卵のように艶《つや》やかな褐色の肌と、ハデな染め色の金髪は、とくに男の目には魅力的に映るらしく、よく身体を求められる。

だがそれでいて、およそ人間が持つはずのない醜悪な器官が、彼女の内部には蠢《うごめ》いている。

それはどうしようもなく、彼女のなかに生まれる際限のない欲求を支配している。

堅く、ゆえに分かちがたく。

「ほんと、いいライブになるといいよね、ノエっち――」

さ、シャワーでも浴びよ。

そうひとりつぶやいて、彼女は浴室に向かった。

1

市民たちの浮かれた気分を代弁するかのように、その日の空模様は晴天だった。

周囲の人々はみな、瀟洒《しょうしゃ》に着飾っている。家族連れもカップルも、仰々しい引き車に乗る老齢の夫婦も、全員が例外なく着飾っていた。

じつはこうした場面はそれなりにめずらしいといえる。

偉大都市《いだいとし》の富裕層――単に市民権を持つだけに留まらない、中央連盟の関係者が大半を占めるイベントは、そうそう機会があるわけではないからだ。

入場口では中央連盟のスタッフがずらりと並び、来場者たちのＩＤと式典参加証をたしかめて、丁重な荷物検査を進めている。

偉大都市暦一五〇周年記念式典、その当日である。

にぎわう来客の海のなか、ひとりの女粛清官《しゅくせいかん》が歓声をあげた。

「テオ、みるでありますよっ。あれが有名な、アサクラ・アミューズの観覧車でありますっ。すごいでありますっ、きれいでありますっ」

「わかった、わかったからはしゃぐなっつうの、恥ずかしい！　つーか、今さらなにがめずらしいってんだよ。寄宿舎《カステール》からだっていつもみえていただろうが」

「違うでありますよっ。外からは見慣れているですが、こうしてなかに入るのは初めてなのでありますから！　やっぱり間近でみると迫力が違うでありますねっ」

目の前に広がる光景に、ライラ・イライッザははしゃぎにはしゃいでいる。

それも無理はないかも、とシルヴィは思う。あまり慣れていない者からすると、ここはさぞ物珍しい場所といえるだろう。

砂塵《さじん》粒子がこすれて汚れると同時、すかさずペンキを塗り直してカラフルに保っている建物群は、どれもこぢんまりとしていてかわいらしい。石畳の地面と、レンガ造りの屋根で演出された空間が、有識者たちが中世西洋風と呼ぶ様式だということをシルヴィはよく知っている。

ここは二番街の名所のひとつ、アサクラ・アミューズ。

通称〈遊園地〉と呼ばれるこの場所は、偉大都市を代表する巨大娯楽施設だ。

連盟企業アサクラ社の所有する広大な土地を存分に使い、屋外・屋内エリアともに娯楽目的に特化したこの場所は、アトラクションエリアのほかにも、高層ツインタワーホテル、セレモニーホール、巨大劇場、ショッピングモールなど、さまざまなレジャー施設を内包している。

時刻は、もうじき正午を指そうとしている。

オープニング・セレモニーの開始は、もう間もなくだ。

シルヴィたち四人の粛清官《しゅくせいかん》は、ほかの警備班に遅れるかたちで会場に到着していた。連日、捕食者による新たな被害者が発見されており、早朝の時間を捜査に費やしていたからだ。

事件は少しずつ、そのベールを明かしている。昨晩の犯行現場では、監視カメラに犯人とおぼしき触手を生やした人間が映っていたこともあり、シルヴィとしてはそちらの調査に全力をそそぎたいところだったが、それでも本日の職務をないがしろにすることはできなかった。

「ここが噂《うわさ》のアサクラ・アミューズか。外からみるよりも大きいんだな」

黒犬のマスク越しに、シンもライラと同じように観覧車を見上げていった。

「シン先輩も、遊園地には初めて来たのでありますか？」

「ああ。こういう機会でもないと、わざわざ立ち寄るような場所でもないからな」

「自分は休暇がもらえ次第、家族を呼んで遊びにくるつもりでありました。でもそのとき案内できないと困ると思っていたので、きょうみたいな機会があって助かったでありますっ」

「おい。お前、まさか本当に遊びに来たつもりじゃねえだろうな……」

とテオリが引きぎみに言った。

「ち、違うでありますよっ。あとで敷地内パトロールがあるという話でしたから、それでいろいろ覚えるつもりだったであります！　ただその、そのときついでに、屋内エリアでチュロスというのを買ったり、アトラクションに危険物が仕掛けられていないか点検などできたら、ものすごーく嬉《うれ》しいのでありますが……？」

ライラがちらちらとマスク越しにシルヴィの顔色をうかがってくる。

正直を言えば、とシルヴィは思う。ライラたちには、息抜きの時間をあげたい。

官林院《かんりんいん》の出身で、かつ就任から間もない今の段階では、これまでまとまった休みなどほとんど取れていないはずだ。自分のような筋金入りのワーカホリックというわけでもないのだから、後輩たちにはそろそろ羽を伸ばさせてやりたいという気持ちはある。

だが、それは少なくともきょうではない。

「だめよ。飲食物を買うくらいならともかく、あまり露骨に遊ぶのは。再来週末には連休を取らせてあげられると思うから、それまでがまんしてね」

「え、ええ――っ。でもでも、みなさんあんな楽しそうにしているのに殺生でありますっ」

「でもじゃないの。きょうはエムブレムをしっかり装着して、連盟関係者に仕事ぶりをアピールする必要があるのだから。満喫するのはご家族と過ごすときのために取っておきなさい」

「ううぅ、わかったであります。先輩が言うのなら、断腸の思いで耐えるでありますっ」

「いい子ね」とシルヴィは頭を撫《な》でてやる。その背後では、テオリが「断腸の思いじゃなくて普通に耐えろよ……」とぼやいていた。

「さ、はやく行きましょう。セレモニーホールはあっちよ。遅刻するわけにはいかないわ」

シルヴィは三人を率いて、開会式のメモリアルセレモニーに向かうことにする。が、シンが観覧車から目を離さずに棒立ちしているので、声をかけた。

「チューミー?」

「ん。ああ、すまない」

「どうしたの?　なにか気になることでもあった?」

「いや、なんでもない」シンは首を振って動き出した。「行くか、いかにも退屈そうなセレモニーでも見物しに」

「もう。思っていても言わないの、そういうことは」

たしかに否定はできないけれど、とシルヴィは思う。

五年前、自分がアルミラ・M・ミラーとして前回の周年式典に連れてこられたときは、たしかに長々とした連盟関係者たちの挨拶《あいさつ》に、内心ひどく暇を持て余していたものだった。

だが、進行プログラムをみるに今回は改善されているらしい。

四人は垂れ幕の下がったセレモニーホールへと向かう。


入場すると、来場者たちのがやがやという声が聴こえてきた。

シルヴィたちの席はメインホールの二階、中央連盟の関係者席だ。ふたつ手前の列に座っていたシーリオが振り向いたので、それにうなずき返しておく。

一〇：〇〇。
これより八時間後に控えたクロージング・セレモニーまで、丸一日の警備業務がはじまる。

＊

会場の人々の視線が、ステージを彩る光の線に集められている。色鮮やかな彩光を放つ線が集結し、暗闇《くらやみ》のなかで幾重にも重なって、徐々に輪郭《りんかく》を成していく。

光が描いているのは、どうやら人の列のようだった。十三人の隊列が歩く絵が、光の線で投射されている。

壇上の端から、周年式典仕様の特別マスクを着用した司会の男があらわれる。

「みなさまもご存じのとおり、すべてのはじまりは〈Dの一団〉でありました――」

マイクを握る司会が、しずかに語り始める。

「今より二百年以上前のこと。各地を旅しながら、安寧の地を求めていた一団がいました。

当時、人が荒野を生き抜くというのは並大抵の苦難ではありませんでした。人間が生きるのに必要なだけの衣食住が、どこにも保証されてはいなかったのですから。

ですが彼らはどこまでも、力強くその旅を続けました。一団が生き延びることができたのは、ひとえに彼らがこの世でもっとも優れた砂塵《さじん》能力者のつどいだったからです。

そう、たとえば――

いかなる荒廃した土地でも栄養のある食料を提供した、リグ・バフォメ。

同じく安全な飲み水を用意した、エリオットー・シュテルン。

多種多様な植物の成長を促すことのできた、クロエル・エローズ。

あらゆる傷病をも癒した、メイリア・F・メティクル」

語りにあわせて、ステージの立体映像が動いていく。Dの一団のそれぞれの頭上に、この都市に生きる者ならばだれもが知っている、連盟所縁《ゆかり》の有名企業のロゴが生み出されていく。

「夢の金属の作り手、ミリアルド・L・ミラー。

どのような物体も思うままのかたちに成形した、コウゲツ・ガクト。

物質の還元を意のままにし、あらゆる機材を蘇らせた、ケイコ・アサクラ。

塵工《じんこう》可燃性エネルギーの生産者、リリギューノ・ルナ」

Dの一団の面々の紹介は続いていく。最後に、先頭を歩く女性にライトが当たった。

「そして彼ら一行を率いて、この地まで先導した女傑。

だれよりも特別な砂塵能力者、〝士師〟エバ・ディオス。

長い行脚のすえ、この地に住まうと決めた一団は、すみやかに根を下ろし、開拓をはじめました。

当時は依然、塵禍《じんか》のさなか。一団は、ありとあらゆる不徳の者からその身を狙《ねら》われました。ですが、彼らはけして侵略者たちに屈することはありませんでした。

それどころか、彼らは積極的に、敵対者たちを仲間に引き入れようとしました。

一団につけば、夢にも望まなかったような生活が保障される。遠い昔の御伽噺でしか聞いたことのない平和が、文明が、豊かな人生が手に入る！

そうした気づきを、人々に与えはじめたのです。われわれに必要なのは侵略や強奪ではなく、団結であると。協力こそが、自分たちの未来を築くものであると。

そうして一団を中心に、共同体が作られていきました。その共同体が都市として息づくまで、長い年月がかかりました。多くの試練を超える必要もありました。

しかし、着実に文明の復刻は進んでゆき……だれよりも街づくりに苦心したエバ・ディオスが老齢に達したころになって、ようやく、本当の意味ですべてがはじまったのです」

投光された人々の背後に、ビルが立ち上がっていく。物が増え、人が増え、身の回りが豊かになり、万歳を掲げる市民たちの身体から光が洩《も》れて、ひとところに集まっていく。

それらの輝きが、中央連盟のロゴを構成する要素にかわっていく。

「あるとき、Dの一団とその親族が結束し、とある組織の設立が宣言されました。

それが、さかのぼること一五〇年前のできごと。そう、かの中央連盟が発足した年であり、SAD暦ではなく、新たなる都市暦を数えはじめた年のことです。

いつのまにか、あの小さかった共同体は、この大陸でもっとも大きく、もっともすばらしい都市に発展していました。

その街の名こそ、だれが呼んだか偉大都市！

今なお、その成長は留まるところを知りません！　これこそがわれわれの誇るべき街、われわれの誇るべき文明の、そのすばらしい軌跡なのです！

本日は、その偉大都市《いだいとし》の一五〇周年を祝う式典！　この晴れやかな一日を、市民総出で祝おうではありませんか！」

高らかに声を張り上げる司会者の動きにあわせて、中央連盟のロゴが弾ける。

それらは光の花火となって、ドーム状の会場の天井に達すると、鮮やかな光線のシャワーを客席に浴びせた。

来場者たちが、一斉に拍手した。ひと際大きな歓声を上げる者や、スタンディングオベーションをする者さえあらわれる。

連盟企業であるエムロック社が企画・製作したプロジェクションマッピングによる都市建設史の実演は、そのようにして成功をおさめる。

こうした会場の様子は、市内チャンネルに実況中継というかたちで放送されて、開催式がつつがなく進行していることを市民たちに報《しら》せる。

去年のような都市全体を巻きこむ凶悪事件は起きていない。この治安の行き届いた街で、あなたたちは仮初《かりそ》めではない本物の平和を享受できているのだと、そう入念に知らしめる。

そう、事はすべて順調に運んでいる。

この場にいるだれもが、平穏無事な都市の一日を信じている。

2

シーリオの目の前に、施設内の全体図を載せたマップがある。ホワイトボードに貼ってある資料には、今回の警備における全体の工程がまとめられている。

ここは、アサクラ・ツインタワーホテルの宴会場だ。臨時に設営された中央連盟警備班の運営本部で、シーリオはマップをみながら、頭のなかでタイムスケジュールを確認している。

正午に開かれたオープニング・セレモニーは、連盟盟主であるディオス家当主、エリヤ・ディオスの挨拶《あいさつ》をもって無事に閉幕した。

周年式典の全体構成はシンプルだ。基本的な祭場をセレモニーホールとし、半日間のメインプログラムが進行する。それぞれのプログラムごとに事前に座席がおさえられており、来場客の面々は入れ替わり立ち替わり変化する。それと並行して、人々は貸し切りとなっているアサクラ・アミューズで食事を取ったり、アトラクションを楽しむなりして時間を過ごす。

現在、セレモニーホールでは著名人を呼んだ対談がおこなわれている最中だ。今年の場合は、大トリであるノエル・シュテルンのライブをもって、周年式典は終了となる。ほかのプログラムと比較して、席の倍率が何十倍にも膨らんだという、市民たちの期待の舞台だ。

そのクロージング・セレモニーが無事に終了するまでは、一切の気が抜けない。

今回、シーリオは、真の意味で万全を期したいと考えている。

そのために本部の警衛職員のみならず、中央連盟支部や、厳戒監獄である工獄からも増員を呼び、入園者には、たとえ高位の招待客であっても身体検査を厳格化した。

だが、それでも百パーセントの警備体制はできていないというのが実情だ。

それは準備を怠ったというよりも、ある種の免れ得ない組織間軋轢《あつれき》によるものといえた。

ゆえに当日を迎えた今でも、シーリオにはひとつだけ懸念点が残っている。それを解消してこそ、はじめてクロージング・セレモニーを満足に迎えられるとシーリオは考えている。

「――というわけで、貴公にひとつ仕事を頼みたいと思っているのだが。鞍馬《くらま》警伍級《けいごきゅう》」

「承知しました。なんでもやりま、いや、やらせてください。ナハト警弐級《けいにきゅう》」

デスクを介した向かい側に、和服を着た新人粛清官《しゅくせいかん》がいる。いささか粗暴な印象を与える素顔に、あまり彼女の面影を感じないなとシーリオは思う。

「私が頼みたいのは、園内の立ち入り禁止エリアの見回りだ。具体的には、おもにセレモニーホールの地下部分となる」

「見回り、すか……」

「そうだ。セレモニーホールの地下には、どうやらアトラクション区画に直通する従業員用通路があるらしいが、貴公にはこの周辺をチェックしてもらいたいのだ」

テオリは意外そうな反応だった。どうやら質問がしたそうだとみて、シーリオは言う。

「気になることがあるならなんでも言うといい、警伍級」

「じゃ、ひとついいですか？　これって、ようは異物確認とか、危険人物がいないかの確認作業って認識で合っていますよね？」

「そうだ。まさしく、そうしたことを頼みたい」

「自分の勘違いだったら申し訳ないんですけど、そういう点検って今朝の時点で完全に終わっているはずじゃなかったんですか？」

真っ当な疑問だ。シーリオは説明することにする。

今回の準備は、一から百までが中央連盟の管轄でおこなえたわけではなかった。それは会場であるアサクラ・アミューズに、もともとの警備班があったからだ。

それこそが今回、シーリオの頭を悩ませた最大の要因といえた。

今回のような警備任務は、そのままテロ対策と言い換えて差し支えない。ゆえにシーリオは、なによりもアサクラ・アミューズ内の入念な事前点検こそが肝要だと考えていた。

その考えは早い段階で先方にも伝えており、実際に彼らは、アサクラ社の抱える警備班のもとに点検を徹底したという回答を返してきたが、それはシーリオの望んだ対応ではなかった。

シーリオが望んだのは、対砂塵《さじん》犯罪のスペシャリストである自分たちが直接チェックすることだ。だが、アサクラ社側がそれを拒んだ。休園日のないアサクラ・アミューズにおいて、威圧感のある連盟職員が長期に渡って園内に出入りすることをきらったためだろう。

「警弐級《けいにきゅう》。それはつまり、アサクラ側のチェックが信用できないってことですか？」

「……言い方を選ばなければ、そうなる」

「もひとつ質問なんすけど、もし俺がアサクラ側に止められたりしたらどうすれば？」

「その際は粛清官《しゅくせいかん》特権を発動するといい。おそらく、それで食い下がる現場の者はいないはずだ。案ずるな、もしなにかトラブルが生じたとして、すべての責任は私が取る」

シーリオは相手にマップを渡しておく。シーリオがとくに目をつけていた箇所に印がつけてある館内図だ。それを受け取ったあとも、テオリはなおも思案顔を浮かべていた。

「まだ気になることがあるか、警伍級《けいごきゅう》」

「あいや、その、ずいぶんと厳重だな、と思って。すみません。べつに命令に不満があるとか、そういうわけじゃないんすけど」

「かまわん」とシーリオは手を振る。

それもまた真っ当な疑問だ。いくら新人とはいえ、いちおうは粛清官の位にある者にやらせるようなことではないと思ったのだろう。

「私はただ、万全を期したいのだ。なにせ建物の構造上、そこは地下に繋《つな》がるのだからな」

「ああ。まあ、それはそうすよね」

相手もそれには納得したようだ。

この都市の病理、地下の零番街。今回のような祭典において、もしなにかが起こるならば、それは地下から発生するものに違いないというのがシーリオの考えだった。

「所要時間は数時間ほどだろう。点検が終わり次第、ここに戻って報告したまえ」

「っす、承知しました」

「もういちど聞いておくが、イライッザ警伍級とは本当に別行動でかまわないのだな?」

その名を出すと、テオリは一瞬、不機嫌そうな表情を浮かべた。

「大丈夫です。あいつもなんか、べつに仕事が割り当てられたんすよね？　俺のほうはもう、ひとりでもぜんっぜんかまわないんで！」

「そ、そうか。貴公がそのつもりならば、私としても異論はないが」

シルヴィからの逐次報告で、シーリオも新人たちのちょっとした不仲についてはある程度把握しているが、そうした部分にはそこまで気を払うつもりはなかった。我の強い人間ばかりの粛清官《しゅくせいかん》同士で、はじめからうまくパートナー関係を結べるケースのほうがめずらしいからだ。

新人をひとりで向かわせることになるが、問題ないだろうとシーリオは判断する。これはあくまで最後のひと押しであって、現状でも異常がないことは確認されているのだから。

「……さて、向こうのほうはどうなっているか」

テオリが去ったあとで、シーリオは窓の外に目を移した。ここからは遊園地の様子がよくみえる。招待客でにぎわう園内のどこかに、部下たちの姿があるはずだ。

どちらかといえば、そちらのほうが心配といえる。

往々にして当日には予想外の出来事が起こるものだが、さきほど受けた連絡は、シーリオからすれば大ニュースだった。

クロージング・セレモニーの主役であるノエル・シュテルンが、もうすでに到着しているというのだ。本来の予定であれば、彼女の到着はもっとあとになるはずだったというのに。

だが、事前に連絡が入ったのは幸運だった。向こうの認識次第では、勝手に歩き回られる事態もありえたからだ。

ノエル・シュテルンの身辺警護を務めるのは、第七指揮の誇る、ひと癖もふた癖もある粛清官たちだ。

シーリオは、問題ばかり起こすと報告されている新人の女粛清官や、無礼という言葉が人間になったような元犯罪人の部下を思い浮かべて一抹の不安を覚えたが、すぐに首を振った。

多少なり礼儀上の問題が懸念されようと、護衛としては一流の者をつけておくほうが大事に決まっているからだ。

シーリオは補佐課の職員に留守を任せると、所用を済ませに席を立った。

3

シルヴィは、ネコの着ぐるみが子どもに風船を渡している様子を遠目に眺めていた。

この遊園地が竣成《しゅんせい》したのはおよそ十年前、自分がまだ九歳だったころのことだ。

プレオープンの招待客として招かれて、両親と手を繋《つな》いで園内を散歩して、あの子どもと同じように風船をもらったことがある。

それから幾度となく足を運んだことがあるから、シルヴィはこの場所に詳しい。

遊園地はおもに、屋外エリアと屋内エリアのふたつに分かれている。

屋内エリアは、ドーム式の巨大遊園場のなかにある。そこでは、贅沢《ぜいたく》に稼働している排塵機《はいじんき》のおかげでマスクをはずして遊ぶことができるのが特徴だ。子ども向けのアトラクションが多く、とくにプール設備に併設されたコースターが人気だったとシルヴィは記憶している。

屋外エリアのほうは、夜になると開かれるパレードや、二番街のトレードマークにもなっている巨大観覧車などが、とくに人気を博していた。

子ども時代のシルヴィは、パレードが大好きだった。遊園地特有の遊び心満載の装飾も好みで、いくらでも園内を歩ける気がしていた。あまりにも楽しかったものだから、当時のシルヴィはプレオープンに連れて行かれた翌日にも、また行きたいと父にねだったものだった。

そしてシルヴィの父は、娘のそうしたわがままにはとことん甘い親だった。

「あれはまだ、ぼくが十五、六の時分だったかな」

父が鏡張りのマスク越し、興味深そうに園内を見渡しながら言ったことをよく覚えている。

「当時、アサクラ社が主導して蘇らせていたジャンクデータから、数々の電子記録が発掘《サルベージ》されてね。それはそれは、多くの業界に影響を与えたんだ。遊園地の着工は、それからすぐのことだった。あの物好きなアサクラの先代社長のこと、きっとこうした大きなおもちゃ箱には目がなかったに違いない」

そのころには、父親が時おりひとりごとのように述べるむずかしい話を、シルヴィも半分以上は理解できるようになっていた。

「わたしも、そのお写真ならみたことがあるわ。あのお城がきっとそうよ。でもね、お父さま、ごぞんじ？　旧文明の遊園地にあったお城にも、参考にしたモデルがあるのよ。だから、オリジナルがあるの。もしかしたら、世界のどこかにまだ残っているのかもしれないのよ」

「ふふ、そうかもしれないね。あれだけ設計上工夫された石造建築なら、そのままの形で残っていてもおかしくはない。でも、それはきっと海を越えたべつの大陸にあるのだろうね」

続けて父はこう言った。いつか大陸の外に出ることがあるなら、自分といっしょにお城を探しに行ってくれると。当然、その願いは凍結されたままだ。

今にして、シルヴィはふと思う。

この街は広いが、ただ生きるには狭すぎる。

どこへ行こうとも、つねに過去がつきまとう。

突如、どこからか子どもの叫び声がした。目をやると、さきほどの子どもが手を離してしまったらしく、風船が空に飛んでいくところだった。

すかさずネコの着ぐるみがステップを踏みながらやってきて、かわりの風船を渡してあげた。子どもが喜び、母親とおぼしき女性がぺこぺこと頭を下げている。

（……平和なものね）

そんな光景を微笑《ほほえ》ましく眺めてから、いけない、とシルヴィは思い直した。

気を抜いている場合ではない。

どれだけ穏やかだろうが、今はいちおう、大切な任務の真っ最中だ。

五十メートルほど離れた先には、三人の監視対象がいる。

遊園地のマスコットキャラのファングッズが売っているショップの店頭で、ショーウィンドーをみながらなにかを話しているようだった。

そのうちのひとり、黒犬のマスクを被《かぶ》る人物だけが、いかにも暇そうに距離を置いていた。

その人物は振り向くと、シルヴィの姿をみつけ、数秒ほど視線を合わせる。

なにかを言いたげに肩を竦《すく》める相手に、シルヴィはマスクのなかでくすりと笑った。

どうやら一行は観覧車のほうに向かうようだ。シルヴィは一定の距離を保ったまま、彼女たちのあとをついていった。

＊

ノエル・シュテルンの身辺警護の話を振られたのは、オープンニング・セレモニーのあと、少々時間が経ってからのことだった。昼休憩の時間をもらい、同僚たちと食事を取り終えたシルヴィを運営本部に呼びつけて、シーリオが緊迫した表情でこう言ってきた。

「緊急事態が起きた。どうやら歌姫が予定よりもはやく到着するらしい」

「……そうすると、どうなるのでしょうか」

一考してもなにが緊急事態なのかわからず、シルヴィはたずねた。

「無論、それだけならばなにも問題はない。ただ、空いた時間を使って園内を見て回りたいという旨の連絡があってな」

「それは、べつによろしいのではないでしょうか。お好きに過ごしていただいて」

「そうも言っていられん。歌姫には、非常に熱狂的なファンが多いと聞いている。現に、彼女のファンが大量に会場の内外を張っているそうだ。スペアマスクを使ったとしても、なにかの拍子に正体が露呈しないとも限らん。式典が終わるまでは、こちらで対策を打つ必要がある」

そこで、シルヴィはようやく相手の言わんとしていることがわかった。

「ナハト警弐級《けいにきゅう》。それはつまり、われわれで歌姫の護衛を？」

「そうだ。その仕事をぜひ頼みたいと思うのだが、いかがか」

「その。それは、わたしひとりで、でしょうか？」

「そのつもりでいたが、なにか問題でも？」

問題だって？　おおいにある。

シルヴィは周囲をすばやく見渡した。聞き耳を立てている者がいないことをたしかめると、上官にわずか寄り、小声で告げる。

「申し訳ありません。とくに必要がないと判断してお伝えしておりませんでしたが、わたしは彼女と面識があります。過去に、例の事情で」

シルヴィには、連盟盟主の娘としての過去がある。今とは繋《つな》がりのないはずの、ごく限られた者しか知らない過去が。そしてこの上官も、数少ない事情を知る者だ。

シーリオはたいそう驚いたようだった。いつもの無表情を崩して、眼鏡をずるりと落とす。

「そうか。私の考えが至らなかったが、たしかに重々ありうることだったな」

眼鏡の位置を正し、シーリオもまた小声で返してくる。

「親しかったのか？　彼女とは」

「とくにそういったわけでは。ただ、何度か直接ご挨拶《あいさつ》したことがあります。それと、学園のほうでも多少。マスクを取った状態で会えば、さすがに疑われるとみてよろしいかと」

シーリオが苦渋の表情を浮かべた。

「事情は理解した。が、そうなると事態は少々深刻になってくるな」

「どういうことです？」

「考えてもみろ、バレト。そうなると残るはあの無礼者と、イライッザ警伍級《けいごきゅう》になるのだぞ」

たしかに、とシルヴィは思う。あのふたりは要人警護においては、適材適所とは真逆をゆく存在かもしれない。

シンは護衛技術には問題ないが、かわりに先方に対して、極めて素っ気ない態度を取るだろう。マスクの機械音声機能もいまだに取っていないし、失礼に値する要素は多々ある。

そしてライラのほうは……まじめにがんばろうとはするだろうが、なにをするのか想像がつかないところがある。少しでも怪しい者を見かけたら、ふとした思いこみで大問題を起こしてもおかしくはない。

なにより、ライラは歌姫の大ファンだと自称していた。ともすれば、ライラ自身がシーリオの心配する、問題を起こす熱烈なファンにならないとも限らない。

「とすれば、どうするのが吉か。手すきの補佐課の者に頼むか。いや、それでは能力者問題を解決できない可能性がある。だとすれば、べつの指揮の粛清官《しゅくせいかん》を……」

ぶつぶつと方策を口にする上官に、シルヴィはこう提案した。

「ナハト警弐級《けいにきゅう》。もしよろしければ、われわれでうまく対応してみます」

「しかし……」

「保険として、わたしが離れたところから見張っておきます。コンサート前の準備があるでしょうし、今からの到着となると、散策は二、三時間が関の山でしょう。それでおそらく問題は起きないかと思いますが、いかがでしょうか」

「……それが現実的な落としどころか。わかった、やはり一任するとしよう」

「承知しました。では、さっそくふたりに伝えて参ります」

「待て、バレト」

そう止めたシーリオは、単に真剣というよりも、どこか必死な表情でこう言った。

「くれぐれも。くれぐれも先方には失礼のないようにと、ふたりによく言いつけておくように。とくに、地海《ちうみ》のほうには念入りにな」

「わ、わかりました」

「それと再三となるが、間違っても彼女には危険が及ばないように頼んだぞ」

どことなく、シルヴィはひっかかりを覚えた。

それは式典の準備をしている段階から、ずっと抱いていた違和感だ。

シーリオのおこなっている警備は、百パーセントというよりも、百二十パーセントを目指しているようだ。いくら完璧主義の男といえど、いささか過剰に思えるほどの力の入れようだ。

ことに、ノエル・シュテルンに関連する事柄は。

なにか個人的な事情でもあるのか、はたまた自分にはわからない、高位の粛清官《しゅくせいかん》だけが抱く懸念点があるのか……。

だが、シルヴィはそれをたずねずに一礼すると、運営本部を出て行った。

4

ノエル・シュテルンは、ひどい緊張に襲われていた。

今朝目が覚めてからずっと、「大丈夫、大丈夫……」と念仏のように唱えている。

食事も喉《のど》を通らないほど緊張するのは、デビューライブでも経験しなかったことだ。いっそ時間が止まってくれればいいのにと思うも、時計の針は無慈悲に刻まれていく。

本日は周年式典の会場に向かう前に、いくつかの仕事があった。

ここ数か月で爆発的に人気が伸びてからというもの、ノエルのスケジュールは分刻みであり、ライブ当日といえども予定はぎっしり詰まっていた。

しかし、当日になって予想外のことが起きた。事務所で待機していたノエルに、クオコがこう言ってきた。

「ノエル、予定がかわったわ」

きょうは午前中に番組収録の仕事があるはずだったが、対談相手のコメンテーターが急病で来られなくなってしまい、突然に数時間の空きが生まれてしまったという。

「どうする？　塵工《じんこう》マッサージ師を呼んで、ライブ前にゆっくり身体を休めておく？」

そう提案するクオコに、ノエルはこくこくとうなずきを返した。

少しでもリラックスできるなら、もうなんでもいい……。

そう考えたところで、ふと思いつき、相手を呼び止めた。

「あの！　やっぱりできればはやめに向かって、少しアサクラ・アミューズの園内をみたいと思うのですが、いけないでしょうか？」

クオコはおどろいたようだった。普段、あまり自分がそうした要望を口にしないせいかもしれない。

だが、断られはしなかった。「確認してくるわね」と残し、どこかに電話をかけにいく。

戻ってくると、マネージャーは許可を出してくれた。

やった、とノエルは喜んだ。アサクラ・アミューズは、自分も大好きな場所だ。芸能活動をはじめてからというもの、めっきり遊びに行く機会は減ってしまったが、いつか時間ができたら、ぜひまたあのかわいい園内をみてまわりたいと常々思っていたのだった。

好きな場所を散歩すれば、少しは気もまぎれるかもしれない。

もっとも、このタイミングだといっしょに楽しめる友だちがいないのは残念だが、ひとりで気ままに遊園地を歩くというのもいいものだろう。

いくぶん晴れやかな気分になって、ノエルは事務所の車に乗りこんだ。

が、アサクラ・アミューズに到着したとき、その前向きな気持ちは、はたと消え失せた。

「えぇ⁉　し、粛清官《しゆくせいかん》のかたの護衛がつくのですか……⁉」

「ええ。当然でしょ？　なにせ、あなたは中央連盟からしても重要人物だもの。でも、安心して。もちろん、ずっと隣につきっきりというわけではないから。ちょっと離れたところで危険がないか見張っていてもらうだけよ」

セレモニーホールの控え室に案内しながら、クオコは当然のようにそう言った。

ノエルは肩を落とした。それから、すぐに自分の考えが甘かったと考え直す。

たしかに、ひとりで悠々と歩けるはずがない。知らないあいだに事務所が雇ったSPは増えているし、自分が監視から逃れられるわけがないのだった。

とはいえ、まさかよりにもよって粛清官だなんて。

ただでさえ気分が悪いところに、さらなる緊張が押し寄せてくる。

粛清官の噂《うわさ》は、たびたび耳にしている。偉大都市《いだいとし》の治安を守っている、よりすぐりの砂塵《さじん》能力者たち。大市法の特権者で、この都市が持つ力の具現的存在。これまでも連盟関連の催事で姿をみかけたことはあったが、得もいわれぬ威圧感がある人たちだったと記憶している。

ただでさえ周年式典の見回りで忙しいだろうに、自分が突然遊園地を歩きたいなどと言い出したものだから、きっと不機嫌でいるに違いないとノエルは想像する。

「先方がお待ちよ。どうぞ、ひとこと挨拶《あいさつ》だけでも」

「え、ええ」

気乗りしないノエルをよそに、マネージャーはあっさりと扉を開けた。

ノエルはマスクをはずすと、おそるおそるなかを覗《のぞ》く。

そして──思わず「え？」と声に出しそうになった。

意外にも、そこに立っていたのは、ふたりの少女だったからだ。

「うわわわ、本物ですっ、本物のノエルちゃんでありますっ。シン先輩、本物でありますよ！すごいであります、きれいでありますっ」

「お前、観覧車のときと同じことを言っていないか」

「観覧車よりも、さらに感動しているでありますっ。ああ、自分、粛清官《しゅくせいかん》になって本当によかったでありますっ」

片方の子は、頰《ほお》を紅潮させてワーキャーと騒いでいる。それに対して、もう片方の少女は、どこか冷めたような目つきをしていた。

ノエルは、ふたりの服装を確認した。エメラルド色に光るエムブレムは、まちがいなく名高い粛清官たちがつけている代物のはずだ。

それでも目の前の光景が信じられず、ノエルはたずねてしまう。

「あ、あの。失礼ですが、おふたりは粛清官の方、なのですよね?」

「ハッ！　そ、そうでありました、自己紹介をしないとでありますね！　自分はライラ・イライッザ警伍級《けいごきゅう》と申します！　そしてこちらが」

「シン・チウミ警肆級《けいよんきゅう》だ」

「われわれふたりで、ノエルちゃんに近づこうとする不届きものからお守りする所存であります！　つねに目を光らせておりますから、どうぞ大船にのったつもりでいてほしいであります！」

ぴしっと敬礼する相手に、ノエルはあっけに取られてしまった。

「では、私は会場のスタッフと段取りの最終確認をして参ります。ノエル、短い時間にはなりますが、存分に羽を伸ばしておいでください。粛清官のおふたりには、何卒よろしくお願い申し上げます」

マネージャーが一礼をして去っていく。

その場に取り残されると、ノエルはおずおずと口にした。

「その、このたびは申し訳ありません。お忙しいなか、わたしひとりのためにわざわざ出てきていただいて」

「気にする必要はない。要人護衛は業務の範ちゅうだ」

シンと名乗った少女が答えた。

その立ち姿をあらためてみて、ノエルは思わず息を呑んだ。

なんときれいな子だろうか。粒ぞろいの芸能界でも、これまでみたことがないほどに可憐《かれん》だ。濡《ぬ》らしたビードロのように光る赤い瞳《ひとみ》は、眺めていると吸いこまれそうな錯覚を覚える。

こんな人形のような女の子が、あの泣く子も黙る粛清官だなんて。

視線が合うと、相手はそそくさと黒犬のマスクを着用した。ちょっと露骨にみすぎたかも、とノエルは反省する。

「自分は仕事じゃなくても喜んでやるであります！　だって、あのあこがれのノエルちゃんと、ずっと行きたかった遊園地をまわれるのでありますよ？　そんなの、テオをひとり現場に置いてでも来るであります！」

「べつにいっしょというわけじゃないぞ、ライラ」

そう注意するシンの声は、どういうわけか、マスク越しだと機械音に変換されていた。

「そ、そうでありました。離れて注意、でありますよね。でも、それでもよいのであります！　だいたい同じ空間にいられたら大満足でありますから！」

「その、ライラさん、でしたよね？　もしかして、普段から私の歌を聴いてくださっているのでしょうか？」

「な、なんと、きづかれておりましたか……」

嘘《うそ》か誠か、ライラはおどろいた様子で答えた。

「じつはそうなのであります。えへへ、自分、ノエルちゃんの大ファンでして。でもでも、サインをねだったりなどはしないのでご安心くださいっ。なんせ自分はもうおとなで、粛清官《しゅくせいかん》なのでありますから！」

ライラはえっへんと胸を張った。

「そうなのか？　なら、さっきシルヴィのやつに隠れて職員からペンを借りていたのはなんだったんだ？」

「あぅ！　そ、それは、ぜんぜん関係ないでありますよっ。ちょっとメモしたいことがあっただけでありまして……もぉ、余計なことを言わないでくださいであります、シン先輩！」

わたわたとあわてるライラに、ノエルはくすりと笑ってしまう。

どうやら、自分が想像していたような人たちではないようだ。すっかり緊張がほぐれて、表情が和らいでいくのが、自分でもわかった。

「ライラさん。私のでよければ、サインはいくらでもお書きします」

「ほ、本当でありますか！」ライラが、ぱぁっと顔を明るくした。

「ええ。それよりも、安心しました。なんといいますか、とてもフランクな方々で」

「それはよかったであります！　自分、官林院《かんりんいん》でもフレンドリーなのがいちばんの取り柄だとよく言われていたでありますから！」

「ところで、行かないのか？　遅くとも四時には戻らなければならないと聞いている。俺はべつに、ここでただ時間が過ぎるのを待っていてもいいんだが……」

そうだった、とノエルは手を叩《たた》いた。自由時間はあまりないのだった。スペアマスクに付け替えて、はやく出かけなくては。

ライラがうずうずした様子でいる。どうやら、感情がすべて表に出るタイプの人のようだ。なんとなく女学園時代の後輩たちを思い出しながら、ノエルは思い切ってこう提案した。

「あの、もしよろしければなのですが。離れてといわず、私といっしょに園内をお散歩していただけますか？」

「え！　い、いいのでありますか？」

「もちろんです。ひとりで行動するより、そのほうがずっと賑《にぎ》やかで楽しいですから」

「シ、シン先輩！」

ライラの許可を乞うような目線に、シンは黒犬マスクのなかでフッと一笑すると、

「いいんじゃないか？　向こうがいいと言っているのだから」

と言った。

諸手《もろて》を挙げて喜ぶライラをみて、よかった、とノエルは思う。

本番の前に、マッサージよりもずっとリラックスした時間が過ごせそうだ。

5

テオリは、官林院《かんりんいん》にいたころのことを思い出している。

休み明けの教室は、少し前に比べてずっと閑散としているようだった。

それは気のせいではなく、実際に人数が半減していたからだ。入学後の第一の試験が終わり、粛清官《しゆくせいかん》候補生たちは半数以上が間引きされていた。

これからどんどん人は減っていく。最後には厳選された候補生だけが残り、さらにそこから実際の粛清案件をクリアして、現役粛清官の面接を突破した者だけが粛清官になれるのだ。

厳しく、なによりも狭き門だ。

周りの候補生たちは寄り添い、不安を打ち明けあって互いを励ましていた。だが、テオリはその輪には加わらなかった。そんなのは心の弱いやつらがすることだと思っていた。

俺は、こんな軟弱者どもとは違う。

自分の力だけで関門を突破して、かならず粛清官になってやる——

そんな野心を秘めて、周囲を威圧するオーラを放っていたテオリは、突然話しかけられた。

「キミ、なんだかずっとひとりでありますね？」

みると、ひとりの小柄な女がきょとんと首をかしげている。

テオリは意外に思った。こいつはたしかやけにやかましいやつで、とくに話すまでもなく阿呆だとわかるタイプの候補生だったはずだ。まさか、まだ振るい落とされずにいたとは。

「放っておけ」

そっけなく答えて、テオリは手元の教本に視線を戻した。

「ははあ、わかったでありますよ！　うまくお友だちが作れなかったでありますね？　こういうのはいっかい乗り遅れたら取り返すのは大変でありますからね」

なにを勘違いしたのか、ひとりでうんうんとうなずく相手に対して苛立《いらだ》ちを覚えた。

「だから、放っておけって」

もういちど、わざと冷たく言ったが、相手は無視して質問を重ねてくる。

「なんでまだキョーカショをみているでありますか？　もうお昼でありますよ？　みなさん食堂に行ったでありますます。食べないでありますか？」

「……。」

「ややっ、これはお弁当箱でありますね！　まさかここでひとりで食べるつもりでありますか？　でも、みんなで食べたほうがおいしいでありますよ？」

「……。」

「あ、ひょっとして今さら混ぜてもらうのが恥ずかしいのでありますか？　ぶきっちょさんでありますねぇ。でも、それなら任せるであります っ。自分が仲を取り持ってあげるでありますから。ほらほら、立つでありますよ！」

「だ——っ！　うるっせぇんだよ、てめえ！　人がシカトきめてんのに上からデアリマスデアリマス連呼しやがって！　つーか、そのわけわかんねえ口調はなんなんだよ！」

生来の沸点の低さから、テオリはいきなりそう怒鳴りつけた。

「こ、言葉遣いのことは言わないでほしいであります！　偉大都市《いだいとし》の公用語はむつかしくて、こうしないとうまくしゃべれないのであります！」

「はっ。なんだお前、どこの田舎者だ？」

テオリは鼻で笑った。と、相手は「む、むむむーっ」と眉《まゆ》を吊り上げた。

「なんていやなやつでありますか！　ひとりぼっちでかわいそうと思って話しかけてあげたのに、そんなことを言うなんて信じられないであります！　謝罪を要求するでありますよ！」

「だれが謝るかっつーの。それよりもはやくどっかに消えて、さっきの連中とくだんねえお友だちごっこでもしてこいよ。で、全員仲良く落とされやがれ」

「謝るであります、謝るでありますーっ！」

「うるせーっ！　人の耳元で大声出すんじゃねえーよっ！」

奇妙な女との言い合いは、教室のまわりに人だかりができるまで止まらなかった。

そんな出来事があったから、テオリは無意識のうちに相手の動向を目で追うようになってしまった。その結果わかったのは、この女が底抜けに頭が悪いということだった。

とにかく要領が悪く、テオリからすれば信じられないような勘違いやミスを頻発するのだ。訓練態度こそまじめなはずなのだが、同時にどこか野生動物のような奔放さがあり、常識はずれの行動を取ることがままある。

とくに印象的だったのは、座学に丸々一時間も遅刻してきたときのことだ。

教官が理由を問うと、学舎の表で野良猫の赤ちゃんをみつけて、親を探してあげていたのだと堂々と答えていた。

野良猫だって？　どうせ、小さくとも凶悪なサビアキャットだ。ろくになつきもしない砂塵《さじん》共生生物を助けるのに、大切な官林院《かんりんいん》の講義をすっぽかす？

どうかしている。

それを期に、テオリは気にするのをやめた。

あんな出来損ない、つぎの試験で落第するのは火をみるよりも明らかだったからだ。この大事な時期に、ほかのやつのことを気にしている余裕は一ミリもない――

事件が起きたのは、そんな矢先のことだった。

忘れもしない、都市暦一五〇年の下半期。

歴史に残る砂塵《さじん》テロ、〈ルーガルーの獣人事件〉が勃発《ぼっぱつ》した。

都市の各地にあらわれた獣人の対処に、中央連盟は大忙しとなった。猫の手も借りたい非常事態ということで、官林院《かんりんいん》に本部の職員がやってきて、有志の協力を要請してきた。

「われこそはという粛清官候補生《しゅくせいかん》に、ぜひ獣人鎮圧の現場に向かってもらいたい。命の保証はできないが、現場での働きは特別功績点として院の評価に加味する――」

テオリに限らず、多くの候補生が手を挙げた。

そこには、ライラ・イライッザの姿もあった。

事実上の粛清案件ということで、候補生たちは二人ひと組のチームを組むことになった。そこでテオリは、なんの因果か、ライラと組むことになってしまったのだった。

「ちっ、お前かよ。足を引っ張るなよ、田舎女」

「むむむっ、あいかわらずいやなやつ！　それはこちらのセリフでありますよーだっ」

くじ運を恨んでいるような暇はなかった。獣人事件は、テオリの出身地区である遊郭にも甚大な被害を及ぼしている。自分も、ぜひ解決の一助になりたい。

テオリは、気合いを入れて現場に向かった。

そして――

その実戦の場で、テオリは多くの物事を学んだ。

たとえば、凶悪な塵工《じんこう》体質の持ち主が、下手な能力者よりもずっとおそろしいということを知った。生半可な能力者たちが一方的に獣人に切り刻まれる姿をみて、テオリは恐怖を覚えた。

たとえば、本職の粛清官たちは、その能力はもちろん、なによりも胆力に優れることを知った。彼らはみな、まだまだ自分では足元にも及ばない、一流の仕事人だった。

あるいは――この砂塵まみれの世界の仕組みというものを知った。

かりにマスクをつけておらずとも、砂塵とは人の本性と、その真価を覆い隠すものだ。

そうだ。ライラという女は、だれがどうみてもぽんこつで、変わった口調の変人で、元気のよさだけが取り柄のバカで……だが、それが全貌《ぜんぼう》ではなかったのだ。

任務から生還したあと、テオリは自分が獲得した功績点を目にした。

ただ行って帰ってきただけであることを証明する、参加賞のような点数をみたときの苦々しい感情は、きっと忘れることがないのだろう。

なにより、隣にいた女の得た点数は――

＊

テオリは通路をひとりで歩いていた。その片手には、上官からもらったチェックポイントを記した館内マップ。もう片方の手には、布で覆い隠した自前の武具を携帯している。

笠帽子と呼ばれるデザインのマスク越し、テオリは周囲を見渡してつぶやく。

「……広えな。広えし、随分と入り組んでいやがる」

アサクラ・アミューズの地下は、ちょっとした迷宮のような作りとなっていた。

その事情を、テオリもある程度は把握している。今回の周年式典の会場になるということで、事前に調べていたからだ。

二番街アサクラ・アミューズのある場所は、昔は地下に降りるための代表的な出入り口だったようだ。そこを中央連盟が地下ごと制圧し、深部へと至るルートを封鎖したあとで、連盟企業であるアサクラ社が土地一帯を買い取ったという。

つまり、この場所からほんの少し潜れば、かつて地下住まいの市民たちが生活していた区域に繋《つな》がっているのだ。このように入り組んだ構造なのは、当時の地下通路の一部が流用された結果だという。

上官が警戒するのも当然かもしれないな、とテオリは思った。地下街のことは、偉大都市《いだいとし》の地上に住む者なら、だれであれ注意を払うものだからだ。

とはいえ、ここがすでに連盟企業の敷地であることには違いない。アサクラ・アミューズはこれまでだれに脅かされることもなく、平和に経済活動をおこなってきた。

それは本日もそうであるし、おそらく、このさきもそのままだろう。当日の緊急点検とはいっても、やはり形式的なものにすぎないはずだ。

それでも、テオリはこの任を断るわけにはいかなかった。

こうした地道な雑事をこなして、ナハト警弐級《けいにきゅう》や、この一年で破竹の勢いで功績をあげているバレト警肆級《けいよんきゅう》などに一目を置かれる必要があるからだ。

通路の向こうのほうから、アサクラ社のマスクをかぶった従業員がカートを押してくる。そのふたりは、あきらかに社員とは異なる風体のテオリをみて首をかしげていたが、和服の胸元に光る緑色のエムブレムを目に留めると、あからさまにおどろいた。

「うそ、粛清官《しゅくせいかん》？」「な、なんで地下通路にいるの？」「知らないわよ、はやく行こっ」

小声だが、そうしたやりとりが聞き取れた。

自分たちが恐れられるのはいつものことだ。さきほど地下に降りるときもアサクラの警備員に肩を叩《たた》かれたが、手帳をみせただけで相手がおびえて、通行許可が出された。

このまま突き当たりまで進むと、座標としては遊園地の中心地に至ることになる。

そこに辿《たど》り着くまでの道すがら、テオリはひとつの扉をみつけた。

ここもチェックポイントのひとつだ。扉を開くと、あまり使われていない通路なのか、ほかの場所よりも少しさびれている感じがした。床は汚れており、電灯はひとつ切れている。

いくつかの部屋を覗《のぞ》いてみる。どうやら、このあたりは物置として使われているらしく、壊れた排塵機《はいじんき》や、余った資材などが打ち捨てられていた。遊園地のマスコットキャラ――たしかモニネコだかなんだかいう――の古い着ぐるみが転がっているのをみて、テオリは夢の世界の裏側を覗《のぞ》いたような気持ちになった。

「……やっぱ、そうそう怪しいもんなんてねえよなあ」

そうして、テオリがべつの場所に行こうとしたところだった。

離れたところに、人影をみつけた。ふたりの人間が、廊下の向こう側を歩いていく。

風体をみるに、どちらも連盟職員のようだ。

どうしてこんなところに？　とテオリは疑問に思う。自分ひとりが見回るには広すぎるから、上官がべつの者にも仕事を与えていたのだろうか。

「すんません、ちょっといいすか」

向こうの進捗《しんちょく》を聞こうと思い、テオリはそう声をかけた。が、相手は足を止めずに、L字を曲がっていってしまった。

「あん？　聞こえなかったか……。すんませーん！」

テオリはあとを追うことにするも、相手は一向に立ち止まらなかった。どこかふらふらしているにもかかわらず、その足取りには迷いがなく、はやい。

三叉路《さんさろ》に至ったところで、テオリは職員たちの姿を見失ってしまった。

そのとき、遠くから――足元から？――だれかの悲鳴が聞こえたような気がした。

「……。」

なにかキナ臭いものを感じながら、テオリは直感で、近くにあった扉に手をかけた。

使われなくなった椅子《いす》やら棚やらが放置された、粗大ごみ置き場のような部屋だった。

だが、テオリはすぐに気づく。散らかってはいるが、だれかが頻繁にこの場所を歩いている。

木材の欠片《かけら》が、道をあけるようにして部屋の奥へと続いているからだ。

室内の明かりは消えており、周囲は暗い。が、テオリは迷わず奥へと進んだ。

そこでみつけたものに、目を見開いた。

「んだよ、これ……」

そこには穴があいていた。底の覗けない、まるで地獄の底に繫《つな》がっているかのような穴が。

——戻って上官に報告するべきか？　いや、その前にまずアサクラ側の人間にたしかめるべきか。まだ、なにかの工事をしているだけの可能性もある。

だが、そのわりにはなにか、やけに不穏な空気が……

テオリがもう一歩だけ進み、なかを覗いたときだった。

暗い穴の底から、なにかが伸びてきた。まるで意志を持った紐《ひも》のようなそれに反応するより先、しゅるりと足首を巻き取られて、テオリの姿が穴のなかに引っ張られていった。

6

ライラ・イライッザという女には、昔からずっと憧《あこが》れていたものがある。

それはずばり、明るく楽しいシティガール生活だ。

偉大都市《いだいとし》に生きる人たちは、外の世界とはまったく異なる娯楽を楽しむものだ。

豊かな物質、変わった塵工物《じんこうぶつ》に囲まれたこの街を、女の子たちはおしゃれな服装とマスクを身につけて、面白おかしく過ごしている。

呪文みたいに名前の長い、やけに甘くておいしい飲み物をカフェで買って、排塵機《はいじんき》がびっしり稼働しているショッピングモールを堂々と素顔で歩いて、お買い物をしたりするのだ。

あるいは、まるで宝石をちりばめたみたいに素敵な夜景の遊園地——こんなすばらしい場所は偉大都市のほかにはどこにもない——を、友だちといっしょにまわったりだとか。

しかし、偉大都市に居を移して、ライラはそうした機会にはめっきり恵まれなかった。官林《かんりん》院《いん》で作った友だちの多くは途中で脱落して疎遠になってしまったし、かりに会えたとしても、ちゃんと遊べるような休みはまだもらえていなかったからだ。

だから、このときのライラの気分は、まさに有頂天だった。

「ライラさん。これとこれ、どちらがいいと思いますか？」

「ど、どちらも気絶するほどかわいいでありますっ。そんなの選べないでありますよう」

「そ、そうですか？　んー、わたしとしてはモニネコって青モニモードのほうがかわいいと思うんですけど、赤モニも捨てがたいんですよね。迷っちゃいます」

今、ライラの目の前では、青髪の女性がフリルのついた服を両手に持って、鏡の前で身体に当てている。信じられないことに、今ライラと買い物を楽しんでいるのは、今の偉大都市において知らぬ者のいないアイドル、ノエル・シュテルンなのだ。

ここは、遊園地に内設されたショップのひとつ。アサクラ・アミューズの人気キャラクターのグッズがずらりと並んだ、ファン御用達の店である。

ことの経緯は、さきほど、スペアマスクを装着したノエルとともに園内を歩いている最中、ライラがずっと気になっていたことを質問したことだった。

「アサクラ・アミューズでは、女の子たちは決まった色の服を着て歩くと耳に挟んだのでありますが、それはなぜなのでありますか？　なにかのはやりなのでありますか？」

「ライラさん、〈豹変《ひょうへん》しろ！　モニネコくん〉ってみたことないですか？　この遊園地ができたとき、アサクラ社が作ったアニメーションです。とってもかわいいですよ？」

ノエルが説明するには、コアなファンが毎週末のように遊園地をおとずれる理由がそれらしい。モニネコというキャラクターは、一匹のネコに三体の精神が宿っており、通常モードの黒モニ、ほんわかモードの青モニ、凶悪モードの赤モニに変身するそうだ。シリーズが進んだ今では、ライバルモニやヒロインモニなど、さまざまな種類のモニネコがいるという。

どうやら、ファンは自分の推しモニの服装を着て歩くのが主流らしい。言われてみると、すぐそこにも青いワンピースを着た人と、赤いワンピースを着た女性が腕を組んで歩いていた。

「あ！　あの人たち、マスクまでモニネコ仕様でありますよ！」

「モニネコグッズってたくさんあるんですよ。そこのお店でもオフィシャルのワンピースは売っていますし、屋内エリアでは素顔に猫耳というのをつけたりもするんです。屋外を歩くときは、それこそああしてマスクごと取り換えちゃったりだとか」

「すごいであります、かわいいでありますっ」

ぴょんぴょんと飛び跳ねて喜ぶライラに、ノエルが提案してきた。

「よければ寄っていきますか？　わたしも、ひさしぶりにモニグッズをみたいですし」

「!!　シン先輩！」

ライラは振り返って、遅れて自分たちについてくるシンに声をかけた。シンはマスクのなかであくびするような仕草をすると、

「ああ。いちいち俺に許可を取る必要はないから、好きにしろ。周囲は俺が気にしておく」

と答えた。

そうして今、ふたりはフィッティングルームにいる。

衆人の目がなくなった密室で、ノエルはマスクをはずして、姿見と向き合っていた。

「うーん、どっちがいいかなあ。わたしって、昔から優柔不断なんですよね」

「ノエルちゃんが着るなら、どっちもぜったいに似合うに決まっているであります！」

「うふふ、ありがとうございます」

そのとき、ライラの頭上にピコーンと電球が光った。「自分気づいてしまったのでありますが、どちらも買ってしまえばよいのではありませんか？」

「んー、それもありなんですけど……」

ふと、ノエルはライラに近寄ると、持っているワンピースをあわせてきた。

「え、な、なんでありますか!? な、なぜ自分に」

「わたしこそ気づいちゃったんですけど、ライラさんにお似合いなほうを選んで、残ったのをわたしが着れば解決だと思うんです。うぅん、そうですね。ライラさんはなんとなく、青モニのほうが似合う気がしますね」

その発言に、ライラは「ええ!?」と大声を出しておどろいた。

「そ、それはひょっとして！ 自分と、あのおしゃれな子たちがみんなやっているという、おそろコーデというのをしてくれるというお話でありますか!?」

「あ、ごめんなさい。おいやでしたか……？」

「とんでもないであります、むしろ光栄であります！ うう、夢のようでありますよぅ……」

受け止めきれる幸福ゲージの限界を超えてしまい、ライラはよろよろとよろめく。

こういうのが、まさしくライラのやってみたかったことなのだった。

それも、相手があのノエルちゃんだなんて！

「で、でも、今はぐっとがまんであります！」と拳《こぶし》を握ってライラは復活した。「いちおう職務ちゅうでありますし、このバトルユニフォームをかえたら、もしもなにかあったときにノエルちゃんをお守りできないかもでありますからね！」

え？　とノエルは首をかしげて、それから「あ」と口元を押さえた。

「そ、そうですよね。ライラさんも、りっぱな粛清官《しゆくせいかん》のかたですものね。ごめんなさい、あまりに自然にお話できてしまうものだから、つい忘れてしまっていました……って、それも失礼ですよね！　ああもう、なに言っているんだろ、わたし。ごめんなさい」

「ぜーんぜん失礼なんかじゃないでありますよ！　それよりも、結局どちらを買うでありますか？」

ノエルはしばらくワンピースを眺めると、「やっぱり、またこんどにしようかなと思います」と言って、商品をもとの位置に戻しにいった。


モニネコショップを出ると、三人は園内の奥に進んだ。アサクラ・アミューズの人気スポットである、A's キャッスルという名の城が近づいてくる。遠くからみるととても大きいようにみえるが、近づくにつれて小さくなっていくのが、どうにもライラにはふしぎだった。

A's キャッスルの下をくぐり抜けるとき、ノエルが言った。

「わたし、遊園地の乗り物ってどれも好きなんですけど、あれは特別にお気に入りなんです」

「あれ、とはなんでありますか？」

ノエルは前方を指さした。

「あれです――観覧車」

アーチの向こうにあらわれた光景に、わあっ、とライラは歓声をあげた。

城とは逆に、こちらは近づけば近づくほど大きく感じる、ふしぎな乗り物だ。全高は百メートル以上あるだろうか、すぐ傍《そば》にあるツインタワーホテルと並ぶほどに高い。

「ひさしぶりに乗りたいと思うのですが、もしよろしければごいっしょにいかがですか？」

「もちろんであります！　シン先輩も乗るでありますよね？」

シンは黒犬マスク越しに観覧車をみあげると、首を振った。

「いや、俺はいい。あれなら空中の密室だから、ある意味どこよりも安全だろう。俺は下で待機している」

「でも、でも自分、シン先輩とも乗りたいでありますよぅ」

懇願するライラに、シンは言い聞かせるように言った。

「考えてもみろ、ライラ。もし緊急招集の通達でも入ったとき、俺たちのどちらかは地上で動ける状態でいたほうがいいだろう？　これはただの役割分担だ」

「それは……うぅん、そういうものでありますか？」

「そういうものだ。とにかく行ってこい、俺のことは気にするな」

ライラとノエルは顔を見合わせた。ノエルは申し訳なさそうに頭を下げると、「ではのちほど」といい、ライラを連れて観覧車の足元に向かって去っていった。

＊

シンは横長のベンチに座りながら、ライラたちが乗りこんでいった観覧車を眺めていた。

そうしていると、背後から声をかけられた。

「あなたは乗らなくてよかったの？　きれいよ、上からの眺めは」

声の主はわかっていたから、シンはそのままの姿勢で答えた。

「冗談だろう？」

「そうかしら。最近のあなたをみていると、べつに彼女たちといっしょに乗ってもおかしくはないと思うけれど」

たしかにそうかもしれないとシンは思う。だれかとともに行動することは、日に日に抵抗がなくなっている。だが、きょうはそういう気分にはなれなかった。

「シルヴィ。いい加減、事情を説明してくれないか」

歌姫の身辺警護を自分とライラに任せたくせに、シルヴィは自分たちを尾行していた。

とくに理由を隠すつもりはないらしく、シルヴィはあっさり答えた。

「話はとてもシンプルよ。昔、わたしは歌姫に会ったことがあるの。もっとも、まだ彼女が芸能活動をはじめる前のことだけれどね」

「やはり、例の件だったか」

なんとなく事情は察していたが、予想どおり、彼女の特殊な経歴が関係していたようだ。

「べつにマスクをつけたままご挨拶《あいさつ》してもよかったのだけれどね。それでもリスクは避けたいし、ライラさんへの説明がむずかしそうだったし、ラクな手段を取ってしまったわ。あなたたちに対応させることになって、ナハト警弐級《けいにきゅう》は戦々恐々としていたみたいだけれど」

「余計な心配だな。俺はともかく、ライラのやつはかなりうまく付き合っているぞ。どうやら歌姫も喜んでいるようだ」

「そうみたいね。わたしも途中から、どうして自分がこそこそあとをつける必要があるのかわからなくなっちゃったわ」

シルヴィはとなりに腰かけると、陽のなかで気持ちよさそうに背伸びをした。

いちおう、シンは周囲への警戒を怠らないでおく。が、怪しい人物や物はなにも見当たらなかった。観覧車に爆弾でも仕掛けられていない限り、なにかが起こることはないだろう。

「それにしても、去年の論功行賞然り、マスクをはずせない機会が増えてきたわね。わたしも、どこかはやりの塵工《じんこう》整形クリニックで顔をかえてもらおうかしら」

「本気で言っているのか？」シンはおどろいて相手のほうを向いた。「ぜったいにやめたほうがいい。いや、ぜったいかはともかく、少なくとも、俺はやめたほうがいいと思う」

「どうしたの？　それこそ冗談に決まっているじゃない。もしその気なら、はじめにかえているもの」

シルヴィがマスクのなかで笑った。からかっている表情が透けてみえるかのようだった。

「チューミー。あなた、やっぱりきょうはちょっと様子がおかしいわよ。なにか気になっていることでもあるの？　なんだかずっと上の空みたいだし」

シンは答えなかった。

「あの子たちが入ってきてから、あまりゆっくり事件以外のことを話す機会もなかったでしょう。なにかあったのなら聞かせて」

「……べつに、なにもない」

「本当に？　砂塵《さじん》能力があるってわかったときみたいに、また変に気を遣っていたりなんかしていないわよね？」

「またその件で責めるつもりか？　もうさんざん謝っただろう」

「おあいにくさまね。こっちは一生言うつもりだから覚悟しなさい。まったく、あなたの戦法が変わるならフォーメーションも変わるし、取れる作戦だって増えるというのに。そんな大事なことを黙っているだなんて、本当に信じられないんだから」

勘弁してくれ、とシンは思う。いつまで負債を返す努力をしなければならないというのか。

観覧車がゆっくりと回転している。遠目に把握していた、ライラとノエルの乗りこんでいった箱は、まだ九時のあたりをのぼっている最中だ。

「なにもないと言ったのは本当だ。むしろ、なにもないことが問題なのかもしれないな」

「どういう意味？　チューミー」

「いや、なにもないというのは語弊があるか。捕食事件はひさしぶりに大きな案件だし、俺もあすからは現場に戻る。それにもちろん、お前の目的のことだってある。それでも、今の俺の生活は、以前とはまったく異なるものなんだ。だからふとしたときに、いろいろと思い出したり、考えてしまうことがある」

シンは軽く下顎《あご》をあげると、前方を指した。

「たとえば、あの観覧車もそうだ。この都市に来たばかりのころは、わざわざ気にしているような余裕もなかったんだが、あれは」

そこでシンはいちど言葉を止めた。わずか迷い、それから続けた。

「……あれは、ランがずっとあこがれていた乗り物だ」

今も昔もかわらないだろう。この大陸に住まうすべての人間のあこがれである偉大都市《いだいとし》は、その一挙手一投足が注目される。

この遊園地が竣成《しゅんせい》したときもそうだった。当時シンの住んでいた貧困都市にも、その噂《うわさ》は届いた。おそらくは市民向けに作られただろうパンフレットが、さまざまな偉大都市印の製品とともに、時間をかけて自分たちのところにまで流れ着いてきたのだ。

表紙を飾る観覧車を指さして、これはいったいどういう乗り物で、どうしてこんなかわったものが作られたのだろう、と興味津々に話していた妹の姿が、今でも鮮やかに瞼《まぶた》の裏に蘇る。

妹の疑問に答えてやることはできなかった。自分に言えたのは、俺がいつかかならず連れて行ってやると、そんな根拠のない約束をすることだけだった。

「チューミー……ごめんなさい、わたし」

「なぜだ？　お前が謝ることじゃない。昔のことは、俺のなかではもう折り合いがついているんだ。何年か前までは想像もできなかったくらいに、しっかりと、決着が。それでも……俺はまだ、あれはここから眺めているだけでいい」

シルヴィはなにも返さなかった。パートナーを組んでからこっち、大抵の表情はマスク越しでもみえるようになってきたが、このときばかりは、仮面は仮面として正しく機能していた。

なにも言わないほうがよかったかもしれない、とシンは思った。

きっと、以前の自分であれば黙っていただろう。だが物事というものはゆるやかに、それでいて不可抗力的にうつろっていくものだ。まさしく、あの観覧車がおこなう円運動のように。

少なくとも、これまでの自分はそうだった。

そしてこれからも、おそらくそうなのだろうと思う。

「それより、俺たちのほうはもう大丈夫だ。あとは歌姫を送り届けるだけだからな。お前は警備本部に戻ってシーリオのやつを手伝うなり、調書でも読むなりしていたらどうだ」

ううん、とシルヴィは首を振った。

「いい。わたしも、しばらくここでいっしょにみているから。いいでしょ？」

陽が徐々に西へと傾いていく。

カラフルな観覧車の回転を、ふたりの粛清官《しゅくせいかん》はそのまま、言葉もなく眺めていた。

7

セレモニーホールの観客席は、複数階に分けられている。もっとも特別なのは、関係者以外は厳として立ち入りを禁じられている、三階のＶＩＰ専用室だ。

舞台から遠い天井桟敷に位置取った、値段のつけられていない特別階。そのフロアで、シーリオは一面に張られたスモークガラス越しに、ステージを見下ろしていた。

とある有名歌劇団が、周年式典の恒例舞台をおこなっている最中だった。〈Ｄの一団〉がこの地にたどり着くまでの波瀾《はらん》万丈の日々を描いた、やや子どもむけに解釈された戯曲だ。

今ここの隣室では、その一団の子孫たち——中央連盟の盟主たちが、舞台をながら見しつつ、談笑か、仕事か、政治の話でもしているのだろう。

だが、そこにはクルト・シュテルンの姿はない。彼の欠席を、シーリオは警備本部の長として今朝がた知らされたばかりだった。

その理由まではわかっていなかった。かねてよりの体調不良のせいか、それとも娘との確執が彼をそうさせたのか……。ノエルの舞台の成功をその目で直接みればお館さまの考えもおかわりになるかもしれないと考えていたシーリオは、それをとても残念に思う。

シーリオが扉を眺めていると、ひとりでに開いた。

「やあ　ご苦労だね　ナハト警弐級《けいにきゅう》」

あらわれた人物が、そう挨拶《あいさつ》してくる。

「ご無沙汰《ぶさた》しております、リングボルド警壱級《けいいつきゅう》」

シーリオは、深々とお辞儀をして返した。

ロロ・リングボルド警壱級 粛清官《しゅくせいかん》。

第一機動の指揮官にして、中央連盟情報局の局長を兼任する、本部でも指折りの権力者だ。

ロロはいつものように、無機質な機械式のドレスマスクを着用していた。特徴的なモノアイが、まるで周囲のデータを収集でもするかのようにウィンウィンと音を立てて稼働している。

大柄な体格は、それよりもさらに巨大な外套《がいとう》で覆われていた。素肌と呼べる部分は、ほんの指の腹ほども露出していない。その堅牢《けんろう》な装備からも、彼の徹底的な秘密主義ぶりがうかがえるようだった。

「たしかに　ひさしぶりだね　前回の警壱・警弐合同会議以来かな」

区切り区切り語りかけるような、いつもの特徴的な口調で、ロロが言った。

「なにはともあれ朗報だ　例のアサクラ・アミューズ内の緊急点検の件だけど　さきほど盟主アサクラさまから直接ご許可をいただいたよ」

「ご協力に感謝申し上げます、警壱級。ならびに、こちらの不手際で警壱級のお手をわずらわせることになってしまい、誠に申し訳ございませんでした」

「気にすることはないよ　式典の成功のためなら僕も協力は惜しまない　安全確認は何度やってもいいものだしね」

それに、とロロが背後の扉を一瞥《いちべつ》した。

「べつになんの苦労もなかったよ　ちょうど隣にアサクラさまがいらっしゃったから　念のため粛清官が地下を見回ってもいいかと　そうたずねただけだからね」

やはり彼に頼んで正解だったか、とシーリオは思う。

事情はこうだ。

さきほど部下たちに地下施設の点検を頼んだあとで、シーリオは事後承諾を得ることにした。手段はいくつかあったが、もっとも迅速で、もっとも確実だと思われる方法をとった。

つまりは、アサクラ側のトップから直接許可をもらうことである。

アサクラ・アミューズの経営母体であるアサクラ社の社長は、中央連盟の盟主も兼ねている。彼の言葉はまさしく鶴の一声のようなもので、その口から言質さえ取れれば、園内のありとあらゆる行動は即時に正当化される。

問題は、盟主というのが気軽に連絡を取れるような存在ではないことだ。一介の粛清官《しゅくせいかん》がものを頼むには、なにかしら特別なコネクションに頼る必要がある。

その伝手《つて》こそが、今シーリオの目の前にいる男だった。

ロロ・リングボルドは、連盟盟主たちともっとも距離が近い粛清官だ。彼らの意向を聞き入れて現場レベルまで届けるパイプ役を担っており、上層部からの信頼が厚い。

それだけではない。こうした周年式典のような特別な場では、ロロは彼らの実質的な最上級警護の役目も果たしている。それがきょう、この場にロロが居合わせている理由だ。

だれもが認める重鎮の粛清官であり、中央連盟における規律の代弁者。

ただし——とシーリオは思う。

それゆえに、自分たちとは相性が悪い。

「警備の首尾はどうかな　警弐級《けいにきゅう》　なにも問題は起きていないといいのだけど」

「現時点では、とくになにも。警壱級《けいいっきゅう》にもご確認いただいたとおり、警備体制は例年に比べて大幅に増強しておりますから」

警備体制の最終調整書は、情報局監査部のチェックをもって完了している。情報局の長であるロロは、今回の警備体制を仔細に把握しているはずだった。

「うん　きみの出した提案書にはすべて妥当性があった　きみは今回の式典の重要性をよく理解しているようだね　きみの　あの自由奔放なパートナーとは違って」

ウィン、と音を立てて、ロロのモノアイがシーリオの横顔を捉えた。

「結局　火事場のやつはひとりで地下任務に出向いているのだろう　いつものようにきみひとりに重大な仕事を任せて　自分は勝手気ままに行動しているわけだ」

「……。」

「ナハト警弐級　きみは彼のそうした行動を　無責任だとは思わないのかな　よくあの適当な男の下でそうも忍耐強く仕事できるものだと感心するね　いい機会だ　よければ聞かせてくれないかな　きみがあの　タイダラという男をどう思っているのかを」

やはりこの相手は、隙《すき》をみればこの話を持ち出すようだ。

どういなしたものかと内心苦い思いをしながら、シーリオは能面のような表情を保った。

＊

ボッチ・タイダラという粛清官には、端的にいって味方に敵が多い。

その理由はシンプルで、彼の粛清官にあるまじき奔放さによるものだ。

火事場のボッチは、単純な犯罪者の駆逐件数においては、ほかのどの警壱級をも凌駕《りょうが》するような実績を残している。

そしてその成果と同じ数だけ、規律違反を侵してもいる。

粛清案件は、情報局をはじめとした中央連盟の諜報機関に端を発し、危険度・重要度などが一次的に選定されてから、ようやく治安局の管轄まで降りてくるものだ。

無論、粛清官《しゅくせいかん》が現場レベルで入手した情報を基に捜査がはじまることもあるが、それもいちど情報局に話を通し、許諾サインをもらう必要がある。

つまり一部の例外を除いて、粛清官は、上から与えられない限りは職務として犯罪捜査に手をつけることができないのだ。

問題は、そうした組織的な手続きを、ボッチがほとんど守っていないことだ。許可が下りる前の着手は当たり前で、過去には却下された粛清案件に独断で乗り出したことさえある。

数年前、ボッチのところへ注意勧告におとずれた監査部の職員たちに対して、彼がこう語ったのを、シーリオはよく覚えている。

「昔はそんなめんどうな手続きはなかったんだよ。粛清官つったら、てめェの足で重罪人をみつけて、てめェの腕でマスクを剝《は》ぎ取ってくるのが仕事だったんだ。それが今はなんだ、『治安局の者が独断行動を許されるのは相応の迅速性が認められるケースのみ』だと？」

そこでボッチはめずらしく、嫌悪感の宿る声で続けた。

「あのな、迅速性とやらが求められない粛清案件なんざ、この偉大都市《いだいとし》にはひとつもねェんだよ。仕事の遅い情報局の許可を待っているあいだに、直接的・間接的に何人の市民が死ぬことになると思っていやがるんだ？　寝言は寝て言えと、おまえらのボスにそう伝えておけや」

この発言にはボッチの職務倫理が色濃く表れている、とシーリオは思う。

粛清官はあくまでみずからの信ずる正義感から犯罪人を排除し、偉大都市の夜を少しでも安全にするための努力を不断におこなうべきであるというのが、かねてよりのボッチの主張だ。

シーリオはそんな上官の理念をよく理解し、そのうえで彼についていっている。

そして無論、ボッチのそうした行動が組織では問題視されて当たり前だということもまた、重々承知している。

だからこそ、シーリオの立場は難儀する。上官の規律違反が、今や無視できない軋轢《あつれき》を生み出しつつあるなかで、彼の副官としては、むずかしい判断を強いられているのだった。


「──お言葉ですが、リングボルド警壱級《けいいっきゅう》」

ロロと並んで舞台を見下ろしながら、シーリオは覚悟を決めて返事した。

「私は、タイダラ警壱級は適材適所を基に判断されているかと愚考します。地下攻略には、過去私も何度か随行しましたが、私ごときではむしろ足手まといになったものでした。今回にかんしては、彼が地下を、私が地上を担当するのが、もっとも効率がよろしいのではないかと」

「どうだろう　それは詭弁《きべん》じゃないかな　ナハト警弐級《けいにきゅう》」

ごく落ち着いた声で、ロロが意見を返してくる。

「式典警備であれ地下攻略であれ　火事場にはいずれかのみに専念する選択肢があったはずだ

だが彼はどちらも第七指揮で担当すると強く主張し　結果として　どっちつかずとなった」

その発言にはロロの見当違いが含まれているようだった。かりにボッチが地下に赴いていなかったにせよ、式典の準備などにはほとんど興味を示さなかっただろうからだ。

「タイダラ警壱級《けいいっきゅう》は、私に大役を任せることで成長の機会をくださっております。今回の采配《さいはい》も、そうしたお考えによるものが大きいのではないかと」

「きみは頭脳明晰《めいせき》な男だ　自分でも無理のある擁護だとは気づいているのだろう　とはいえ上官を立てなければならない事情は察するけどね」

ロロは舞台から目を離すと、あらためてこちらにモノアイを向けた。

「これは前も言ったと思うけど　僕はきみのことは高く評価しているんだよ　ナハト警弐級《けいにきゅう》」

「は。光栄です、警壱級」

「統制を作るものがなんだかわかるかい　それは規律だよ　そして統制が秩序を正し　秩序が治安維持を呼ぶ　つまり規律こそが平和なんだ」

いかにも保守派の代表格らしい言葉を、ロロは吐く。

「これは僕の持論というよりも　偉大都市《いだいとし》の長い歴史によって明かされた　ただの真実といえる　そしてきみにはその規律を重視する姿勢がある　彼の下に置いておくにはもったいない」

そこでロロは、ふたりきりにもかかわらず、いささか声のトーンを落とした。

「今からでも遅くはない　第一指揮に来るといい　ナハト警弐級」

ぴくりと、シーリオの表情筋がわずかに動いた。

「火事場の暴走は　もはや放っておけるような状態じゃない　これはあえてタイダラの部下であるきみに教えるけど　彼が裁かれるのは時間の問題だよ　その前に僕のところに異動しておいたほうが　なにかと都合がいいとは思わないかな」

——ヘッドハント。

それも、情報局の局長から直々に打診される貴重な要請だ。

これはじめてのことではなかった。

シーリオはこれまでも何度か、秘密裏の異動提案を受けている。

この話には、ロロも言うようにメリットが多い。

ロロが指揮を執る第一機動は、例外的に情報局の所属となる。治安局所属の粛清官《しゅくせいかん》と比べて現場での職務は減るかわりに、より連盟の内部から人を動かす立場となる。

つまり、今よりもさらに権力へ近づく異動要請だといっていい。

なによりもそれは、自分のあるじからすると望ましい話であるといえるだろう。

が、シーリオは首を振った。

「申し訳ありません、リングボルド警壱級。大変魅力的なご提案ですが、私にはまだ、今の場所でやり残したことが多いものでして」

そう丁重に断ると、ロロはしばらく黙ってから、こう返してきた。

「残念だよ　警弐級《けいにきゅう》　その判断を　のちのち後悔しないといいけどね」

ロロの声には感情が宿らない。平坦を極めたような口調からはなんの思惑も読み取れないが、シーリオはなんとなく、再三の勧誘を断ったことで、この相手が自分を見限ったことを悟った。

「さて　世間話はこれくらいにしておこうか　では引き続き　警備を頼んだよ」

「はっ。失礼します、警壱級《けいいっきゅう》」

ロロが去っていく。

シーリオがあらためてガラスの向こうに目をやると、舞台は佳境に差し掛かっていた。

粛清官《しゅくせいかん》の雛《ひな》形である〈始祖兵団〉が一団の危機を救い、忠誠の証《あかし》として剣を差し出す、この歌劇を象徴する名場面だ。

――そうだ。粛清官は中央連盟に、盟主たちに生かされている。

中央連盟に従わない戦力は、もはや戦力とは呼べないのだ。

（タイダラ警壱級……）

シーリオは小さく息をつくと、白面のマスクを着用して、警備本部へと戻ることにした。

8

「すっごーい、でありますっ！　まるで人が豆粒のようでありますよ、ノエルちゃん！　なぜだか見下ろしているととても気分がよくなってくるでありますっ」

ライラが窓の外を見下ろす姿を、ノエルは苦笑まじりに眺めていた。

観覧車に乗ってから、ライラはいちども満足に腰を下ろしていない。まるで子どものように

——あるいは子ども以上にはしゃいで、胸に抱いた感想を次から次へと口にしている。なんと純真なひとなのだろう、とノエルは思う。まるで磨かれる前のジュエリー、原石のような女性だ。

「あ！　向こうのほうに院がみえるでありますっ」

「院、ですか？」

「自分たちが訓練していた官林院《かんりんいん》のことであります。うぅん、学舎をみていると教官に怒られた記憶が蘇ってきて、なんだか頭が痛くなってくるでありますね……」

頭を抱えて唸《うな》り出すライラに、ノエルはくすくすと笑った。

「ライラさん、いちどお座りになったらどうですか？　マスクもはずせますよ、ここは」

「そ、そうであります！　自分としたことがちょっと興奮しすぎたでありますね、えへへ」

ライラは座席にちょこんと座ると、龍を模したデザインのマスクをはずした。

観覧車に乗れたのがよほど嬉《うれ》しいのか、ライラはにこにこと太陽のような笑みを浮かべていた。その爛漫《らんまん》の笑みをみて、やっぱり粛清官にはみえないな、とノエルは思う。

とはいえ、人は見かけによらないものだ。こうした感想を抱くのも一種の偏見かもしれないと思い、内心で反省する。

「そういえば、粛清官《しゆくせいかん》の方々はふたりひと組で行動すると聞いているのですが、あのシンさんというかたが、ライラさんのパートナーなのですか？」

「いえ、違うでありますよ？　自分のパートナーは、もっといやーな感じのやつであります！　いつもひと言多いし、ちょっと頭がいいからっていばっているし、話しているともう、自分の心のやかんはピーピー鳴りっぱなしでありますよ！」

ふしぎな言い回しだったが、ノエルは細かいことは気にしないでおいた。

「シン先輩は、自分たちをお世話してくれている先輩であります。とくに実技のほうをたまにみてくれるでありますね。シン先輩はものすごく強いのでありますよ！　いちど模擬戦をお願いしたときなどは、すっかり度肝を抜かれたであります。尊敬であります！」

「そうなのですか、あんな華奢《きやしや》なかたが……」

にわかには信じられない。やはり人はみかけによらないものだ。

「いずれにせよ、先輩さんには申し訳ないことをしました。こちらの都合で、ご興味のないところを連れ回してしまって」

「気にすることないと思うでありますよ？　仕事というのもあるですが、シン先輩が気にするなというときは、本当に気にしなくていいってシルヴィ先輩が教えてくれたでありますから」

「シルヴィ先輩？」

「あ、それはまたべつの先輩であります！　シルヴィ先輩は、自分とほんのちょっとしか年が違わないのに、オトナの包容力があって、ものすごく博識で、カッコイイくーるびゅーてぃーなのであります！　それになんと、あのルーガルーを倒した張本人なのでありますよっ」

「えっ、本当ですか？」

ノエルはおどろいた。ルーガルーというと、今やその名を知らぬ者はいない大犯罪者だ。

「って、あれ？　これは外で話しちゃだめだって言われていた気がするであります。ごめんなさいノエルちゃん、どうか忘れてくださいでありますーっ」

ノエルは口元を隠して大きく笑った。

そのとき、観覧車が一時停止した。この乗り物は定期的に動きを止めて、搭乗者に固定した景色を見せてくれる。運よく、ノエルたちの乗っている箱は頂点付近で停車した。

ノエルが外に目を向けると、一番街の街並みが覗《のぞ》けた。中央連盟本部の白い建物や、森林に隠れたエデンの仮園、そこから離れた場所にある自分の出身校などが、ありありと見渡せる。

「ライラさん」

「はい？」

「あらためて、どうもありがとうございました」

景色からライラに目線を戻して、ぺこりと、ノエルは頭を下げた。

「こうして付き合って、楽しくお話までしてくれて。おかげさまで、ライブ前の緊張がずいぶんとやわらぎました」

「いえいえ、こちらこそであります……えっ。ノエルちゃんも、緊張とかするでありますか?」

お辞儀を返そうとしたライラは、途中で顔をあげて驚いた。

「いつもあんなに堂々と歌っているから、てっきり余裕なのだと思っていたであります」

「あは。それ、べつの友だちにも同じことを言われました。でも、そんなことないんです。いつも、本番前は参っちゃうんですよ。歌詞のド忘れがこわくて何度も暗唱しちゃったり、公演後のレビューで悪いことが書かれないか、気になってしかたなくなったり。それに」

そこでわずか、声のトーンが下がった。

「……私の声で、本当にちゃんとみなさんを元気づけられるのかなって、いつも不安ですし」

「それはもう、ぜんぜん心配いらないでありますよ!」

ライラは腰をあげると、両手を握りしめて言った。

「あの、自分の話で恐縮なのでありますが! 自分、官林院《かんりんいん》にいたころは、本当にこのまま粛清官《しゆくせいかん》になれるのか、ものすごく不安な時期があったのであります。とくに、今の自分のパートナーがとにかく頭がよかったので、なんだか、どうしても比べちゃって」

そこでライラは恥ずかしそうに、一瞬だけ顔を伏せた。

「でもそのとき、偶然テレビでノエルちゃんのライブをみて、ものすごく元気づけられたのであります。かわいくて、堂々としていて、歌が本当にすごくて、まるで別世界に連れて行かれたみたいで、悩みがすっかり吹き飛んだのでありますよ！　きっと自分以外にもたくさんそういう人がいるでありますから、ぜったい大丈夫であります！　自分が保証するであります！」

「ライラさん……」

ノエルはあまり、自分の力を信じていない。信じるべきだと思い、これまで努力を重ねてきたつもりだが、ノエルが理想に思うような自信に満ち溢《あふ》れた人間には、ついぞなれなかった。

だが自分のかわりに、多くの人がノエル・シュテルンのことを信じてくれているのだ。

たとえ、それが偶像《アイドル》の姿であろうとも。いや、あるいは、だからこそ。

（そうだよね。なによりもまず、ファンの人たちに報いなきゃいけないよね……）

どれだけこわくとも、やらなくてはならないのだ。どんな動機であろうと、この道は自分で選んだ道だ。

今の自分が被《かぶ》るべき仮面《マスク》は、盟主の娘ではなく、〝歌姫〟ノエル・シュテルンなのだから。

ふと足を見ると、ライブのことを考えても、竦《すく》んではいなかった。

きっともう、大丈夫だ――頭の片隅で、ノエルはそう思った。

「それで、そのぅ。もしよければ、サインをお願いしてもよいでありますか」

「あ、そうでしたね。もちろん、喜んで書かせていただきます。でも、どちらに？」

「はい！　これにお願いしたいであります！」

ペンといっしょに手渡されたのは、連盟の紋章が入った手帳——粛清官手帳《しゅくせいかんてちょう》だった。

「……えっと、本当にいいんですか？　これ、大切なものなんじゃ」

「大切なものだからいいのでありますっ。えへへ、これでいつでも人に自慢できるでありますねっ。まずは手始めに、パートナーのやつにみせて悔しがらせてやるでありますよ！」

サインのレイアウトを考えながら、ノエルは聞いた。

「そのかたも、私の歌を聴いてくださっているんでしょうか？」

「いや、生意気なことによく知らないとか抜かしていたでありますっ。でも、きょうのノエルちゃんのライブをみたらファンになるに決まっているでありますから、そうしたらじゃじゃーんとサインをみせて悔しがらせてやるつもりなのでありますっ」

「あはは……悔しがってもらえたら、まだいいのですが」

そこで、ライラはふと気づいたように首を傾げた。

「あれ？　それにしても、やつはいったいどこで油を売っているのでありますかね——」

9

なにかに足首を摑《つか》まれた——
その触感を知覚した瞬間、テオリは愛用の武具に巻いていた布を取り払った。先端が光る長物は、夜半遊郭《やはんゆうかく》の伝統的な実戦武術のひとつ――薙刀《なぎなた》である。

「コンの……離せッ！」

ひゅん、と足元の感触に向けて薙刀を払った。刃物越しにもぬめりを感じさせる物体が、空中で切断される。

すでに穴のなかまで引っ張られていたテオリは、自然落下するかたちとなった。

その最中、わずかな時間でテオリは思考をととのえる。

底が覗《のぞ》けない。暫定的な敵の存在を度外視したとしても、このまま落ちるのはまずい――とっさの判断で、テオリは薙刀の切っ先を壁に突きつけた。ガリリリと不快な音を立ててコンクリートを削りながら、どうにかして落下のスピードを弱める。その状態でよく真下に目を凝らし、床らしきものを視認した瞬間、壁を蹴《け》って跳んだ。

受け身を取ってうまく着地する。すぐさま起き上がると、テオリは薙刀を構えた。

「……ここは」

まるで坑道のような空間だ。砂塵《さじん》よりも埃《ほこり》が目立つ場所で、全体的に薄暗い。

見上げると、天井には穴が空いていた。何者かが無理やり突貫工事をしたような大穴だ。

ここを根城にしている何者かが――零番街の者が？――アサクラ・アミューズの真下に出るための秘密ルートを構築したようにしか見えない。

テオリは強い疑念を覚える。なぜアサクラの警備班は、これをみつけられなかったのか……

しかも、問題はそればかりではない。

テオリの目の前で、太い触手の一部がうごめいていた。

その赤い物体は、よほどの生命力があるのか、あきらかに本体と切り離された状態でありながらも、うねうねとひとりでに動いている。

「〝旅人喰いの触手《テンタクル》〟。ミセリアワームと、捕食者《マンイーター》……」

目の前の光景と、自分たちの粛清案件が、自然に頭のなかで結びついた。

どうやら、なにかとんでもない計画が進行しているようだ。

すぐにでも警備本部に戻り、上官に報告しなければ。

「……地下ってなると、ベルズも動かねえよな。とすると、帰り道は」

周囲を警戒するテオリは、そのとき声を聞いた。

「粛清官《しゆくせいかん》殿、ですか？」

「……!?」

テオリがとっさに切っ先を突きつけて振り向く。と、

「うわあぁぁっ」

ふたりの男が腰を抜かして倒れた。どちらも連盟指定のマスクと制服を着用していた。

背格好をみるに、さきほど上で見かけた連盟職員のようだ。

とはいえ、場所が場所だ。油断はできない。恰好だけまねている敵の可能性もある。

薙刀《なぎなた》を構えたまま、テオリはたずねる。

「所属を答えろ。手帳の提示もあわせてだ」

ふたりの男は、動揺しながらも手帳を取り出した。

テオリは用心しながら片手で受け取ると、末尾ページの身分証の欄をすばやくたしかめる。

「じ、自分は治安局警務部、補佐第二課所属のアバシリ五等です」

「お、同じく、補佐第二課のイリヨー五等と申します」

こちらにいわれずとも、相手はマスクをはずした。空中砂塵《さじん》濃度が安全値よりも高いため、ちらりと顔をみせる程度の時間に留めたが、それでもIDとの照合はできた。

たしかに、どちらもれっきとした連盟職員のようだ。

「疑って、すんませんした」構えを解いて、テオリは頭を下げた。「俺は、第七指揮の鞍馬警《くらまけい》伍級《ごきゅう》です。あんたがたは、どうしてここに?」

「そ、それがわれわれにも、よくわからず」

「気がついたら、この場所におりました」

そんなふしぎな返答に、テオリは疑問を覚える。

「なんにしても、完璧な異常事態すね。土壇場で見回りをしてよかった……ってより、ナハト警弐級《けいにきゅう》の判断に感服すべきか。ふたりも、警弐級に言われて来たんすよね?」

「え、ええ、まあ……」

ふたりは、どこか曖昧《あいまい》にうなずいた。

「なんにしても、まずはこっから戻らねえことには話にならねえな。あんたがたはあの穴のほかに、どっか上に戻るルートの見当はついてないすか？」

「穴？」と職員たちが首をかしげる。

「あれすよ、天井のやつ。……ふたりも、あそこから落ちてきたんじゃないんすか？」

テオリの質問に、連盟職員たちはしばらく黙った。それから、

「はははは」

「粛清官殿《しゆくせいかん》、聞いておりませんか？　あの穴なら、なにも問題ありませんよ」

と、陽気に笑った。

「は？　どういうことすか？」

「会場の下の穴は、だれにも報告する必要がありません。ですよね？　イリヨ一五等」

「間違いありません。穴のことは、そもそも口にしてはならないですから。万事はうまくまわっております。周年式典の開催には、なんの問題もありません。穴のことは、そう、粛清官殿でさえ口にしてはいけない。そういう命令が出ていたではないですか」

「命令？　え、それまじすか？　俺、ぜんぜんなにも聞かされてないんすけど」

テオリは困惑しながら、もういちど穴を見上げた。

「そう、命令ですよ。なんぴとたりとも、穴のことを口にしてはならない。というより、だれ

も発見してはならない。発見してしまった者は、ええと、どうするんでしたか」

「簡単ですよ、アバシリ五等。命令を違反した者は、たとえ粛清官であっても……」

そのとき、テオリは聞き慣れない音を耳にした。ぐじゅりと、なにかが皮膚を割って飛び出るような音——水気の混じる、得体の知れない異物があらわれる音を。

空を切る速度で、なにかが襲いかかってくる。

「——!」

振り向きざま、テオリは薙刀《なぎなた》を構える。と、そこには異形の触手が絡みついていた。先端にギザギザと尖《とが》る歯を生やした、おぞましい赤色をした触手に、テオリは目をみはった。

「なんッ、だこりゃあ……!?」

その触手の根元は、なんと連盟職員の身体に繋《つな》がっている。ふたりの背中から醜悪な見た目の触手が何本も生えて、うねうねと蠕動《ぜんどう》していた。

あきらかに、ただの人ではない。——これは、化け物のたぐいだ。

「いいいいけませんよ、粛清官殿。あああ穴の報告をするなどという、めめめ命令違反は」

「れ、例外は、ありません。いくら粛清官といえど、最上級命令の違反は、みすごせ、み、みすごせ、ませんよ」

「どういうことだよ、いったい……!」

テオリは驚愕《きょうがく》しながらも思考する。

連盟に侵入してきた敵対組織の人間か？　いや、それにしてはあきらかに様子がおかしい。とすると、何者かに操られているのか。そもそも、あの異形の肉体はいったい？

いや――とテオリは首を振る。

ややこしいことを考えるのはあとだ。今はとにかく、目の前の脅威に対応しなければ。

「やるしかねえ、か……！」

テオリは笠のごときマスクの背部に手を伸ばす。かちり、とインジェクターを起動すると、鮮やかな紫陽花《アジサイ》色をした砂塵《さじん》粒子が、暗い坑道内にぼわりと散布する。

数本の触手が、多方面からうねってテオリに襲いかかった。

テオリが左手をかざすと、凝縮された紫色の粒子が層を成し、バシンッ！　と触手を弾き返した。すぐさまべつの触手が迫りくるも、テオリは巧みな砂塵操作でまたべつの空間の壁を作り出し、けしてみずからに寄せつけない。

鞍馬《くらま》手《て》織《おり》警伍《けいご》級《きゅう》　粛《しゅく》清官《せいかん》。

盾《バリア》の砂塵能力者。

テオリの砂塵粒子は、任意の場所に拒絶のフィールドを作り出す。その目にみえぬ障壁の両面は容易には交わらず、ゆえに強固な物理的防衛としての役割を果たす。

空中に透明の盾を張る――わかりやすくいうなら、そう説明してしまって支障ない。その特性から「空盾」と名づけた、テオリの持つ鉄壁の砂塵能力だ。

触手の猛攻を空盾で受け流しながら、テオリは機敏な動きで距離を詰めた。その片方の連盟職員が、標準配布されているミラー社製のハンドガンをこちらに向けた。その躊躇《ちゅうちょ》のない発砲を空盾で防ぐと、テオリは一気に相手のふところに潜りこんだ。

「攻撃担当はいねえけど、そんくらいなら俺ひとりでもどうにでもなんぞ……！」

触手の生える体幹に向けて、大きく薙《な》ぎ払いを見舞った。尋常の肉体とはあきらかに異なる、分厚い密度の筋肉を知覚しながら、テオリは刃を振り切った。

触手の根元が切り離されて、断面から鮮血が噴き出る。

間髪入れず、テオリは残る片方の敵も、同様に斬《き》り捌《さば》いた。

「が、あ、ア」

「……命令、違反は、粛清官殿、命令違反は、例外、なく……」

倒れた連盟職員たちが、びくびくと痙攣《けいれん》する。そんな彼らの肩を揺すって、テオリは怒鳴るようにたずねた。

「おい、正気に戻れ！　教えてくれ――だれなんだ⁉　だれが、あんたらに命令した！」

彼らを死なせるわけにはいかない。事情聴取の必要もさることながら、もしもテオリの予想が当たっているとしたら、彼らは敵に利用された被害者の可能性さえある。

必死に声をかけるテオリは、突如、パチパチパチパチと拍手の音を耳にした。

地下道の向こうから、何者かが近づいてくる。

「――すばらしい。ああ、じつにすばらしいですね、粛清官殿《しゆくせいかん》」

あらわれた人物の姿に、テオリは驚愕《きょうがく》した。

マスクを着用していない。オーバーサイズのローブに身を包んだ男が、素顔のままでこちらに歩み寄ってくる。

晒《さら》す素顔は、奇怪な顔貌《かおかたち》をしていた。その顔の表面には、巨大な黒い痣《あざ》が、円を描くようにして浮いている。ひと目で異常とわかる、ぶきみな男だった。

「僭越《せんえつ》ながら、あなたがその身に賜った女神の奇跡を見聞させていただきました。その作用は、空間の断絶？　あるいは、極めて頑丈な透明の壁を張るとでもいいますか。まさしく、女神の与えたもうた砂の試練を生き抜ける器！　じつに、じつにすばらしい……」

「止まれ、そこの男。名を明かせ。身分もだ！」

「おっと、これは失礼しました。女神に寵愛《ちょうあい》を受けし、優れた器を相手に名乗りもあげず、わたくしとしたことが」

相手は足を止めると、その場で恭しく一礼をした。

「わたくしの名はベルガナム。砂塵《ダスト》教司教、ベルガナム・モートレットと申します。以後、どうぞお見知りおきを」

「ダスト教——ああ、道理で」

テオリは、男の外見の異様さに合点がいった。あらためてみると、たしかに男の着るローブは、いかにも宗教者が好むような模様をしていた。

ダスト教。それは塵禍《じんか》以来、この世界を牛耳る最大宗教の名だ。

砂塵粒子《さじん》を神格化し、信仰する集団。かつてこの世に砂塵粒子を放った聖なる存在であるとして、三ツ目の女神を崇《あが》めている連中だ。

彼らは、砂塵の制御技術を忌み嫌っているのが特徴だ。排塵機《はいじんき》やインジェクター装置などの生活必需品はおろか、ドレスマスクの着用さえも忌避するような過激な宗派もあると聞く。

この男は、そうした過激派に属する者なのだろうか。

「てめえ、ベルガナム、とかいったか。なぜ、ここにいる？　なにが目的だ」

「目的。ふむ、目的ですか。それは、なかなかひと言では答えづらいご質問です。小目的という意味でお答えして差し支えないようでしたら、あなたの身に宿った女神の奇跡がいかにすばらしいものか、この目で直接たしかめにきたということになりますが」

「あ？　俺の能力を……？」

「左様です。なにせ粛清官の方々は、みなさまじつに優れた器でいらっしゃる！　多くのかたが、存分に女神の寵愛をその身に受けておいでだ。とくにあなたに許された奇跡は、その賛美色もまたじつにうつくしい……ああ、ぜひもっと、わたくしにみせてはいただけませんか」

相手がふたたび動き出した。いまだ周囲に漂うテオリの紫色の砂塵《さじん》粒子を、どこか恍惚《こうこつ》とした表情で眺めながら、ゆるゆると近づいてくる。

「止まれといっている！　そこに伏せろ！　拘束させてもらう」

「拘束。ああ、心苦しいですが、そればかりは従いかねます。わたくしどもには、まだこれからなすべきことがありますから」

「……てめえ、いったいなにを考えていやがる。周年式典に、なにを仕掛けるつもりだ？」

テオはマスクに隠れた目線で周囲を警戒した。

この相手の発言。つまり、この地下区域はまさしく敵の腹のなかであり……

そして、自分は誘いこまれたかたちとなっている？

「――けして、多くは望みません」

そう、ベルガナムと名乗った男は静かに宣言した。

「わたくしは、生きながらにして殉教者のつもりです。欲するのはただ、女神が給うた摂理を乱すものの排除。そして願わくば、彼女が世界に望んだ混沌《メイヘム》の実現を……」

「おい。そりゃあ、自供と看做《みな》していいんだろうな？」

「自供？　いいえ、これはただの真理ですよ。闘争は、女神の望みそのものですから。そして無論、あなたとてそれを渇望する者でしょうに。違いますか、粛清官殿《しゅくせいかん》？」

祭服の内側から、ベルガナムが巨大な棒状のものを取り出した。先端に宝石をちりばめた聖

職者の祭祀《さいし》用道具は、ダスト教の聖具のひとつ、槌《つち》だ。かつて砂塵《さじん》に襲われた人々が家屋を建てるとき、慈悲を乞うために祈りの護符《アミュレット》を埋めこんだという建築用道具。

ベルガナムは槌を持った腕を広げると、その顔に満面の笑みを湛えた。

「さあさ、どうかもっとおみせください。あなたの身に赦《ゆる》された、女神の奇跡の神髄を！」

「あいにくだが、こいつはそんなに立派なもんじゃねえよ」

テオリは散らばった粒子を手元に呼び戻すと、敵の攻撃に備えて片腕にまとわせた。

「戦うには不便な能力を、俺がどうにかこうにかやりくりしているだけだ……！」

テオリは先に仕掛けることにする。足に力をこめていっきに相手の目の前に跳ぶと、着地と同時、横腹に沿わせるようにして構えていた薙刀《なぎなた》を一閃《いっせん》する。

（さて、どう応手する⁉）

テオリの予測は、この相手もまた触手を使うのではないかというものだった。

この場に相手の砂塵粒子は散布していない。そしてあの触手は、去年の獣人事件で発生した獣たちのように、なにかしらの塵工《じんこう》体質化を受けた結果によるものだと見受けたからだ。

だが相手の対応は、テオリの想像を超えるものだった。

ベルガナムには、そもそも応戦しようという意志がなかった。

薙刀が、相手の胴に接触する。しかし、その身体を斬《き》ることはなかった。まるで鉄に打ちこんだかのような手応えに、テオリはいちど薙刀を引いた。

あたかもローブの下に鎖帷子《かたびら》でも着こんでいるかのようだ。

「ああ、どうか無駄な手遊びはおやめください」どこかかなしげな口調で、ベルガナムが言った。「そのようなつまらぬ人間業などよりも、どうぞ奇跡をおみせくださいな。わたくしは、それを拝見したくてしかたがないのです」

「なんなんだよ、てめえは……ッ」

「申し上げたでしょう、わたくしは司教ベルガナム——女神を愛し、女神の奇跡を愛する者です。さあ、あなたの力を、あなたに許された奇跡の度量を、惜しみなく披露するのです！」

ベルガナムが槌を振り上げた。テオリはその場に空盾を展開する。

ガツン、と痛烈な音がして、槌が空盾を殴りつけた。

ベルガナムの槌がまるで鞭《むち》のように舞い、さまざまな角度から殴打を試みる。それぞれに小さな盾を召喚して防ぎながらも、テオリは相手のすさまじい猛攻に驚愕《きょうがく》を隠せなかった。

「そう、それです！　やはり、すばらしい！　防壁を作り出す奇跡はこれまで何度かみてきましたが、その速度、その精度で連続して使用できる者は稀有《けう》といえましょう！」

こいつは、ただの聖職者ではない——あきらかに戦闘慣れしている。

それも、かなりの練度で。

「くそ、こいつっ……」

「ほかにはッ!?　ほかには、なにができるのですか？　ぜひ、わたくしにみせてください！

さあ、さあさあ、さあささあさあッ！」

振り回される槌《つち》が、ガン、ガンッ！　と音を立てて空中に打ちつけられる。

テオリが反応できる限り、あらゆる攻撃は空盾で止まる。盾の強度には自信があり、単純な肉弾戦において正面から突破されることはほとんどないといっていい。

そう、防御は一流だ。だが、肝心の攻め手にはどうしても欠けてしまう。

それでも、やりようはある。

「うるっせえな……そんなにみてえなら、みせてやるよ！」

テオリは薙刀《なぎなた》を限界まで引くと、突きの構えを取った。

その際、砂塵《さじん》粒子を狙《ねら》いの位置に配置する。ちょうどビリヤードのキューを打つように鋭い突きを放つと同時、空盾の真骨頂を発揮した。

相手が取った対応は、回避ではなかった。槌を用いて、途中で薙刀の柄を叩《たた》き落とそうとするモーションは、まさにテオリが読んでいた行動だ。

振り下ろした槌が目にみえぬ壁に阻まれることになり、相手が驚きの声を上げた。

「ほう、これは！」

仮面をまとわぬベルガナムが、歓喜の表情をみせる。

空間に断絶の壁を作るテオリの砂塵能力は、戦闘上の応用力が高い。

薙刀の突きが成立する空間さえ把握できれば、テオリはその軌跡の外枠を覆うようにして空盾を展開することができる。結果として薙刀は空盾に守られた内部の空間を通過し、目的の座標まで進行を阻害されることがなくなる。

つまりは、けして中断されぬ斬撃《ざんげき》を実現するわけだ。

刃が狙うは相手の眉間《みけん》だ。マスクを着用していない相手は、つねに急所を晒《さら》している。

しかし、

「すばらしい……！」

ベルガナムは首を大きくかたむけて、ぎりぎりのところで突きをかわしていた。間一髪の言葉のとおり、切っ先が刈り取った相手の髪の毛が数本、その場を舞う。

「なんと緻密《ちみつ》な力の制御でしょうか！　あなたは、ただただ奇跡の恩恵に預かるばかりではなく、みずからの技術に応用して活かしていらっしゃる！　それはまさしく、献身的鍛錬の結晶といえるでしょう。ああ、うちの信徒たちにもぜひみせてやりたい真摯ぶりです！」

「こんくらいはやらねえと、このエムブレムはもらえねえんだよ……！」

「そうなのでありましょうね。ですが、ああ、本心を言わせてもらえるなら、少々残念でもあります」

目を細めて、ベルガナムはわずかに気落ちした表情をみせる。

「よもやこれで終わりなのでしたら、いささかこちらの期待しすぎだったでしょうか……」

「拍子抜けさせたか？　まあたしかに、俺はほかの粛清官《しゆくせいかん》と違って、とくに誇れるような能力者じゃないぜ」

　わずかな自虐を忍ばせて、テオリは本心を口にする。

「だが——こいつを読めてなかったんなら、わりーがてめえの負けだ」

「は……?」

　相手の注意をじゅうぶんに引いたと判断したテオリは、相手のうしろに展開していた砂塵粒《さじん》子の力を解放した。

　その瞬間、ガウンッ！　と強烈な音がしてベルガナムの後頭部に衝撃が走る。

　零距離での空盾の展開。

　それはテオリの奥の手だ。一定以上の粒子密度が集まった座標に実体をともなう質量としてあらわれる空盾は、展開先に異物がある場合、それを弾くようにして強引に姿をあらわす性質を持つ。その特性を利用して、本来であれば防御一辺倒のはずの能力を、ひとつの攻撃手段として転用する技だ。

　もっとも、こちらの粒子の動きを警戒されているときは役に立たない、いちどきりの不意打ちに特化した奇襲策ではあるのだが。

「張った盾を動かせりゃあ、そいつで殴れもすんだけどな。どうして固定されちまうんだか。ったく、使いにくい能力だぜ」

「が、ぁ」

ベルガナムが、その場に倒れこんだ。

「さて、大市法と粛清官特権《しゅくせいかん》に基づいて、てめえの処理はこの俺に一任されている。これ以上抵抗してみろ、俺は躊躇《ちゅうちょ》なくこの場でやれるぜ？」

その首筋に、テオリは薙刀《なぎなた》の刃を這《は》わせた。試しに肌をなぞると、宗教装束のなかとは異なり、刃は埋まって赤い血を流した。どうやら、目にみえている部分には攻撃が効くようだ。

「式典当日にこんだけ不穏な真似《まね》しやがったんだ、工獄の拷問室行きは間違いねえと思っておけ。洗いざらい、全部の犯行を吐いてもらうぞ」

この時点で、勝負は決まったはずだった。

だが、次にテオリが聞いたのは、苦悶《くもん》の言葉ではなかった。

「ク、クク。すばらしい……ああ、じつにすばらしい」

地に伏せたまま、相手は笑った。

「しかし、なんと惜しいものでしょうか。いえ、あなたはすばらしいのですよ？　あなたほどみずからに与えられた奇跡の性質を把握し、うまく活用している者は、そうはいません。もっと高位の奇跡を許されたなら、至高の器にもなれたものでしょう。ですが、それで手の内は最後。そうですね？」

「あ？　てめえ、なに言って――」

「理解しかねますか？　それで万策を明かしたのでしたら、器量の測定はこれにてじゅうぶんだと、そう申しているのです」

その瞬間、テオリは悪寒を覚えた。

背後から、なにかくる――

そう判断して空盾を張ったテオリを、不可視の衝撃が襲った。

キ――……ンと、頭が割れるような高音が耳をつんざいて、テオリはよろめいた。

(新手!?　この攻撃はなんだ――!?)

薙刀《なぎなた》を構えなおしたテオリは、坑道の向こう側にみえた人影の数に、絶句した。

そこにあったのは、新たに四つの影。

その四人ともがマスクを着用しておらず、ベルガナムと同様のローブを着ていた。

「ダスト教司祭イム、ここに」――大男。

「司祭ヤミトオワ、ここに」――小柄な老人。

「助祭アンビリ、ここに」――背の高い若年の男。

「助祭リツ、ここに」――黒髪の女。この女の周囲には、粒子が舞っていた。

あらわれた四人の援軍はひざまずくと、

「亜空にましますわれらが女神よ。願わくば、われらに奇跡の拝領を許されんことを……」

と、声を揃《そろ》えて言った。

「みなさん、いいタイミングですよ。測定はちょうど、いましがた終わったところです」

ゆらりと、ベルガナムが立ち上がる。

（ばかな――）

空盾の零距離展開は、最低でも脳震盪《のうしんとう》は免れないはずの威力だ。それが効かないとなると、この男の身体は……やはり普通ではないのか？

「さて、いかがなさいますか？　この者たちはみな、それなりに女神の寵愛《ちょうあい》を受けた身。つまり、ある程度は闘争に長けた者どもです。わたくしの見立てたところでは、あなたひとりでは多勢に無勢でありましょうが、それでもご抵抗なさいますか」

ベルガナムの勧告に、テオリは吐き捨てるように返す。

「愚問だろ、そいつはよ……」

「フフ。すばらしい闘争心、見上げたものです」

ベルガナムは、ほのかな笑みを浮かべて信者たちに向いた。

「いいですか、みなさん。彼は、あなたがたよりも高位の器です。かりにいまだ女神の啓蒙《けいもう》を受けぬ身であろうとも、戒律に従って敬意を払うことだけはお忘れなく」

「はっ、大司教」

「よろしい。それでは、賜りなさい」

ベルガナムが促すと、信徒たちはその場で大きく深呼吸をはじめた。

可視化できるほどの量の砂塵《さじん》粒子が、彼らの身体に摂りこまれていく。一般的には砂塵吸引事故と呼ばれる、砂塵《さじん》障害を誘発する行為を介して、その身に能力を顕現させようとする。

「ぐ、ぐぅ、あぁッ」

助祭アンビリと名乗った男が、にわかに苦しみはじめた。なにかしらの疾患を抱えているらしいボロボロの肌が破けて、血が漏れ出していく。

ベルガナムが歓喜の声をあげた。

「いい！　じつにいいですよ、助祭アンビリ！　そうです、女神の存在を全身に感じて、あなたの身に許された彼女の奇跡を引き出すのです！」

「……ああ、クソ」

いかにも邪教じみた光景を目の当たりにして、テオリは小声で悪態をつく。周囲に拡散していた粒子をひとところに集めながら、マスクのなか、苦渋の表情を浮かべた。

──最悪の事態だ、ちくしょうめ……

泣いても喚《わめ》いても、こちら側の増援は見込めない。一対多の戦闘をなによりも不得手とする自分の能力だけで、この場を切り抜けなければならない。

その結果がどうなるか、テオリにはわかっている。

それでも、やらねばならない。

敵が一斉に多色の砂塵粒子を噴き出したと同時、テオリは中団に斬《き》りこんだ。

意外なことに、ふと脳裏をよぎったのは、出身地である遊郭の街並みでも、姉のことでも、幼馴染《おさななじみ》のことでもなかった。

浮かんだのは、最後まで喧嘩《けんか》ばかりだった、頭の悪いパートナーの顔だった。

＊

「…………殺せ」

そう、テオリはつぶやいた。黒晶器官《こくしょうきかん》が限界を迎え、みずからの操る紫色の砂塵が消えたのは、くしくも同じタイミングだった。

なによりも口惜しいのは、敵をだれひとりとして道づれにできなかったことだ。助祭アンビリと名乗った男に、致命傷に至らないひと薙《な》ぎを与えるに留まってしまった。

「最後に、教えろ。この人たちを操っていたのは、あんたの能力なのか。それとも、あの触手を植えつけんのが、そうなのか」

テオリはすでに、諦念《ていねん》を抱いている。ゆえにその質問は、ただ知的好奇心のためだった。

いくつかの砂塵能力が、今回の件にはかかわっている。そのうえで、なにかしらの周到な計画が進行しているのは間違いなかった。

ベルガナムと名乗った男は、いまだ自分にその能力をみせてはいない。鍵を握っているのはこの男のはずだと、テオリは確信していた。

「操る？　いえいえ、そんなにだいそれたものではありません。わたくしがおみせしたのは、ほんの些末《さまつ》な幻。それほど便利なものではございませんよ」

「どっちでもいいさ。操るでも、狂わせるでも。卑怯《ひきよう》な真似《まね》、しやがって……」

「やけにお気になさいますね、粛清官殿《しゆくせいかん》？　わたくしがいかなる手段を取っていたとして、そんなことはたいした問題ではないでしょう。なにせ、この者たちは」

　そこで、ベルガナムは足元を一瞥《いちべつ》した。そこには、触手部分を切り離されて虫の息になっている、ふたりの職員が転がっている。

「この者たちは、生きている価値が微塵《みじん》もありませんから」

　虫けらでもみるかのような、いかにも不快そうな表情を浮かべると、ベルガナムはその大足を振り上げた。

「だから、なにをしたとして！」職員の頭を容赦なく踏み抜く。

「それは、ごく些末な罪にさえなりません！」よほどの怪力か、頭蓋《ずがい》が砕け散る。

「女神の寵愛《ちようあい》も受けぬ不浄の身で！」脳漿《のうしよう》が飛び散る。

「恥も外聞もなく！」もうそこには、原形がない。

「無為に生き永らえているなどッ！　まことッ！　嘆かわしいッ！」

　幾度となく踏み抜いて、靴の裏に貼りついた血のりを、ベルガナムは地面にこすりつけた。

「ああ、まったく汚らわしい。目に入れる価値さえもありませんね。みなさん、あとでよく目を洗っておくように。わたくしもこの靴は捨てます」

テオリには、その行為を咎《とが》める体力さえもなかった。

ベルガナムは返り血の跳ねた顔で、にっこりとこちらに微笑《ほほえ》みかけた。

「ご安心を。あなたはこの醜いクズ虫とは違いますからね。相応の器には、相応のおもてなしをご用意いたしましょう」

「……イカれヤローが」

完璧な砂塵《さじん》信奉者。すなわち完全な能力差別主義者である男は、非砂塵能力者《ブランカー》の命を散らそうとも、それこそ虫を潰《つぶ》した程度にしか思わないらしい。

「さて、なにはともあれ、まずは相性を確認させていただきましょうか」

ベルガナムは目をつむると、深く息を吸いはじめた。

その身体から徐々に、よく熟れた桃のような色合いの砂塵粒子が溢《あふ》れ出す。

砂塵の毒素に冒される代償か、鼻からひと筋の血が垂れていくが、ベルガナムは気味が悪いほど平静だった。

ベルガナムが、砂塵をテオリの身体にまとわせた。まるで砂塵診療をおこなう医師のように、相手は粒子を通してテオリを観察しはじめる。テオリは自分の身体が切り開かれ、拡大鏡で内臓を覗《のぞ》かれるかのような錯覚を覚えた。

「ふむ。なるほど、なるほど。じつに興味深い。あなたは、ご自身のパートナーにたいそう強く嫉妬《しっと》心を抱いていらっしゃる。そういった夢を、過去になんどもみている……すばらしい、この情感はそのまま流用できるでしょう。感応値はさほど高くありませんが、必要十分には充ちている。であるならば、今宵《こよい》ひと晩ほどは問題ないでしょうね」

「は。なにするつもりか知らねえが、無駄だぜ。俺が時間内に戻らなかったら、粛清官《しゅくせいかん》がぞろぞろやってくるぞ。俺なんかよりずっと強い、ベテランの戦士たちがな。したら、てめえらなんざ一網打尽だ……」

負け惜しみのような言葉だが、まぎれもない事実だ。

だが相手は意に介さなかったようだ。ベルガナムは腹が立つほど柔和な笑みを浮かべると、

「ご心配はいりません。すぐにお仲間のもとへお帰りになれますよ」

と、なんでもないように言った。

「なんだと……」

「さあさ、もう目をおつむりなさい。なにも心配はいりませんよ。あなたには、特別すばらしい夢幻を差し上げますから――……」

ベルガナムの操る桃色の砂塵《さじん》粒子が、テオリの視界を包みこんでいく。

10

ロロ・リングボルド警弐級《けいにきゅう》への挨拶《あいさつ》を終えたあと、シーリオは片時も休まずに、この警備本部で全体の逐次連絡を受けていた。

事態は何事もなく進行している。ついさきほど、連盟盟主の家族が乗っていた屋内エリアの電動遊具が緊急停止したという報告があったが、どうやらただの機械の不具合だったらしく、なにも大事には至らなかった。

最後の懸念点は、やはり地下関連だ。

その報告はクロージング・セレモニーがはじまる直前になって、朗報としてあがってきた。テオリのほかに点検を依頼していた補佐課の警備班が帰ってきて、とくに異変はなかったことを確認してくれたのだ。

その次に、テオリが戻ってきた。規定時間よりも少し時間がかかったようだが、彼もすべての場所をチェックしたそうだ。

「では、何事もなかったのだな」

シーリオがそう確認するも、相手は黙って、ただ足元をみつめていた。

「どうかしたか？　警伍級《けいごきゅう》」

「あ、すんません。なんでしたっけ？」

「無論、点検の件だ。なにも問題は見受けられなかったのだな？」

「ああ。それなら、だいじょうぶです。地下には、なにも異常はあり、ありませんでした」

テオリは、どこか虚ろな表情でそう答えた。

「そうか。うむ、その報告が聞きたかったのだ。これで、安心してクロージング・セレモニーを迎えられるだろう」

「それより、ライラのやつはどこにいますかね」

テオリが周囲を見渡した。

「イライッザ警伍級《けいごきゅう》か？　彼女なら、まだ地海《ちうみ》とともに特別な任に就いている。そろそろ戻るころだとは思うが」

「そうすか。……ちっ。あいつ、俺がいないとなんもできねえバカのくせに、先輩たちにかわいがられやがって……」

テオリが小声で、なにか恨み言のような言葉をブツブツとつぶやいた。

その形相がどこか異様な気がして、シーリオは「鞍馬《くらま》警伍級？」と声をかける。

テオリが顔をあげると、そこにはいつもどおりの部下の顔があった。どうも気がかりな態度だったが、シーリオは気にしないことにする。

「いや、なんでもない。ともあれ、ご苦労だった。貴公はこのままセレモニーホールに移動するといい。わたしも追って向かう」

慣れない作業に疲れたのか、テオリはどこかふらふらとした足取りで去っていった。

＊

会場の前には人だかりができていた。

ホールの入り口には巨大な垂れ幕が下がっている。今回の周年式典の主役であるノエル・シュテルンがうつる、特製の垂れ幕だ。その下では多くのメディアが実況中継のカメラをまわし、来場者たちにインタビューを執り行っていた。

「すごい。さすがは大人気のノエルちゃんであります！」

そんな賑《にぎ》やかな様子に、ライラは感激していた。

「ああ、いまだに信じられないであります。まさか、こんな有名なアイドルとお友だちになれたなんて……!!」

観覧車から降りたあと、ライラとシンは、歌姫を無事に会場まで送り届けた。

別れ際、ノエルは「もしよろしければ、今度お時間があるときにお買い物に行きませんか？」と言い、社交辞令ではない証拠に、向こうから連絡先を渡してくれたのだった。

ライラは有頂天のまま帰還し、シンとともに任務の完了を報告した。

その際、上官から「そういえば、鞍馬警伍級が探していたようだぞ」と教えられたライラは、先輩たちと別れて、パートナーとの待ち合わせ場所に向かった。

が、テオリが約束の時間を過ぎてもあらわれなかったので、しかたなくひとりでセレモニーホールまでやってきたというわけだった。

「テオめ、お前と現地集合だと会えなさそうでこわい、とかなんとかいっていたくせに、自分が遅れるなんて失礼でありますね！　それとも、さきに席についているでありますかね？」

ライラは、関係者入り口に向かっていく。

そのとき、向こうのほうに見慣れた和服姿を見つけて、ライラは「あ！」と声を出した。

「みつけたでありますよ、テオ！」

駆け寄ると、テオリはマスク越しに振り向いた。

「どこで油を売っていたでありますか？　おかげさまで待たされたでありますよ！」

「……。」

「でもまあ、お互い仕事が入ったからしょうがないでありますかね……。それより、自分がなにをしていたか聞いたでありますか？　なんと、あのノエルちゃんの護衛だったのでありますよ！　ぷぷ、テオが地下なんかに行っているあいだに自分はノエルちゃんと楽しく園内をお散歩していたわけであります！　うらやましいでありますか〜？　悔しいでありますか〜？」

「……。」

「ま、まあ？　その、さすがにちょっとかわいそうだとは思ったでありますけどね。だから、ノエルちゃんと別れたあと、シン先輩にお許しをもらって、少しだけお土産屋さんをみて、それで、家族にあげるぶんといっしょに、これを買ってあげたであります」

ライラはいささか恥ずかしそうに、上着のポケットから包装紙を取り出した。テープを剥《は》がすと、赤モニのキーホルダーが出てくる。

「テオ、知っているでありますか？　赤いほうのモニネコは凶暴なキャラクターだそうでありますよ。すぐにぷんすか怒るテオにぴったりと思って買ったであります！　なんとなく顔も似ているでありますし、ありがたく受け取るでありますよ。ほら、ほら！　テオ？」

なぜ相手がなにもしゃべらないのだろうと、ライラは首をかしげた。

テオリが無言のまま、キーホルダーを受け取った。掌《てのひら》のうえでまじまじとみつめると、次の瞬間、それを思いきり地面にたたきつけた。

「あ！」とライラは声を上げた。

「ライラ。てめえ、本当にかわらねえよな」

いつになく低い声で、テオリが言った。

「いつもそうだ。俺がどれだけまじめにやっても、努力しても、てめえばかりが評価される。自分が運だけの人間だってことがわかってんのか？　たまたま能力に恵まれたから、へどが出るような低能でも許される。たまたま上官や先輩に恵まれたから、現場でいくらミスしようとも甘やかされる。かわりに、頭を下げるのはいつも俺だ……。きょうは、先輩の温情であこがれのアイドルと遊ばせてもらったわけか？　っとに、いいご身分だよな」

「た、ただ遊んでいたわけじゃないでありますよ。ちゃんと任務だったのでありますよ……。

テ、テオ、なにをそんなに怒って」
「気色わりぃあだ名で呼ぶんじゃねえよ、バカ女が！」

テオリは足を振り上げると、キーホルダーを踏み抜いた。バギリ、と音がして赤モニが粉々に砕け散る。

「ひ、ひどい……」

「はっきり言われなきゃわからねえかよ。——てめえ、はじめからずっと、うぜえんだよ」

じわりと、ライラの瞳《ひとみ》に涙が浮かぶ。

「作戦がはじまったら覚悟しておけよ。ああそうだ、パートナーがいなくなりゃ、おのずと後釜があてがわれる。そうすりゃあ、俺だってもっと……」

テオリはぶつぶつとつぶやきながら、よろめくような足取りで会場に入っていった。

ライラは跡形もなくなったキーホルダーの残骸《さんがい》を見下ろしていた。さきほどまでの楽しい気分がどこにもなくなってしまい、ぽろぽろと涙を流しながら、赤い破片を拾い始めた。

11

会場の外と同様に、内部もまた人混みに溢《あふ》れていた。

ステージから客席を見たとき、左右の壁にまで客席が詰まり、演者を見下ろしてくる構造は、旧文明の建築物であるオペラ劇場に着想を得ているという。

グラウンドフロアは、本来の最大キャパシティよりも多く収容するため、収納可能式の座席が畳まれていた。この会場が劇場としてもコンサート会場としても機能するように配慮された設計だ。

この偉大都市《いだいとし》において、これ以上の晴れ舞台は存在しない。

観客たちはみな、音に聞くノエル・シュテルンの生声を心待ちにしている。

ざわざわとした期待の声が会場内を包みこんでいる。その声を覆うかたちで、場内には繰り返し注意喚起のアナウンスが響き渡っていた。

『……来場のみなさまへご連絡です。本公演では、砂塵《さじん》能力を使用した演出が多数予定されております。空中砂塵濃度はつねに安全値に保たれるよう調整しておりますが、念のため、ご鑑賞ちゅうはドレスマスクの着用をお願いしております。万が一、砂塵吸引事故を起こしてしまった方は、すぐにお近くのスタッフまで……』

舞台から向かって右上、二階のボックス席にはふたつの空席がある。

現場警備の粛清官《しゅくせいかん》たちは、クロージング・セレモニーを直接監視することになっていた。

シルヴィとシンが割り当てられたのは二階のボックス席であり、ライラとテオリの席のちょうど対岸の位置にあった。

だが、開演が間近だというのに、後輩たちがいるはずの席にはどちらの姿も見えなかった。

「あのふたりはいったいどうしたんだ？」

シンの疑問は、シルヴィにもわからなかった。

「本当、どうしたのかしらね。鞍馬《くらま》くんも無事に見回りの任務から戻ってきたとナハト警弐《けいに》級《きゅう》はおっしゃっていたけれど」

「テオリはともかく、ライラのやつが間に合わなかったとしたら不憫《ふびん》だな。あれだけ楽しみにしていたというのに」

「心配だわ。帰りに売店で冷たいスムージーを買っていたみたいだし、お腹でも壊してないといいけれど」

「あいつは子どもか」

シンはマスクのなかで一笑した。

「子どもみたいなものよ。あんな純粋な子、ほかにみたことがないもの――って、あら？」

シルヴィが視線を感じて振り向くと、そこには仮面をつけたライラの姿があった。

「シルヴィ先輩……」

「よかった、来ていたのね。でも、どうしたの？　あなたの席はあちら側よ」

「先輩、お願いがあるであります。自分を、こちらに置いてほしいのであります……」

ライラはいかにも元気がない様子だった。

「なにがあったの?」

「……それが、自分にもわからないでありますが。テオリが、その、すごく怒っていて」

「なにかしてしまったの?」

「そんなことないと思うであります。いつもはともかく、きょうはなにも。でも、あんなに怒っているテオリはみたことがないであります……」

シルヴィは、シンと顔を見合わせた。

「またけんかか?」

「そうみたい。でも、なにか妙ね」

シルヴィが対岸の客席をみると、ちょうどテオリが姿をあらわしたところだった。布を巻いた薙刀《なぎなた》を壁に立てかけると、笠のマスク越しに、こちらに向けて会釈した。

仮面に遮られて、その表情はみえなかった。とりあえず会釈を返して、シルヴィはライラのほうに視線を戻した。

「ライラさん。その、深刻そうなの?」

「それも、わからないであります。でも、パートナーがかわったらどう、みたいなことを言っていて……。先輩、自分はどうしたらいいでありますか」

シルヴィは対応に迷った。ここはもう、学舎ではない。パートナー同士のいざこざは、すべて当事者たちで解決すべき問題だ。ライラを所定の持ち場に返してふたりで行動させるのが正しい判断だと述べる粛清官《しゅくせいかん》が多いだろう。

だがシルヴィには、自分自身がパートナーとの問題を人に相談できなかった過去がある。自分の思う正しい指導担当《メンター》の行動として、シルヴィはこう口にした。

「わかったわ。式典が終わったら、わたしが話し合いの場を設けてあげる。だいじょうぶ、なにかのすれ違いがあっただけよ。鞍馬《くらま》くんも、話せばきっとわかってくれるわ」

シルヴィはソファ席を詰めると、ひとり分の空きを作り、そこをぽんぽんと叩《たた》いた。

ライラはぺこりと頭を下げて、申し訳なさそうに腰を下ろした。

そのとき、会場が暗闇《くらやみ》に包まれた。

きゅうに全体の空気がうしなわれたかのように、周囲の話し声もぴたりと止まった。

司会の声が、会場内に響き渡った。


「みなさま、大変長らくお待たせいたしました。

オープニング・セレモニーから丸一日を通しておこなわれた式典プログラムも、いよいよクライマックス――まこと惜しいことに、次で最後のひと幕と相成りました。

栄えある終演の時間を飾るのは、今やその名を知らぬ者のいない、至高の歌手。

かの連盟盟主クルト・シュテルン氏の実子にして、瞬く間に市民たちの心を奪っていった、偉大都市《いだいとし》史上最高と名高い歌姫！

それでは、ご登壇いただきましょう——　ノエル・シュテルン嬢です！」

＊

ステージの中央にスポットライトが照らされる。

だが、その場所には、なぜだかだれの姿もみあたらない。

観客たちが首をかしげると同時、

「ひ、ひゃあああっ」

と悲鳴がして、ドレスをまとった女性が光のなかに飛びこんできた。

「たいへん申し訳ございませんっ。た、立つ場所を間違えてしまいました」

一拍を置いて、会場内にはどっと笑い声が響き渡った。

「すみません、すみません。わたし、昔からドジなものでして……」

笑い声がおさまるまで、ノエルはぺこぺこと頭を下げていた。

その素顔は晒《さら》されていた。だがそれでいて、ドレスマスクは万全に着用している。一部の歌手や俳優が使用する、特別仕様のマスク——完全に透明な素材で構成された、クリアマスクと呼ばれる面をかぶっているからだ。

頰《ほお》の赤らみが引くと、本来の彼女が持つ、新雪のような肌色が取り戻された。

ノエルは、言葉を紡ぎはじめる。

「あらためまして、ノエル・シュテルンと申します。本日は、栄えある周年式典の、それも最終プログラムにお呼びいただき、不肖の身のわたくしには、これ以上の誉れはございません。つきましては、みなさまに簡単なご挨拶《あいさつ》のお時間をいただければと思います」

ふたたび音を無くした会場に、ノエルの声だけが響く。

「わたしはこの都市に生まれ、シュテルンの家に生まれ、幼いころからずっと、自分にはなにができるだろうと考えてきました。

〝人間には、だれしも生まれた際に与えられた使命がある。それをまっとうしてこそ、成員たちが織り成す共同体の営みは、清く正しく機能することだろう〟

みなさまもご存じのとおり、初代盟主長であるエバ・ディオスさまの遺《のこ》したお言葉です。では、わたしは？　わたしには、いったいどのような使命が与えられているのでしょう。長らく、わたしにはそれがわからないままでいました。都市に住まうみなさまが――もちろん、この映像をみてくださっている画面の前のみなさまも含めて――平和な日々と生活を与えてくださっているのに、自分がなにも返せないことを、ずっと心苦しく思っていました」

式典用に用意したきれいな言葉が、ノエルの口からすらすらと出てくる。

その大半は事実ではない。ほかの多くの子どもたちと同様に、ノエルは自分の使命などというものを考えたことはなかった。

本当の子ども時代の自分——浅はかで、わがままで、今以上に常識を知らない、年端もいかぬ少女だったころを、ノエルはふと思い出す。

砂塵《さじん》能力が開花する以前より、ノエルは歌を好んだ。

盟主の娘の趣味としては妥当だろうということで、数多《あまた》ある稽古《けいこ》事にボイストレーニングが追加された。学園の合唱部への所属も許可された。

だが、きっといつか歌手になろうと、そうあの日の夜空に誓ったのは——だれよりも有名な歌手になろうと誓ったのは、たんに歌が好きだったからだけではない。

それはただ、こうしなければ届かなかったからだ。

そうしなければ、居ても立っても居られなかったからだ。

そうだ。自分は結局、あのころのことを片時も忘れられないでいるのだ。

あの健やかな青の時代に咲きそこねた想いが、今の自分を強く、こうも衝《つ》き動かしている。

気がついたときには、こんなにも大きな舞台に立っているほどに。

「今この場で、みなさんがこれまでくださったたくさんのしあわせの、ほんの一部だけでもお返しできたら、それ以上のことはありません。

この歌を、私をここまで育ててくださった市民のみなさんと、偉大都市《いだいとし》に」

そこで、ノエルは言葉を止めた。私をここまで育ててくださったみなさんと、偉大都市に捧げる——それで終わるはずだった台本に、ひと言だけ足す。

「そして、私に舞台に立つ勇気ときっかけをくれた、だれよりも大切なひとに、捧げます。聴いてください。マドンナ・レフューより、『トゥインクル』」

挨拶《あいさつ》の終わりを示す合図として、ノエルはそっと、インジェクターを起動した。

カチリというスイッチの音とともに、伴奏が流れはじめる。

一八：〇〇　——本番がはじまる。

＊

当初、会場のなかを占めていたのは、じつは半分以上が好奇の目線といえた。

周年式典のライブは、普段のノエルのライブとは異なり、彼女のファンばかりが来場しているわけではないからだ。ゆえに彼女の人気を、所詮は連盟盟主の娘が、親の七光りで売り出されているにすぎないだろうと軽視している者も多かった。

いや、ノエルの出自がどうあれ、アイドルはどこまでいってもただのアイドルだと高を括《くく》る者もいたかもしれない。あれほどの清廉な美貌《びぼう》、ほんのわずかでも歌がうまければ持て囃《はや》されて当たり前だろうと、そう斜に構える者もいただろう。

あるいは、かりにノエルの声を収録したレコードを聴いていたり、ライブ映像をみたことがある者であったとしても、この場にはいささか軽率な気持ちで足を運んだ者もいたはずだ。

そうした侮りのたぐいはすべて、このような事実に集約されているといってよい。

歌姫ノエルの真価を知るのは、その歌声を生で聴いた者のみであるという真実に。


ノエルの歌声が響いた瞬間、すべての者が、まるで時が止まったかのような錯覚を覚えた。

その歌声が、ほかのあらゆる歌声と根本から異なるものだったからだ。

音楽とは耳で聴くものではなく、全身で感じるものだという事実を知っている者ですら、その感覚は初めて味わうものだった。

音の侵入が、身体だけに留まらない。

歌が、心に直接、入ってくる──

まるで宙に運ばれたかのような感覚。歌声が自分の足場をなくさせ、その場に浮遊させる。それから、際限のない酩酊《めいてい》感にも似た幸福を、純なる幸福を与えてくれる。


歌声がもたらす情感に、ある者はしずかに涙を流した。

その場で崩れ落ちないよう、隣の者に摑《つか》まる客がいた。

天を仰ぎ見、恍惚《こうこつ》の表情で身体を揺れ動かす人がいた。


舞台にはスカイブルーの粒子が燦々《さんさん》ときらめいている。その粒子が持つ作用は、科学的な置換がむずかしく、いわゆる砂塵《さじん》的と称される、超常作用であると言われている。

長い審議のすえ、この都市の能力研究家のあいだで合意したのは、ノエル・シュテルンとは人を感動させる砂塵能力者である、という端的な結論だった。

砂塵を帯びたノエルの声は、無体にしてたしかな熱を帯び、人の情動に──およそ心と呼ばれるものに──直接、訴えかけてくる。

過剰といえるほどに分泌されたドーパミンが導くのは、まともに生きている人間が、およそこの声を聴く以外の方法で達することはないと確信できるほどのトランス状態、忘我の域だ。

ゆえに今この場で、ほとんどすべての観客が即座に、同時に理解した。

ありとあらゆる音楽批評家が、今この時代に生きているのならば、なにを捨て置いてもノエル・シュテルンのステージにだけは足を運んだほうがいいと熱弁するのは、けして盟主シュテルン家に慮《おもんぱか》ったからではないと。

それが一片の曇りもない、ただの真実だからであると。

歌姫ノエルは、真の意味で歌姫なのであると。

*

ライラ・イライッザは、どこか凪《なぎ》のような心情でいる。

ついさきほどまで、ライラはとてもかなしい気持ちでいた。身体が砕けて頭だけになってしまった赤モニのキーホルダーをみると、いくらでも涙が出てくるような気がした。

こんな状態でパートナーの隣に座りたくなくて、つい逃げてきてしまった。だが、こうして先輩に甘える態度こそが、彼が怒る理由なのかもしれない。きょうこのあとのことを考えると気分がどこまでも沈んでいき、とても好きなアイドルの歌を聴く気分にはなれなかった。

だが、ピアノの独奏からはじまるイントロに続き、歌姫が口を開いた瞬間。

ライラは、それまで持っていたはずの感情をすべてなくしてしまった。

肌に触れる微細な粒子が、ライラの心に熱気を帯びさせ、歌声を浸透させていく。

ノエルの声に誘われて身体が浮遊し、どこまでも連れ去られるような気がする。床が消え失せてしまったような感覚さえして、思わず足元をたしかめてしまった。

会場にはたくさんの人がいる。それでも、この場には自分とノエル・シュテルンしかいないような錯覚を覚える。自分たちを繋《つな》ぐ細い糸の正体は、奇跡のように美しい歌声だ。

その糸をたぐり寄せるように、無意識のうちに席を立って、ボックス席のバルコニーから身を乗り出してしまう。

歌を聴けば聴くほど、幸福感に満ちあふれていく。

そのうちライラは心で理解した。この場に自分とノエルしかいないのではない。自分という個が巨大な集団に吸収されて、ノエルに相対するだけの大きな一となっているということに。

気がついたときには、ライラは会場全体に溶けこみ、一丸となって観賞している。さざ波のような心地よいメロディが、ライラから今を忘却させて、その心を癒《い》やし、揺らしている。

＊

地海進《ちうみしん》は、心の底から驚いている。

ノエルの生歌が持つ威力以上に、その選曲に強い衝撃を受けて、黒犬のマスクのなかで目を見開いている。

マドンナ・レフューという有名な歌手の楽曲は、シンもいくつか知っている。

当時、偉大都市《いだいとし》の外にまで届けられていったマドンナの名曲は、遠く離れた土地でも長く歌われ、愛されてきたからだ。

そう――彼の妹も好んで聴き、よく口ずさんでいた曲だ。

家の絵を描きながら、マドンナの曲を歌い、自分の帰りを待っていた妹の姿が脳裏に蘇る。

いくつもの記憶が、とめどなく掘り出されていく。それは果たして、歌姫の砂塵《さじん》能力の効用なのか、否か。濁流のように押し寄せてくる光景に耐えきれず、思わず胸をおさえた。

「大丈夫?」と、となりのパートナーが声をかけてくる。

大丈夫だ、と答えることができない。次いで、マスク越しの耳元に「出る?」とささやかれた。それには、首を横に振って応えた。

なつかしいのに、つらい。

つらいのに、なつかしい。

辛苦と郷愁が入り混じった、メトロノームのように大きく揺れ動く情動にこらえきれず、「悪い。手だけ、くれないか」と頼んだ。

それは弱音のようなものだった。

彼女は迷わずこちらの手を取った。甲を撫《な》ぜるかのようにして滑りこませると、銃身の金属を思わせる冷気をまとった肌が、グローブ越しにかたく結ばれる。

「っ。はぁ」ようやく水上に顔を出せた水没者のように、シンは浅く、荒く、息を吐いた。

＊

シルヴィ・バレトは、周囲を警戒している。

彼女のなかの九割の部分は、この式典が無事に終わると信じている。それは希望的観測ではなく、これまでの状況から導き出される、ただの現実的な推測といえた。

ただし、歌姫の声を聴いたとき、シルヴィは直感的に言いようのない不安を覚えた。

当然、ノエルの砂塵《さじん》能力についてでは聞き及んでいた。事前によく調べておき、ライブ会場で観賞する者にとって、どういった作用を及ぼす能力なのかを把握していたつもりだった。

だが、まさかこれほどまでに強い影響力を持つとは思っていなかった。

来客の多くは感動に打ち震えているようだ。ライラは席を立ち、身を乗り出して歌を聴いている。周囲のボックス席でも、多くの者がそうしていた。

シルヴィがわずか安堵《あんど》したのは、自分はそれほどでもないという事実に対してだった。

ノエルの歌は一般に強い情動を呼び起こすものだ。が、その効果はノエルとどれほど感覚的な波長が合うかに依存しており、ある程度の個人差があるという。

シルヴィはたしかに彼女の実力に舌を巻き、すばらしい歌手だと思っている。しかし、それは理性の部分での冷静な判断だ。ノエルの熱烈なファンが主張するように、これがなければ生きていけないと感じるほどのものではなかった。

対して、自分のパートナーはどうやら体質的に効きやすいらしい。もっとも、感動しているというよりは必死に耐え忍んでいるような様子ともいえて、シルヴィは心配を覚える。

うつむくパートナーの手を握ってやりながら、シルヴィは他方、こう考える。

（いいいいいいいい、もしもわたしが、犯罪者の側だとしたら）

それは、彼女の信頼するかぼちゃ頭の上官がおこなう思考法だ。

（わたしがこの式典でなにかを仕掛けようと思うなら。この機に、乗じる）

その最中、ある事実に気づいて――なるほど、とシルヴィは合点がいった。

上官があの場所に多くの警備員を配備したのは、自分と同じ考えだったからに違いないと。

シルヴィは巨大な天井桟敷に目を向ける。

スモークガラスに阻まれたその高所は、ノエル・シュテルンの声が直接は届かない場所だ。

＊

シーリオ・ナハトは、舞台に視線を落としている。

ここからは鳥瞰《ちょうかん》のごとく、舞台全体の様子がありありと見下ろせる。特製のクリアマスク越しに映る歌姫の素顔は、普段の彼女からは想像できないほどに真剣な表情だった。

ノエルの砂塵《さじん》能力は、その声を直接聴かなければ効果を発しないとされている。歌姫の喉《のど》から生まれた直接の空気の振動であれば効果を発するが、いちどでも電子的に変換された音声は、その限りではないとのことだ。

ゆえに物理的に遮断された場所にいる者は、ノエルの能力の影響下にはない。

それでもその声は、シーリオにとって、特別以上の歌声として届けられる。

かつて自分が、その名に夜を与えられた以前の記憶が喚起される。

シュテルンの屋敷で訓練を受けていた、十五までの自分。一流の従士になれという拝命に応じるため、一心不乱の日々を送っていたころの自分を。

（お嬢さま。本当に、本当に、ご立派になられた……）

シーリオにとって最大の心残りは、あるじに嘘《うそ》をつかねばならなかったことだ。

自分の使命は、完璧な別人となることだった。名を変え、捏造《ねつぞう》された素性を騙《かた》り、官林院《かんりんいん》に入り、シュテルン家に与する。それは盟主自身による、連盟に対する小さな裏切りといえた。

ゆえに、これはだれにも知られてはならない秘密だ。当然、ノエルに対してであれ。

そう——彼女は、あのときの執事がどこでなにをしているのか、知らない。

用意された筋書きはこうだ。

少年執事リオは、かつて生き別れた両親をみつけることができた。彼らは新都に移り住むことを決めており、息子にいっしょに来てもらいたがっている。よく悩んだすえ、少年は長年世話になったシュテルン家から暇をもらい、この地を去ることになった。

自分が屋敷を出ることを知って、ノエルはひどく動揺した。涙を流し、怒り、うそだと言い、本当のことを話すまでは部屋を出ないと叫び、自室にこもりきるようになった。

だが準備が刻々と進み、いざ別れの日がおとずれると、少年を呼びつけ、こう言った。

「便りを出して。それから、いつかかならず会いに来て。いい？　リオ。かならずよ」

「もちろんでございます、お嬢さま」

「これでお別れなんて、ぜったいに嫌だからね。いい？　あなたはまた、わたしにお茶を淹《い》れるのよ。ぜったいだからね。ぜったいだからね――」

その約束が果たされることはなかった。

少年執事は霞のごとく消えたのだ。あれから十年近くが経過し、音信不通となった彼の行方は、だれも知らないということになっている。

だからもう、自分たちが言葉を交わすことはない。どれだけ物理的な距離が近くとも、自分たちのあいだにはけして越えられない断絶の壁がある。

そんな不動の事実を、シーリオはもう何年も前から無言で嚙《か》みしめている。

曲はすでに三曲目に突入している。マドンナから拝借した一曲目とは曲調がかわり、いかにもアイドルらしいアップテンポな曲が流れている。ノエルの歌声に耐性のある者から選ばれたというバックダンサーたちが踊り、ステージの下からはスモークやファイアボールの演出が使われ、グラウンドフロアはおおいに盛り上がっている。

シーリオの役目であり、また心からの望みは、式典が大成功のうちに終わることだけだ。敬愛するあるじの一世一代の晴れ舞台が、大好評のまま幕を閉じることだけだ。

白面のマスクのなかで、シーリオはどこか沈痛とも取れる表情を浮かべている。

*

周囲は地鳴りのごとく震動し、そしてかすかに、女の声が届いてくる。

今この場所の頭上では、千を超える市民たちが、歌姫ただひとりの生声に熱狂している。

その観客の数には到底満たないが、この場所にも多くの男女たちが――マスクを持たない宗教徒たちが――指で作った輪を額の前に置く、独特なる祈禱のポーズを取っている。

それは自然発生した砂塵《さじん》粒子があらわれたからだった。彼らの戒律では、神出鬼没の神性物質を目にしたときには、このように祈禱が義務づけられている。

自発的に集合と消失をおこなう砂塵粒子が、さらさらと音を立ててその場から姿を消した。

司教、ベルガナム・モートレットは祈りの言葉をやめて立ち上がると、砂塵が失せていった場所を見上げた。そこには、穴が空いていた。

天井を突き破り、地上へと至るための穴が。

「都市暦三四年」

そう、ベルガナムは口にする。

「四九年、八九年、九二年。これらの年になにが起きたか、みなさんはおわかりでしょう」

その問いには、先頭にひざまずく四人の信徒のうち、もっとも大柄の男が返した。

「教団の四度にわたる、エムロック社への聖戦が試みられた年です。大司教ベルガナム」

「そのとおりです、司祭イム。して、その結果は?」

「すべて、中央連盟の勝利に……われわれの敗北に終わりました」

ベルガナムは鷹揚《おうよう》にうなずくと、信徒たちに振り向いた。

「過去の同志たちは、みな排塵機《はいじんき》やインジェクター、ドレスマスクなる、女神にあだなす技術を破壊するため、誇り高くもその身を散らし、殉教しました。その結果、教団は派閥を分かたれ、もっとも愚かしい宗徒たちは、みずからを正教などと謳《うた》い、仮面を着用し、中央連盟に税を納め、ついには戒律に背くようにまでなりました。しかし、われわれは異なります」

ベルガナムは、黒い痣《あざ》の浮かんだ頰《ほお》をなぞった。砂塵に強くその身を焼かれた者に出る諸症状のひとつであり、彼らのなかでは誇りとされている、いわば聖痕だ。

「今宵《こよい》、今から起こるのは五度目の聖戦。そしてわれわれのおこないは、これまで以上に尊《たっと》ばれるべきものとなります。そう、中央連盟には、この世でもっとも忌むべき禁忌、砂塵兵器と呼ばれる罪悪があります。われわれは、それを奪取しなければなりません」

「御意に《ヤ・ウイル》」「御意に《ヤ・ウイル》」「御意に《ヤ・ウイル》」――と、口々に信徒たちがつぶやく。

「よろしい。それでは、賜りなさい」

ベルガナムが許可を下す。と、ある者は深呼吸をして砂塵《さじん》粒子を摂りこみはじめ、またある者が頭を抱えうめきだすと、けたたましい水の音を漏らし、その身を変貌《へんぼう》させていく。

宗教徒たちが解き放たれていくさまに、ベルガナムの口元はたしかな笑みを湛えている。

その手には、二枚の写真がある。

ふたりの親子の写真。

歌姫ノエルと、盟主であるその父親がうつっている。

「女神のために《フォー・ザ・ゴッデス》！」

彼らは雄叫《おたけ》びをあげると、各々の役割を果たすために消えていく。

「楽園殺し……」自身も動き出す前に、ベルガナムはひとり、口にする。

「ああ、亜空にましますわれらが女神よ。それも、貴女《あなた》の望みであるならば……」

一八：三〇

——本当の本番が、はじまる。

1

塵禍《じんか》。

砂塵《さじん》の到来によりおとずれた、人類最大の混迷期。

旧文明を完膚なきまでに壊滅せしめた、茫漠《ぼうばく》にして畏怖《いふ》すべき砂の王の到来にまつわる伝承は、現代を生きる者たちにも数多く遺《のこ》されている。

遥か昔、砂塵は人々を殺し、彼らの住む街々を殺した。

それでも砂塵がもっとも強く殺したのは、人でも文明でもなかった。

砂塵が犯した最大の罪は、神殺しだ。

旧文明において、人々はついぞ神を捨てなかった。どれだけ科学技術が発展し、世界の理《ことわり》（とされていたもの）が解明されようとも、偉大なる神はつねに人類の意識の頭上にあった。

神の愛は理屈ではなかったからだ。この世に格差と理不尽な死がある限り、太古から続く信仰は消えない——そのはずだった。あの日、砂塵があらわれるまでは。

砂塵が暴いたのは、それまで人々が神と呼んでいた虚像の、その稀薄さだった。

神の御業としか思えぬ異能は、ひと握りの聖人のみならず、あろうことか人草に宿った。水を葡萄酒《ぶどう》にし、皿をパンに変えたのは神の子ではなく、砂塵の力を帯びただけの、凡なる人の子だったのだ。

ゆえに人々が新たに奇跡と信じたのは——否、信じざるをえなかったのは、自分たちを害したはずの悪性物質そのものだった。

かくして砂塵は新たなる神となった。それはこの世界の新参者としてはあまりにも急劇で、あまりにも迅速な神位の戴冠といえた。

ありとあらゆる抗言を赦《ゆる》さぬ、鮮やかなる神権の簒奪《さんだつ》——


問題は、物語の存在だ。

新世界の神は、はじめ聖典を持たなかった。ざわざわと擦《こす》れ合う砂塵の声を聴き、その尊い言葉を預かるに能う者があらわれなかったからだ。

にもかかわらず——この事実は後年、多くの宗教研究家の頭を悩ませることになったが——砂塵を信奉する者は、総じてそこに同じ女神の姿をみた。

物語はけして共有されず、それでいて同形の偶像がそこにあったのだ。そんな本来ありえないはずの同調《シンクロ》こそが、人々の信仰をより篤《あつ》くさせた。

女神の怒りを買ってはならぬ。彼女はあっけなくこの世界を覆い、全能たるみずからの力の一部を、ありがたくもわれわれに貸してくださっているのだから。

砂塵《さじん》がもたらした惨状は、すなわち彼女の意志であると解釈された。

ゆえに砂塵の信徒たちは、荒れ果てた世界の情勢を、逆説的にこう理解した。

これは惨状ではないと。

むしろその逆。これは世界の、真にあるべき姿なのだと。

砂塵が求めた騒乱と闘争を、われわれは受け入れなければならないのだと。

女神がこれほど強い怒りを示したのは、人が本来の使命を忘れていたからなのだと。

思えば、原初の人類は使命を忘れてはいなかった。みずからの利益のために、縄張りのために、自分の小さな世界を守るために、人は棍棒《こんぼう》を振るい、声を荒らげ、死闘したものだ。

弱く、なんの力も持たない存在がのうのうと生き延びる世界は間違っていると、女神はそう自分たちに教えているのだ。

女神の実在に気づいた者たちは、そうした教示的一致《コンセンサス》を得た。

はじまりの教義の名は混沌《メイヘム》。

砂塵の影響を受けた人々による、万人の万人に対する闘争の、その正当化である。

女神を信じる者たちは、闘争する僧として、敬虔《けいけん》な者ほど苛烈《かれつ》におのれを鍛えた。そして、その教義に従って存分に女神から与えられた力を揮《ふる》った。

より生存に長けた力を与えられた者は、女神によって生きる価値を大々的に認められた者であるとして、信者たちから一目を置かれ、彼らの導き手となった。

そうした者どもが、砂塵《ダスト》教の基礎となる組織を作っていった。

それが、偉大都市《いだいとし》が成り立つよりも遥か昔、およそ数百年前のこと。

教団の歴史はかように長い。

そして、その業の深度を正確に測りし者は、今となってはもう、どこにも……

2

最高のパフォーマンスをした——。全力の五曲目を歌いきったとき、ノエルはなによりもまずそう直感した。

ノエルには会場の人々が吐く息が、歓声が、ひとつの流れとして目にみえる気がしていた。

そのグルーヴはノエルの歌い方ひとつで、右にも左にも漂っていく。ノエルの仕事は、それをもっとも観客が心地よく感じる方向へといざない、完璧に操ることだ。

それが、これまででもっともうまくできている——そうした強い実感があった。

「お疲れさまでした！」

「ノエルさん、インジェクター休憩入ります！」

「整備班急いで！　ステージ、一分で万全に戻して！　テーピングの再確認も忘れず！」

舞台の裏手では、スタッフたちがあわただしく走り回っている。

ノエルとしてはこのままのボルテージで最後まで歌い切りたかったが、五曲ごとに黒晶器《こくしょうき》官《かん》を休ませるというのは、厳守せねばならない決まりだった。

もっとも、休憩とはいえ猶予はない。この短いインターバルを利用して、衣装の着替えも済ませなければならないからだ。

「失礼します。……？」

部屋に入って、ノエルは首をかしげた。舞台衣装の着脱を手伝ってくれるはずのスタッフたちが、どこにもいなかったからだ。

なにかの手違いだろうか。それとも少し遅れているだけ？　思い返してみると、休憩室の周囲にもだれもいなかった気がする。ライブ前は、こわいくらいに警備の人がいたはずだが。

ノエルが引き返そうとしたとき、ちょうど扉が開いた。

「あ、よかった。今ちょうど、呼びに行こうと――」

相手の姿をみて、ノエルはふたたびおどろいた。

「って、あれ。サリサちゃん……？」

「やっほ、ノエっち」

あらわれたのは、バックダンサーのサリサだった。

式典仕様の踊り子の仮面をはずして、彼女は涼やかな顔で微笑《ほほえ》んでいる。

「サリサちゃん、スタッフのみなさんがどこに行ったか知らない？　急いで着替えなくちゃいけないのに、いないみたいで」

「それよりさ、ノエっち。どうだった？」

「え？　どうって、なにが？」

「もち、きょうのライブのことだよ。周年式典、めっちゃ大事だったんしょ？　うまくできてる？　うしろからみてた感じだと、これまででサイコーってノリだったけどさ」

「あは、やっぱりわかる？　うん、すごくいいと思う。このまま調子を保てたら、これまでいちばん満足のいく舞台になるんじゃないかなって、そういう予感がするの」

質問に答えながら、ノエルはひとりでできるところまで衣装を替えようとしてみる。

「そかそか、よかった。……や、ほんと、よかったなぁ」

サリサは笑顔のまま、ノエルの背後に近づいていく。

「あーしさ、できればノエっちには最後までライブをやってほしかったんだよね。でもこのシナリオでやるなら、どうしてもこのタイミングじゃないとって話だったからさー。もしノエっちが心残りだったら、今からでもあいつら説得できんかなーって思ってたんだけど、あんまし本末転倒なことするわけにもいかないじゃん？　だから、ほんとよかったよ」

「……え？　ごめんなさい、サリサちゃん。なんの話を」

相手がなにを言っているかわからなくて、ノエルは振り向いた。

そのとき、ノエルは信じられないものを目にした。芸能界で唯一の友だちの背後に、おぞましい触手のようなものが蠢《うごめ》いていたのだ。それどころか、自分に迫ってきて――

悲鳴を上げる前に、ノエルは気絶した。

倒れたノエルを受け止めると、彼女は明るい口調で、それでいて冷たくつぶやいた。

「ごめんね、って話だよ。

ノエっちの大事な舞台、今からぐちゃぐちゃにしちゃうからさ――」

＊

ライブがインターバルに突入した。

歌姫のステージでは、ノエルの休憩が必要であると同時に、観客たちにも休む時間が必要だという。それを証明するように、周囲の人々は心配を覚えるほどに昂揚《こうよう》していた。興奮した話し声やノエルを褒《ほ》め称える声は当然として、感動のあまりすすり泣きしている者さえいる。

「大丈夫？　チューーミー」

シルヴィは、隣に座るパートナーの様子をうかがった。

「……大丈夫だ。少し、想定しなかったことがあっただけだ」

シンの答えは、どこか判然としないものだった。

ともかく——とシルヴィは客席を見渡す。

嫌な予感は消えていない。粛清官《しゅくせいかん》になってからの数年で、シルヴィは自分の第六感が鳴らす警鐘を、ある程度は信用するようになっていた。

「ふたりとも、このままここにいてくれる？」

そう告げて、シルヴィは立ちあがった。

「どうした？　シルヴィ」

「ちょっと舞台裏をみてこようと思って」

「なにかあったのか」

「ううん、そういうわけではないのだけれど。でも、なにか胸騒ぎがするのよ」

事が起きたのは、そのタイミングだった。

しゅううう、と音がした。みると、舞台袖に配置された複数のパイプからなにかが出てくる。

それは砂塵《さじん》粒子のようだった。濃い桃色をした砂塵粒子が、会場全体に撒かれていく。

「……え」

どうして、とシルヴィは思う。

あの通気管は、舞台に常設されている特殊装置のひとつだ。

演出などに砂塵能力が使われることもある関係上、粒子の散布がしやすいように、舞台裏の制御室から繋《つな》がる専用の管があることは、シルヴィも承知している。

だが、シルヴィは事態の異常にすぐさま気づいた。

(——こんなの、進行予定にない！)

考えるよりもさき、シルヴィは後頭部に手を伸ばした。

カチリという起動音とともに、シルヴィを中心とした半径十数メートルから、はたと砂塵《さじん》が消え失せる。

まるでみえない膜が張ったかのように、桃色の砂塵粒子の侵入を防ぐ空間ができあがる。周囲の砂塵粒子の一切を消し去る、シルヴィ特有の砂塵能力だ。

どくんどくん、とシルヴィの鼓動が加速度的にはやまっていく。

(これは、ありえるとしたらなに？　なにかしらリラックス効果のある砂塵粒子の散布？　いえ、なにをするにせよ、かならず事前のアナウンスがあるはず。だとしたら……)

異変に気づいたか、シンもまた立ち上がった。

「どういうことだ。なにが起きている」

「わからないわ。ああ、お願い」

わたしの思い過ごしであって——とシルヴィは願う。

だが、その願いは無情にも、すぐさま否定されることとなった。

悲鳴が耳をつんざいた。

一階の客席だ。

遠くに、何人もの異質な見た目の集団がみえた。どこからあらわれたのか——位置的には舞台裏から？——、男たちは場違いなローブを着て、全員がその素顔を晒《さら》している。

問題は、その肉体だった。

遠目ながら、シルヴィはおのれの目を疑った。彼らの身体からは、信じられないことに、幾重にも蜷局《とぐろ》を巻いた、触手のようなものが生えている。

「な、なんでありますか、あれ！」

ライラが驚愕《きょうがく》の声を上げる。

その直後——キシャアアアアと、聞き慣れない雄叫《おたけ》びが会場内に響き渡った。

ローブの集団が持つ、ミセリアワームのごとき醜悪な触手器官の先端、その口腔《こうくう》から溢《あふ》れる叫び声のようだった。

この場からみえるだけでも、三十にも届くような異形の化け物たちが、同時に叫んでいる。

「え、うそ、なに!?」

「い、いやあああっ！」

「な、な、なんだ、あの化け物はっ」

触手の怪物に気づいた人々が、大声で騒ぎ立てた。もともと密集しているライブホールでは、だれかがパニック状態に陥ると、伝染病のようにその恐慌が伝わる。

（あれは――まさか〝捕食者《マンイーター》〟!?　でも、どうしてこんなところに――！）

突然のできごとに、思考が追いつかない。

焦るシルヴィは、「きゃああああああっ」と、ひと際大きな悲鳴を聞いた。

一階で、ひとりの捕食者が女性の一般客を狙《ねら》っているようだった。

だれよりも行動がはやかったのはシンだった。すばやく手すりに飛び乗ると、シンは愛用のカタナを抜いた。

「チューミー！」

「みえる範囲は俺がやる。シルヴィ、お前には状況の把握を任せた――！」

シンが階下に飛び降りた。と同時、シルヴィは背後の扉が開く音を聞いた。

「――粛清官殿《しゆくせいかん》、ですね？」

確認するような質問、その直後。

シルヴィは、なによりもまず大きく身を避けた。

それは正着だった。こちらに襲いかかってきたのは、シルヴィの胴よりも太い、赤々とした肉を持つ触手の一本――それを繰り出してきたのは、フードを被《かぶ》ったひとりの男だ。

互いに見合い、刹那《せつな》の時間が流れる。

そのあいだに、シルヴィは頭の切り替えを済ませた。

腿《もも》のホルスターからハンドガンを抜くと、神業ともいうべき手早さでセーフティをはずし、二発の弾丸を放った。
　ダ、ダン！　と銃声が鳴り、相手がうずくまる。すかさずシルヴィは相手のふところに踏み込むと、その身体をねじり、全力の蹴《け》りを見舞った。
　敵が扉の向こう、ボックス席と繋《つな》がる二階の廊下まで吹き飛び、倒れこんだ。

「──雨傘を！」

「え、あ」

「はやく、警伍級《けいごきゅう》ッ！」

　相手から目を離さないようにしていたシルヴィは、うろたえるライラにそう命令した。座席に立てかけてあった愛銃が投げ渡される。

（迷ったけれど、持ってきて正解だった──！）

　シルヴィが布を取り払うと、メタリックに光る銀色の長銃があらわれた。

「せ、先輩。自分はどうしたら」

「あなたは下で敵の頭数を減らして！　単独行動は控えて、地海警肆級《ちうみけいよんきゅう》の指示に従って！」

「り、了解であります！」

　経験不足のライラに、シルヴィはもっとも簡潔な指示を下した。

　本当は、もっと伝えなければならないことがある。この急転直下の状況、自分たちに求められているのは、真の意味での臨機応変な行動だ。優先順位を決め、ある程度のリスクを取りながら最適な行動を決めなければならない。が、そこまで説明しているような時間はなかった。

シルヴィが廊下に出ると、襲撃者は大の字になって仰向けに倒れていた。

「なるほど……。大司教の言うとおり、これは並の使い手ではありませんな。今の不意の一撃を、ものともしないとは」

どこか嬉《うれ》しそうに口にして、相手は起き上がった。

その顔は、マスクを着用していない。

それに加え、特徴的な模様のローブ。シルヴィには、すぐに相手の所属がわかった。

「あなた、ダスト正教徒ね。それもまさか唖塵派？」

「正教？　まさか、あのような戒律も忘れた白痴どもと同類にされては困りますな。ダスト教、あるいは祖教とお呼びいただけるとさいわいですが」

「なんだっていいわよ。どうせ全員、女神さまの幻覚をみている変人なのでしょう」

「くく。これは啓蒙《けいもう》が足りぬとお見受けしますな、粛清官《しゅくせいかん》殿。女神はおりますよ。すぐ傍《そば》で、つねにわれわれを見守ってくださっているのです。あなたにもいずれ、それがわかります」

シルヴィは、相手の背部から生えている複数の触手に注意した。

さきほど撃った弾丸は、どうやら触手が受け止めたらしい。人体とはまるで異なる硬い皮膚に、二発の弾《たま》が突き刺さっているのがみえた。

（――この人が、捕食者《マンイーター》を作り出している能力者？　いや、もしくは）

この男もまた、何者かによって触手を植えつけられた存在か。

シルヴィはインジェクターを起動したままだ。自分の能力範囲内で触手を生やしているということは、少なくとも、相手は今この場で砂塵《さじん》能力を行使しているわけではない。つまり去年の獣人事件と同じく、これも広い意味での塵工《じんこう》体質といえるはずだ。

シルヴィの頭のなかに、いくつかの仮説が構築されていく。

が、この場で深く思案を張り巡らせることはしなかった。

なんでもありの砂塵能力において信頼に値するのは、自分の目で直接たしかめたことだけだということを、シルヴィは骨身に沁みて理解している。

数メートルほど離れた位置で身構えながら、相手が口にする。

「はてさて。ふしぎなのは、会場にいらしたあなたが、あの方の夢幻《むげん》に囚われてはおらぬこと。いったいどのような奇策を用いたので？」

夢幻、とシルヴィは相手の言葉を心の内で反芻《はんすう》する。

それは重大なヒントだ。相手が口を滑らせたというよりも、当然こちらもその能力を知っていて然るべきという確信から飛び出た発言のように聞こえる。

つまり会場全体が、その夢幻の砂塵能力とやらにかけられていると判断してよいだろう。だとすれば、トリガーとなったのはあの桃色の砂塵粒子か。

（そしてわたしは、その効果にかかるのを未然に防いだかたちとなっている……？）

とすれば先決なのは、その会場を襲った砂塵《さじん》能力の詳細を聞き出すことだ。

そこまで考えたうえで、シルヴィはあえてこう口にした。

「知りたいなら、わたしを跪《ひざまず》かせてからにしなさい。もし可能であれば、の話だけれど」

「一理超えて真理といえますな。さすがは暴虐の象徴、粛清官殿《しゅくせいかん》。敬服すべき闘争心です」

シルヴィは雨傘の柄についたスロットをまわした。機構を展開すると、その名のとおり傘のごとく開く特殊な銃器に、相手は興味を引かれたようだった。

相手が、あらためて格闘戦の構えをみせた。

その構えに連動し、背部の触手がしゅるりと整列する。

「私の名はアンビリ。位階は、畏《おそ》れ多くも助祭の冠を賜っております。尊き混沌《メイヘム》の体現のため、ここで私とお手合わせ願いましょうか」

アンビリが、小瓶《びん》のようなものを取り出した。その蓋《ふた》を開くと、口元に近づけて勢いよく吸引する。その動作の意味を理解すると同時、シルヴィはあえて距離を取った。

自分の能力の範囲から、アンビリを意図的に遠ざける。

「おっと、まさか逃げるおつもりで？」

「冗談！」

身体から砂塵粒子を溢《あふ》れさせた相手に、シルヴィは開いた雨傘の前面を向けた。

そこから飛び出たのは、廊下全体を制圧するかのような無数の散弾。

雨傘の第二《セカンド》スロット——面攻撃に適したショットガンである。

対して、相手の反応は早かった。

触手を用いて跳んでいたアンビリは、シルヴィの頭上、天井すれすれをぐるりと回転して飛び越える。その最中、触手の一本が鞭《むち》のようにしなり、こちらを捕えようとした。

シルヴィは側転して回避する。一本を避けても、次の一本が迫った。その一撃の威力は人間の力をはるかに凌駕《りょうが》しており、硬い塵工《じんこう》材質の壁にめりこんではズガズガと破壊している。

「ひとたび噛《か》みつかれれば終わりですよ——いつまで避けられますか！」

（くっ。この手数……！）

触手の乱撃を捌《さば》きながら、シルヴィは自分の頭のなかにある一対一のマニュアルが機能しないことに気がついた。敵の本体が離れた位置にいるにもかかわらず、つねに複数人の兵士と格闘戦を強いられているかのような圧がある。

この中距離の間合いだと、いささか不利なのは否めない。

次の攻撃は避けられないとみて、シルヴィはわざと大振りで雨傘を振るった。

その隙《すき》を、相手は見逃さなかった。

雨傘の銃身に、しゅるりと触手が巻きついてくる。

「——かかった！」

こちらの武器を封じたとみて、助祭アンビリが笑みを浮かべた。

向こうから距離を詰めて、嬉々《きき》として細い腕をこちらに差し出してくる。

一般的な砂塵《さじん》能力の行使モーションだ。──が、なにも起こらない。

「!? これは」

きゅうにみずからの砂塵粒子が消失したことに、助祭アンビリが驚愕《きょうがく》する。

「驚くわよね。そう、いつもそうなのよ。わたしの相手をする人は」

シルヴィが雨傘の柄のスロットを回転させると、雨傘の側面に鋭利なブレードが張った。

力強く引くと、触手の表面が裂ける。白い外套《がいとう》を返り血に染めながら、シルヴィは一気に勝負を決めにかかった。

敵の懐に潜りこみ、雨傘の先端を敵に向ける。動揺していた相手は、満足に避けるだけの猶予がないことを悟ったか、合計五本にもなる触手を使い、みずからを守る肉壁を形成した。

それは、賢明なる悪手といえた。

(第四《フォース》スロット──特殊対応《スペシャライズド》)

照準を合わせ、シルヴィは躊躇《ちゅうちょ》なくトリガーを引いた。

雨傘の先端から、有線式の特別弾が射出された。弾頭が触手に着弾すると、小さな楔《くさび》を打ち込んで表面に取りつく。

その直後、激しい白光が廊下を照らした。

「ぎ、あああああアアぁッ!!」

強力な電流が触手伝いに体内を駆け巡り、アンビリが絶叫とともに痙攣《けいれん》する。

雨傘の特殊兵装のひとつ、テーザー弾頭。雨傘の末端に取り付けた塵工《じんこう》バッテリーから電気を出力することで、対象の捕縛と無力化を主目的とする、ボッチ手製の特別弾である。

「か、はぁっ」

焼け焦げたようなにおいとともに、アンビリが膝《ひざ》を突いた。

「あ、あなたの力は、まさか……。ああ、だから、夢幻にも影響されずに……」

「気づくのが遅かったわね。その遅さが命取りなのよ」

アンビリの背から生えた触手もまた、高負荷の電圧を受けて、萎《しな》びたように垂れていた。

間近で観察して、シルヴィはその器官の作りを窺《うかが》い知った。

どうやら、その先端の口唇が開いているときは強靭《きょうじん》な力でもって噛《か》み砕き、閉じているときは尖《とが》った顎《あご》が対象を突き刺す構造をしているようだ。

豪胆にして鋭利。まさしく、悪名高いミセリアワームと同様の特徴である。

ゆえにシルヴィは理解する。この襲来者たちが、やはり自分たちの担当する捕食事件の主犯にほかならないのだということを。

シルヴィは倒れた相手の頭に、雨傘の銃口を突きつけた。

「大市法と粛清官《しゆくせいかん》特権に基づいて、あなたの処理はわたしに一任されているわ。それをよく念頭に置いて答えなさい。あなたたちの目的はなに？　さっき言っていた、夢幻というのは？」

相手が、怒りの籠《こも》った目線をこちらに向けた。

「なんという不徳の力ですか。女神が、女神を消すための力を人間に託す？　そのようなことが、果たしてありうるのか。し、しかし、これもまた混沌的敗北《メイヘム》であることに変わりはない、か……」

「ああ、わたし、本当に僧侶って嫌いだわ。あなたたちのくだらない信仰のせいで、これまでどれだけの人が犠牲になったと思っているの？　そんなことより、はやく質問に答えて！」

以前に戦った宗教徒にも苛立《いらだ》たされたことを思い出しながら、シルヴィは雨傘の切っ先を相手の肩に刺しこんだ。だが、相手はたいして痛がる仕草もみせず、

「口惜しや。せめて、優れた器に下されるならば本望だったものを！　やはり夜鳴り寒柝《ナイト・コール》のほうに手合わせ願うべきだったか。ああ、口惜しや、口惜しや……」

ちっ、とシルヴィは舌打ちする。「だから、わたしの話を――！」

その直後、アンビリが無理やり動こうとした。元気のない触手がとがり、ふたたび戦闘の意思を見せる。シルヴィの反射神経はその抵抗を許さず、構えていた銃口が火を吹いて、マスクをまとわぬ相手の頭を至近距離で撃ち抜いた。

どさりと、相手の骸《むくろ》が倒れた。

（ばかなまねを……！　ああ、せっかくの情報源が）

シルヴィは複数の選択を迷った。仲間のもとに戻るべきか、上官と合流して指示を乞うべき

か、あるいはほかの宗教徒を探して情報を吐かせるべきか――

そんなシルヴィの前に、複数の人影が現れた。

助祭アンビリと同じく、ダスト教の服装をした男たちだ。

「――粛清官殿《しゅくせいかん》」

「お手合わせ、願えますか」

彼らは笑みを浮かべてそう言うと、問答無用で触手を繰り出してきた。

シルヴィはふたたび雨傘を展開する。その頭のなかは、焦りに支配されていた。

(外に待機している警備員はまだ⁉ 指揮系統が麻痺《まひ》しているの？ ナハト警弐級《けいにきゅう》は――！)

ろくに考える時間は与えられなかった。辛酸を舐めたような表情をマスクのなかに隠しながら、シルヴィは荒れ狂うような攻撃の対応に苦心した。

3

時刻は、それよりわずかさかのぼる。

シーリオ・ナハトが動きを止めたのは、たった数秒のことだった。

たかが数秒――されど数秒だ。ごく貴重な数秒間を、シーリオは無為に消費した。

粛清官位《しゅくせいかん》に就いてからの十年で、衝撃のあまり思考が停止したのは、このときが初めてだったかもしれない。それほどまでに、ガラス越しの階下で起きた出来事は信じがたかった。

連絡役の職員が、焦った様子で報告してくる。

「ナハト警弐級《けいにきゅう》、緊急事態ですッ！　会場に、複数の敵対存在が潜んでいた模様！　発砲許可をいただけますか！」

「……。」

「警弐級、どうかご指示を！」

「……わかっている。総員、緊急戦闘配備を。最優先は、来賓の保護だ」

部下が駆け出していく。と同時に、奥の扉が開いた。

ロロ・リングボルド警壱級《けいいっきゅう》が姿をあらわした。連盟盟主たちの観覧部屋で待機していた彼は、自分とまったく同じタイミングで非常事態の発生を知ったはずだ。

「とんでもない事態になったね　ナハト警弐級」

その表情は、機械式の仮面に阻まれて覗《のぞ》くことはできない。だが少なくとも、人間味を感じさせない声色は、この非常事態にあってもいつものように平坦だった。

「弁明するつもりはございません。すべては私の警備不行き届きが原因です」

「無論　この場で言い訳を聞くつもりなどないよ　きみもすぐに鎮圧に向かうといい　どうやら　よほどかわった事態のようだからね」

ロロは、どこか他人事のように階下の騒動を一瞥《いちべつ》した。

「リングボルド警壱級。不躾《ぶしつけ》は承知でお願いいたします。盟主の方々を、どうか」

「きみに言われずともそのつもりだ　彼らのことは　僕が責任をもって安全なところまでお連れする」

連盟盟主の観覧部屋は、セレモニーホールの屋上への直通ルートがある。万が一に備えて、その場所には連盟の回転翼機《ヘリコプター》が待機してあった。

「わかっているね　警弐級　被害を最小限にとどめるんだ」

最後に、ロロはこう言い残した。

「そうしなければ　きみのキャリアはここで終わりだ――」


ロロが去ると同時、シーリオは行動を開始した。

白面のマスクをかぶり、性急に現場へと向かう。

(キャリア?　そんなものはどうでもいい……!)

そんなことよりも、気にしなければならないことがごまんとある。

現状で得られている情報はほとんどない。犯人たちの規模も目的もわからないが、この状況を敵が作り出せているという事実そのものが報《しら》せている事実はある。

たしかなのは、舞台裏にある制御室がすでに制圧されているということだ。通気管の根元である制御室を使わなければ、会場内に粒子を散布することはできないからだ。

この騒乱を足掛かりに、敵はなにかを目論んでいるに違いない。

もしその目的が、本日の主役である歌姫だとしたら？

シーリオは心臓が凍りつくような思いがする。一刻もはやく彼女の安否をたしかめなければ、このうるさいほどの動悸は消えないだろう。

これればかりは、だれに任せることもできない。

自分が直接向かい、この目でたしかめねば。

シーリオは三階の通路に出る。それと同時、待機していた職員が話しかけてきた。有事の際、グループ単位で動いて正確な情報を自分に伝える役目を持った連絡員だ。

「ナハト警弐級《けいにきゅう》！」

「階下の状況はいかがか」

足早に移動しながら、シーリオはたずねる。

「そのことで、なによりもまずお耳に入れたいことが」

「なんだ」

「現場のⅰ班からⅲ班までの警備部隊が、まったく機能していないようです。敵対存在があらわれたにもかかわらず、応戦さえもしていないと」

「どういうことだ」

「わ、私にはなんとも。やはり、なにかしらの砂塵《さじん》能力によるものでしょうか」

シーリオは考えを張り巡らせる。

さきほど会場全体に散布された、あの桃色の砂塵粒子。わざわざ全体に散布したということは、あれが今回の犯行を成立させるための鍵となる能力であることは疑う余地もない。

現場の警備隊が機能していないという今の報告を踏まえるならば、なんらかの精神的な混濁を引き起こす能力だろうか。

いや、その線も考えづらいとシーリオは思い直す。

砂塵能力とは人智を超えたものだが、それでも一定の法則や制限といったものは存在する。かりに粒子を浴びせた者の精神を制御下に置く能力があったとして、あの程度の散布時間と粒子密度で、それほどまでに強い効果が発揮されるとは考えづらい。

であるならば、単純に現場部隊は敵の奇襲に遭ってすでに壊滅しているか。まだ事件が起きて数分と経たぬ出来事、情報が錯綜《さくそう》していたとしてもなんら不思議ではない。

とにかく肝要なのは、現場警備の根幹部隊が機能していないことを踏まえて、新たに指揮を執り直すことだ。さいわい、シーリオは不測の事態に焦るような性格はしていない。

「i班からiii班は一時的に指揮系統から放棄する。ホール外に待機していた班を総員、会場に集めろ。三階担当の警備部隊は、手はずどおりに動いているな？」

「はっ！　総員、メインホールに急行しております」

「このまま私も現場入りする。貴公には、第七指揮所属の粛清官《しゅくせいかん》の状態を確認してもらいたい。もし鎮圧ちゅうであれば、私に場所を報《しら》せるように。それと」

そうして、シーリオが指示を出している最中のことだった。

「……っ、止まれ！」

シーリオは前方に、嫌な予感を覚える。

場所は一階、非常階段を抜けた先の連絡通路。このL字を抜ければ、ライブホールと接続するエントランスへと至る場所だ。

「？　どうされましたか、警弐級《けいにきゅう》」

「このさきに、なにかある。貴公はここから引き返し、別ルートで……」

言い切る前に、曲がり角の向こうから、なにかが高速で伸びてきた。

「――――！」

シーリオは身を翻すと、連絡員を押しのけた。それでいったんは直撃を回避したように思ったが、それも束の間、迫りくる触手が、あたかもホーミングするかのように軌道を変えた。

強襲する触手が、連絡員の身体を絡めとる。

「ひィっ」

空中に跳ね上げられた彼の首元に、巨大な触手の先端が食いついた。巨大な口蓋《こうがい》が瞬時のうちに彼の肉を齧《かじ》り取り、その場に放り捨てる。

触手が、廊下の角に消えていく。シーリオは、すばやく職員の容態をたしかめた。即死であるとわかると、警戒を保ちながら廊下の先へと進んだ。

「……ようやくだ。ようやく、まともな人間と……一流の戦士と、戦える」

通路の奥に立っていたのは、ひとりのフードをかぶった男。その背中からは、おぞましい触手が何本も生えてうねうねと動いている。

そして彼の周りに繰り広げられているのは——

惨状、だった。

十余名に及ぶ数の警備員が、その場で屠《ほふ》られている。散らばるのは、銃器と肉片。そして、おびただしい量の血が、廊下を真っ赤に染め上げている。

兵士たちの骸《むくろ》のうえで、その男はこちらを見据えていた。

「戒律ゆえ、なによりもまずは名乗ろう。俺は砂塵《ダスト》教司祭、イム・カイラムという。お前と会えることを心より楽しみにしていたぞ、〝夜鳴り寒柝《ナイト・コール》〟よ」

そのフードの下の素顔は、どこか岩石を思わせる武骨さ。砂塵《さじん》粒子を身にまとう肉体もまた、大柄にして屈強だ。

強靭《きょうじん》な武闘僧——。ひと目でそうと悟らせてくる出で立ちだった。

「貴様、よもや唖塵派《あじんは》の者か」

「ふん。われわれがそう自称したことはいちどもないがな。正教を名乗る異端どもが保身のために作り上げた、くだらん造語よ」

「あいにく、どちらが正統かの話になど興味はないな。肝心なのは、貴様らがタガのはずれた差別主義者という事実だけだろうに」

今より三十余年前の、偉大都市暦《いだいとし》一一七年のことである。

当時まだ新興地区として開拓されていたばかりの十七番街の仮設建築《バラック》地帯で、大規模な焼き討ちが起きた。被害に遭ったのは、総計数百名にも及ぶ非砂塵能力者《ブランカー》たちだった。

通称〝紫水晶の夜《アメジスト・ナイト》〟と呼ばれる大事件である。

事件の主犯は、啞塵派《あじんは》と呼ばれる一派だったという。紫色の宝石を護符として埋めこんだ槌《つち》を持ち、女神をかたどった模様のローブを着た宗教徒たち。

啞塵派の宗教徒は、戒律上、ドレスマスクの着用を拒む。それゆえ日常的に砂塵《さじん》の毒に侵され、砂塵症状の進んだ聾啞者《ろうあしや》で多く構成されていることが、その名の由来だという。

そんな彼らにとっての聖戦のひとつが、非砂塵能力者《ブランカー》の殺害だ。

啞塵派の教えでは、能力を持たぬ者は、彼らの信じる女神から生存を許可されていないと理解されている。すなわち生者こそが強者たり、強者こそが適者たるというわけだ。

偉大都市において布教を許可されている正教からは、遠い昔に破門され袂《たもと》を分かたれた、極限的なまでの過激思想を持った凶悪犯罪者たち。

その一員と窺《うかが》える相手に向けて、シーリオは問う。

「貴様ら、なにが目的だ」

「女神が求めしは、一にも二にも混沌《メイヘム》だ。そしてこの場には、敬服すべき器であるお前がいる。それだけで、俺がここにいる理由はじゅうぶんではないか?」

司祭イムが深呼吸をおこない、両腕を構えた。その様子からは、敵の闘気がありありと伝わってくる。砂塵的な闘争を渇望して止まない武闘僧の、荒々しい息遣いが。

シーリオもまた、首元に手を添えた。

「聞き方が悪かったな。問い直す。貴様ら、歌姫に、なにかしたか?」

ニィ、と相手が笑った。強面の顔つきとは裏腹に、どこか子どもじみた笑顔だった。

その問いに答える気はないらしい。とすれば、もはやこれ以上立ち止まるのは時間の無駄だ。カチリと、シーリオはインジェクターを起動した。

溢《あふ》れ出したのは、淡い水色の砂塵粒子。

それが散布されると、周囲を冷気が満たした。

だれもが等しく感嘆するシーリオの砂塵能力の、その副作用である。

「忠告する。私の責め苦は、そのまま凍死するほうが幾分マシに感じる痛みと聞く。早々に諦《あきら》めたほうが互いのためだと言っておこう」

「冗談であろう? 強者の相手をすることほど、血湧《わ》き肉躍ることもないのだからな。さあ、はやく来い、粛清官《しゅくせいかん》。俺はもう、骨の髄まで熱が灯《とも》っているぞ」

言われずとも、シーリオはさきに仕掛けることにした。

渦を巻くようにして密度を高めた粒子が、七、八個の氷の礫《つぶて》を生成した。粒子が完全に生成物に変わる前に、シーリオはその礫の群を敵に向けて放つ。

こぶし大のサイズに及ぶ氷の礫が、弾丸のように司祭に迫った。

応手を誤れば、そのまま決着する威力を持った広範囲攻撃だ。人間の肌程度であれば容易に貫く氷塊の群は、けして小手調べの域に留まらない。

呼気を強めると、イムが跳んだ。その跳躍の最中、背から生えた五本の触手が巨大な掌《てのひら》のように開いて、迫る礫を空中で叩《たた》き落とした。

その動きは防御に留まらなかった。天井に刺さった一本の触手と、床に刺さった一本が、それぞれ司祭の身体を引っ張り、こちらに向けて勢いよく推進した。

「シャアアァッ！」

その叫びはイム当人の口と、触手の先端にある口蓋《こうがい》それぞれから同時に飛び出た。

曲芸的な動きで、司祭イムがすぐ目前に迫る。その身体には、腐食した肉のような、禍々《まがまが》しい彩色の砂塵《さじん》粒子がまとっていた。

一気に距離を詰められたシーリオは、しかし選択に迷うことはなかった。

砂塵能力戦とは、つねに勝敗を決めうる決定打が織り成して作られるものだ。多くの場合、決着までにかかる時間は長くない。とくに相手の能力をまったく知らないとなれば猶更《なおさら》だ。

詰む前に詰ませる。

刺される前に刺す。

すなわち攻撃こそが、つねにして最大の防御策となる。

ゆえに、シーリオがその局面で取った行動は、迎撃だった。

（これはまた、随分となめられたものだな――）

シーリオがもっとも自信があるのは、精細な粒子の操作だ。多くの敵は、シーリオの得意な戦闘レンジが中遠距離であると仮定して距離を詰めてくるが、それは往々にして悪手となる。いかなる不意打ちや奇襲にも、シーリオの粒子制御は対応するからだ。

水色の砂塵《さじん》粒子が、空中で迫る相手を正確に捕らえた。そのまま、シーリオは敵の四肢を凍らせようとする。

しかし、その結果にシーリオは目をみはることとなった。

「――!?」

能力が、思うように発現しなかった。

それだけではない。突如として、シーリオは視界に強い違和感を覚える。

目だ――。目が、極度の痛みを訴えている。

反射的に閉じそうになる瞼《まぶた》を、シーリオは執念で制した。なにがあろうとも、戦場で敵の姿から目を離すわけにはいかない。

猛獣じみた笑顔を浮かべる相手が、二本の触手を左右からこちらに射出してくる。

万が一の保険をかけていたシーリオは、留め具を外した上着を相手に向けて放った。それでいて、そこから下がるではなく、あえて前に詰める。

敵の視界を遮る目的で放った外套《がいとう》が、触手の猛進にあたって無惨に破けた。自分の身体も一部、触手が掠《かす》って血を流す。それでも、跳んでいる相手の真下をくぐり抜けるかたちで、ぎりぎりのところで避けることに成功する。

初撃の対応はこれでいい。

だがおそらく、敵はまだ止まらない――

「甘いぞッ、粛清官《しゅくせいかん》！」

予想どおり、相手に見逃すつもりはないようだった。残っていた最後の一本が、こちらに向けて一直線に放たれる。

「……!!」

そのタイミングでシーリオがおどろいたのは、敵の追撃がきたからではない。

目の前の景色に、無視できないひっかかりを覚えたからだ。

敵から背を向けるかたちで回避していたシーリオは、司祭イムに屠《ほふ》られた兵士たちの遺体を、今いちどその視界に映していた。

彼らの死体から漏れている血が、はやくも凝固している。

否、干からびている――。

（そうか。この相手の能力は）

敵から距離を置いたことで、多少なり目の違和感が弱まっていることを感知すると、シーリオはふたたび能力を行使することにする。

今度は、粒子が正常に作用した。

放出済みだった粒子の半分以上を消費して、分厚い氷の壁を瞬時に生成する。

ズガリと、触手が壁に深く突き刺さった。

シーリオはすかさず氷の範囲を広げ、触手を先端から凍りつかせていく。

だが、その氷の侵食が本体に達する前に、べつの触手が鞭《むち》のようにしなり、容赦なく切り落とした。司祭の操る触手が、五本から四本へと数を減らす。

そこで、小休止が生まれた。

「いい……じつにいいぞ、夜鳴り寒柝《ナイト・コール》。期待以上に、愉悦を覚えさせるじゃないか」

司祭イムは、歓喜に満ち溢《あふ》れた声色だった。

「ひとつだけ、たしかめさせてくれ。最後の応手は、破れかぶれ、一か八かの選択ではないな？　とすれば、お前はまさかあの一瞬の接触で、俺に与えられた奇跡の正体に気づいたというのか？」

「だとすれば、なんだというつもりだ？　渇きの砂塵《さじん》能力者」

シーリオが言い当てると、相手はいっそう嬉《うれ》しそうに、その口角をあげた。

「べつに、どうともせんさ。ただ、お前に対する敬意が強まるだけだ。……このすばらしき混沌に挑戦する価値が、より高まるというもの」

あらためてみると、相手のローブから露出した皮膚は、旱魃《かんばつ》した大地のように乾き切っていた。おそらくは日常的に水分が枯渇しているのだろう、その声もまた、しゃがれていた。

「渇きとは恐ろしいものだぞ、粛清官《しゅくせいかん》。この俺とて、みずからの奇跡には長く触れられぬ。ただでさえ日ごろから女神の御体《ごたい》に触れる身、これ以上の身体的不具合が生じるとならば、いよいよ教義を果たすことさえも能わなくなるからな」

司祭イム・カイラム。

乾燥の砂塵能力者。

さきほどの能力不発の現象に、シーリオがまず連想したのは、部下であるシルヴィの持つ特異な砂塵能力だった。

だが、イムの能力範囲内で起きた現象は、あれとはまったく異なる。シーリオの砂塵粒子そのものが消えたわけではなく、あくまで顕現することがなかっただけだからだ。

第一のヒントは、目に覚えた違和感だった。敵の能力範囲に入ると同時、シーリオの視界はかすれ、眼球は痛みを訴えた。それに続き、シーリオは第二のヒントを目の当たりにした。

職員たちの死体の下に広がっていた、あの干からびて張りついた血の海。

あれこそが、この相手の砂塵《さじん》能力を証明するものだ。

能力範囲内の水分をねこそぎ奪う、乾燥の力。人体に向かって行使すればさまざまな生理的悪影響が考えられる、武闘派の砂塵能力だ。

シーリオは、最適な対応に迷った。

敵の能力が判明しようとも、問題は解決していない。この相手が、自分にとっては天敵と呼べる存在に変わりはないからだ。

さきほどシーリオの能力が発現しなかったのも、イムの持つ能力との相性のせいだ。

彼の粒子の力が、自分の作る氷の結晶構造を崩しているのだろう。この敵の砂塵の範囲では、普段のような戦い方はできないと考えてよい。

「気づいているだろうが、俺に与えられた奇跡は、あいにく範囲には優れぬ。そのかわり、ともに触れれば数秒で目が潰《つぶ》れるぞ。はたして俺に寄らせぬままでいられるか、粛清官《しゅくせいかん》よ」

司祭イムが、呼気を強めた。より多くの砂塵粒子を放出して、戦闘の再開に備える。

（やむをえない、か）

そう判断して、シーリオのほうも黒晶《こくしょう》器官《きかん》に集中した。

「むっ」

直後、司祭がおどろきの声をあげたのも無理はない。

シーリオが作り上げたのは、またしても氷の壁――だが、それは先ほどとは比にならない大きさだ。廊下の端から端を繋《つな》げるほどに巨大な壁が、驚異的な速度で生成されていく。

その意図を、司祭イムはこう理解した。

「……よもや、勝負の途中に背を向けるつもりか！」

現在、互いの立ち位置は、当初と逆転している。

今のシーリオの背後には、舞台へと繋がる扉がある。壁を形成して時間を稼ぎ、この場から脱するつもりであるとイムは判断したのだろう。

闘争になによりも神聖な価値を見出す宗教徒は、その顔に憤怒の表情を浮かべた。

「浅はかな！　この俺から逃れることができると思うか！」

イムは怒濤の勢いで駆け出すと、触手の連撃を繰り出した。

氷の壁は、たしかに広い。だがそのかわりに、厚さを捨てている。ゆえにイムが突破に要したのは、ほんの数秒ほどのことだった。

氷の破片が舞い散ると同時、イムがまず視界に捉えたのは、シーリオの姿ではなかった。

──白い霧だ。濃霧のように立ちこめる、触れるだけで凍えそうなほどの冷気。

宙に散布された、雹《ひょう》と水滴の中間にある物質は、イムの砂塵粒子と触れると、音もなく朽ちていく。が、それはイムの周辺のごく狭い空間のみであり、それ以外の場所は、依然として霧に覆われていた。

「小癪《こしゃく》な……！」

イムは眉間《みけん》に血管を浮かび上がらせると、白霧を払うためか、その場で触手を回転させた。

その風圧によって周辺の霧が薄くなると、廊下の向こう——ちょうど扉の前のあたりに、白面を着用して佇《たたず》むシーリオの姿がみつかった。

その際にイムがみせた動きは、圧巻といえた。さきほどの接触で、格闘戦の間合いにおいてみずからが劣ることはないと確信したか、じつに迷いのない突進をおこなう。

それでいて、けして直線的ではない。変わった生体武器の性質を利用することを忘れず、不規則かつ最速の動きで、シーリオに詰め寄った。

「これで終わりだ、粛清官《しゆくせいかん》ッ！」

風を切る速度で触手が迫る。ここまで詰めれば、もはや防御は不可能なはずだ。壁の形成と白霧の散布に使った砂塵《さじん》量は多い。いかに燃費に優れた能力者だとして、強力な触手の一撃を防げるほどに厚みのある氷の盾は、すぐには作り出せないだろう。

だからこそ、イムは勝利を確信し——実際に、触手はシーリオの身体に突き刺さった。

だが、その顚末《てんまつ》はイムが予想したものではなかった。

シーリオが血を噴き出さない。口が苦痛の声を上げることもない。かわりに、その身体が背景ごと割れた。砂糖造りの像のように、その場であっけなく崩れ落ちる。

「————ッ!?」

その光景に驚愕《きようがく》したのと、発砲音が鳴り響いたのは、ほとんど同時のことだった。

イムの腹に、風穴が空いている。その衝撃にイムの粒子が失せた途端、銃弾以上の威力を持つ第二打が――氷の刃が、弾《たま》の作った穴ごと肉体を貫いた。

イムが振り向くと、そこには床から伸びる氷柱と、拳銃を持つシーリオの姿があった。

「貴様は、近距離戦における体術そのものは、悪くはない。その生体武器を含めるならば、粛清官レベルと評してやってもよいだろう。だが、考えが致命的に浅はかだ」

「お、お前、なにをした……!!」

「私は、自分の能力が可能とするあらゆる芸当をすべて把握している。そのうちのひとつが、今しがた使った氷の鏡だ。視界が白霧で包まれた戦場では、意外にもそうとわかるまい」

さきほどシーリオが作ったのは、二枚の氷の面だった。

ひとつは、廊下を覆うようにして形成し、イムによって破壊された巨大な面。

もうひとつは、それに隠れるかたちで形成した、光の透過率が高い面だ。

至って単純な原理だ。鏡を置き、自分は反射角の位置で息をひそめる。強い冷気によって霧を発生させれば、急いた相手の目をくらます程度のことは容易にできる。

そうした一連の芸当は、威力以上に汎用性に優れた能力を持つシーリオにとっては造作もないことだった。

「し、信じられぬ。あの一瞬で、これだけの量の策謀を用意しただと？　であるならば、お前ははじめから、俺のことなどいかようにもできたということになるではないか……！」

「よもや本職の粛清官《しゅくせいかん》にかなうとでも驕《おご》ったか？　はじめから私が気にかけていたのは、貴様に勝つか負けるかなどではない。いかに粒子の消費量を少なく抑えられるかだけだ」

倒れた司祭を、シーリオは見下ろした。

普段のシーリオであれば、勝負がついたとわかれば、過度な加虐《かぎやく》はしない。尋問のたぐいも、確実性のためにのちに本部でおこなうケースが多い。

だが、今回ばかりはそういうわけにはいかなかった。

憤怒に感情が支配されているのを、シーリオは冷えた心で自覚する。その怒りの熱をおさめるかのように、相手の身体に刺さる氷の侵食を強めた。

「ぎぃああ、ぁ」

「身体の内側が凍る感覚はどうだ。さきの警告が嘘《うそ》ではなかったことがよくわかるだろう。さあ、今すぐに目的を吐け。貴様ら、歌姫に、なにかしたかっ！」

そんなシーリオの怒号に対し、司祭が口にしたのは、不可解な言葉だった。

「――三分、だ……」

「なに？」

「最低で、三分という話だった。もっとも俺は、それをたいして気に留めてなどいなかったがな。この場の混沌《メイヘム》を俺が制せば、そもそも時間になどなんの意味がある？　お前もそうは思わないか、粛清官……」

「……貴様、なんの話をしている」

「この俺に与えられた、役割の話だ。あの方は、こうおっしゃっていた。もしわれわれの計画が崩れるならば、それは〝夜鳴り寒柝《ナイト・コール》〟のような優れた器が、すぐさま舞台に駆けつけてきた場合だと。だからこそ、だれかが最低でも数分、ここで足止めをする必要があるのだと。ああ、俺はたしかに敗北を喫したさ……だが、その役目だけは果たしたぞ」

イムはぶきみな笑みを浮かべると、倒れたまま、如何ともしがたい目線を向けてきた。勝者に対する羨望《せんぼう》、嫉妬《しっと》、諦念《ていねん》……あらゆる感情が伺える目の色で、こう続ける。

「お前は、ずいぶんと歌姫を気にしていたな。あえて言おう、それは正解であると。だが、もう遅い。あの御方のなさることには、いつだって間違いはない。彼女の身柄は、われわれがいただいたぞ。フ、フハ、ハハ……！」

敵の目的を知って、シーリオは愕然《がくぜん》とした。

やはり、連中がわざわざこのタイミングで仕掛けてきたのには必然性があったのだ。

司祭の肉体を完全に凍りつかせると、シーリオは全速力で駆け出した。

(ああ、お嬢さま……!!)

今、シーリオはだれよりも必死の形相を浮かべている。自分が警備する式典で、あろうことかノエル・シュテルンの身に危険が迫っているなど、まるで悪夢のような事実だ。

ようやく、シーリオはホールにたどり着く。

そこには惨状が繰り広げられている。

混沌《メイヘム》。

啞塵派《あじんは》の戒律が呼び起こした、阿鼻叫喚《あびきょうかん》の地獄絵図が。

4

周年記念式典特別警備隊iv班の班長、アカシラは、自分の部隊に所属する十名の部下の姿を確認すると、怒声のような号令を上げた。

「機動iv班、全員揃《そろ》っているか！　発砲許可が下りている――繰り返す、発砲許可が下りている！　われわれの目的は、会場内の敵対存在《エネミー》、仮称〝捕食者《マンイーター》〟の排除、および観客の避難勧告である！」

「はっ、アカシラ一等！」

「連絡員より、指揮系統が正常に機能していないという報告があがっている。ゆえに、ほかの分隊との協力は見込めないと肝に銘じておけ！　では総員、発砲準備！」

小隊が整列し、ミラー社製の機銃のセーフティをはずす。

今回の式典では、アカシラの機動部隊は、セレモニーホール外周の警備を任されていた。

補佐第一課――粛清官《しゅくせいかん》の後方支援を務める、補佐課の花形部署――に所属するアカシラは、今年で勤務十六年目に突入している。

物怖じしない性格が功を奏し、過去には砂塵《さじん》能力者を銃火器のみで倒したこともある。昨年の獣人事件では何度も鎮圧現場に繰り出し、最後のイチヨンタワーの大規模粛清戦においても最前線を張っていたアカシラは、補佐課としては異例の三等勲章を授与されていた。

そうした経歴ゆえに、アカシラは、今回の周年式典の襲撃報告を受けても動揺することはなかった。抱いたのはむしろ、やはりこうなったか、という納得。

この十六年というもの、偉大都市《いだいとし》は大荒れだ。ナハト警弐級《けいにきゅう》の主導する警備体制はいささか厳重すぎるのではないかという、デスク連中の寝ぼけた評価（警備の拡大にともない、彼らの事務仕事も相対的に増えていた。つまりは愚痴《ぐち》だ）を、アカシラは鼻で笑ったものだった。なにかがあってからでは遅いのだ。むしろ夜鳴り寒柝《ナイト・コール》は、この都市の情勢というものをよくわかっている。

今、アカシラは不動の心構えで現場に赴いている。

会場から漏れ聞こえる歌姫の声にうっとりしながら「俺たちもなかの警備がよかったよな」などと口にする部下たちをまとめ、報告を受けてからものの二分で戦闘準備をととのえた。

あとは、この非常用扉から現場に入るのみだ。

「突入準備！　三、二、一」

アカシラはカウントダウンをしながら、自分が冷静であることを確認する。いつもどおり、取り乱さずに目の前の出来事を処理していけば大丈夫だと、そう自分に言い聞かせる。

いつでも撃てるように銃を構えながら、ライブホールに続く扉を開けた。

そして──

思わず、言葉をうしなった。


「いやあああああああああっ！　助けて、来ないで。来ないで────！」

「だれか。だれか、だれか、はやく来てくれッ！」

「いやだ、もういやだ、いやだいやだいやだ、助けてくれ……！」


耳をつんざくほどの大絶叫。そこにある光景は、あたかも塵禍《じんか》時代の惨状を描いた古い絵画のようだ。泣き叫ぶ子ども、男、女、多種多様のマスクを被《かぶ》った客たち──。

そして観客たちに襲いかかる、背中から触手を生やした化け物ども。

ローブを着る襲撃者の数は、ざっとみただけでも二十か、三十か。いや、それ以上か。

「た、隊長、これは……！」

新人の部下が、そんな慄《おのの》きの声を出す。

アカシラも、動揺を隠せなかった。まさか、これほどにひどい有り様だとは思わなかった。

避難勧告もなにも、ここは完全な狂乱状態ではないか。

「う——うろたえるな！　当初の予定どおり、人命救護から入る。ひとりでも多くの市民を外まで誘導しろ！」

　そう指示を出して、アカシラはすぐ傍《そば》でうずくまる女性に駆け寄った。

「われわれは中央連盟の者です。先導しますから、はやく外に避難してください」

　ガタガタと全身を震わせながら、女性がマスク越しにこちらを見上げた。彼女は、アカシラの差し伸べる手を摑《つか》もうとする——かと思いきや、その手を思いきり払いのけた。

「いやぁ！　こないでッ！」

「お、落ち着いてください。われわれは味方です。あなたを助けに来た者です」

「こないで、触らないで！　お願い、殺さないで！　離してよッ！」

　錯乱する女性は、果たして火事場の馬鹿力か、女性とは思えない力でアカシラを振りほどいた。もういちどうずくまると、なにをするでもなく、ひたすらに怯《おび》えた様子をみせる。

　ふたたび声をかけようとしたアカシラは、ふと、強烈な違和感の存在に気づいた。

　そうだ、とアカシラは思う。思い返せば、ずっと奇妙だったではないか。なぜ、ホールの入り口に、逃げ惑う人々の大群がなかったのか。

　違和感の正体は、ほとんどだれも逃げようとしていないことだ。

　だれもがうわごとのように恐怖を口にし、震えている。その場で赤子のように怯え、マスクのなかで涙を流している。にもかかわらず、会場の外に逃げようとする者がほとんどいない。

もちろん恐怖で足が竦《すく》み、人の力を借りなければ逃げ出すことのできない一般人の存在は、いかにめずらしくはない。だが、ほぼすべての人間がその場に縮こまるだけというのは、いかに現場歴の長いアカシラといえども、初めて目にする光景だった。

それも、来客だけではない。会場内にいた連盟職員たちもまた、同じような恐慌状態にある。彼らは携行していた銃火器を手放し、頭を抱えて、目の前の惨状から目を背けている。自分と同じ訓練を受けてきたはずの兵士が、戦う意志さえみせず、完全に現場を放棄している。

──あきらかに、なにかがおかしい。

得体の知れない恐怖が、アカシラの心を襲った。

「ア、アカシラ隊長！」

部下が指さす。そこには、三人の宗教徒の姿があった。

どうやら、この場に新たな贄が入りこんできたことに気づいたらしい。マスクを着用しない宗教徒たちは、素顔に薄気味の悪い笑みを浮かべながら、その背中の触手を躍らせていた。

「女神のために《フォー・ザ・ゴッデス》！」

「混沌のために《フォー・ザ・メイヘム》！」

「砂塵を礼讃せよ《ブレイズ・ザ・D》」

宗教徒たちは口々に叫ぶと、触手を用いた跳躍をおこない、こちらに迫った。

アカシラが、斉射の声を張り上げた。サブマシンガンを照準していた部下たちによる、一斉の十字放射が相手を襲った。

そして、今。

アカシラは、満身創痍《まんしんそうい》で立っている。

部隊は、ほぼ壊滅していた。捕食者《マンイーター》の驚異的な身体能力の前に、部下たちはつぎからつぎへとやられていった。襲来者たちは凶悪な捕食器官を手足のように操り、とても同じ人間とは思えない機動力で戦いを繰り広げた。

それでも三体の捕食者のうち、二体は処分することに成功した。

どうやら、連中には銃器が効かないというわけではないらしい。触手以外の部分は人間と同程度の耐久らしく、ミラー社製の九ミリ塵工《じんこう》弾がきちんと機能した。

もっとも、二体を始末するまでに、こちらは八名を犠牲にする羽目となったが。

今、状況は、一対一となっている。

アカシラの目の前には、左腕を負傷した生き残りの捕食者がいる。まるで理解できないことに、けがをしようと、仲間をうしなおうと、その男はずっと楽しそうに笑っていた。

戦闘が楽しくて楽しくてしかたがないとでもいうかのように、今なお笑みを浮かべている。

アカシラは残弾の切れたサブマシンガンを捨てると、アーミーナイフを抜いた。

怒号をあげて、刺し違えるつもりで迫る。

そのときだった。敵の頭上に、黒い影が颯爽《さっそう》とあらわれた。返り血を浴びたボディスーツに、アカシラの上背ほどもあろうかという長いカタナを持った人物が。

その人物のおこなった動作を、アカシラは正確に知覚することができなかった。ただ彼が着地したときには、触手の大半は、すでに斬《き》り落とされていた。

神速の剣技――本部でも話題の小柄な剣士による、圧巻の剣術だ。

乱入者の存在に、宗教徒が振り向くより先に、すさまじい速度で追撃が放たれた。倒れた相手の首にカタナを突き立て、入念にとどめを刺す。

「ち、地海警肆級《ちうみけいよんきゅう》殿……！」

アカシラは、相手の名を呼んだ。

「お前たちは、増援か。会場の外にいた部隊だな？」

噂《うわさ》に聞く機械音声で、シンがそう聞いてくる。

「は、はっ。さきほど現着しました」

「そうか。ああ、ようやく正気の味方に会えたな」

「正気の……？」

「ああ。今から、俺が現時点で把握している情報を伝える。よく聞いてくれ」

冷静な口ぶりながら、シンは切羽詰まったような早口でこう述べた。

「いいか。もともと会場にいた人間に、正気を保っているやつは、ほとんどひとりもいない。

全員が異常な恐慌状態にある。身を守ろうとも、この場を離れようともしない。それどころか、恐怖のあまり襲いかかってくるやつまでいる始末だ。とくに味方の連盟職員には気をつけろ、錯乱して撃ってくるやつがいる」

その説明を聞いて、アカシラは合点がゆく。

やはり、自分が抱いた違和感は正しかったようだ。

「この場には避難を呼びかけても意味がない。敵の排除だけが、唯一の人命救助の手段だ。この情報を、すぐに全体に共有してくれ。けがしているところ悪いが、急いでほしい。……正直、今のままでは事態はおさまりそうもない」

会場の中央で、複数の宗教徒が一般人に襲いかかっている。それを止めるためか、シンはふたたび飛ぶように駆け出していった。

5

会場の動乱がはじまってからというもの、シンは休むことなくカタナを振っている。

身体を動かしながら、つねに気に留めていたのは、増援の到来だ。

それは戦力が欲しいから以上に、まともな連絡員を欲していたからだ。

シルヴィと別れて一階のライブホールに降り立ってから、シンは累計で十一体の捕食者《マンイーター》を無力化している。だが、敵はどこからともなく増えてきて、際限がなかった。

それもタチの悪いことに、彼らの狙《ねら》いは一般人だった。まるで無害な人々を殺害することが目的かのように、好きに暴れている。

ライラとは、はじめの段階では共闘していた。

だが、被害が一階だけではなく、二階もまた同様の騒ぎになっていることがわかると、シンが命令してライラを階上に向かわせた。

そろそろまた合流する必要があったが、後輩を気にかけているだけの余裕はなかった。

状況は極めて困難だ。これまでシンも経験したことがないほどに、複雑な状況にある。

それは、この騒乱状態だけではない。

この場を作るために敵が仕掛けた、いくつもの前準備のことも指していた。

(間違いなく、この犯行には複数の砂塵《さじん》能力が使われている――)

シンは、そう確信していた。敵がこの場に襲来者を送りこむには、最低でもふたつの関門をクリアする必要があったはずだ。

ひとつは、物理的な侵入ルートの確保だ。これ自体は複雑な話でも、難しい話でもない。問題は、もうひとつの関門――その侵入ルートを、いかにして敵が隠蔽《いんぺい》してきたかだ。

侵入経路そのものが、なにか塵工《じんこう》的な工夫でもって発見しづらくなっていたとしたら、それはまだマシなほうだ。それよりも深刻なのは、こちら側の見回りや安全報告の役割を担っていた者が虚偽の報告をしていた場合だ。そのケースだと、自陣側に複数の内通者がいる、もしくは精神に手を加えられている可能性が否めなくなるからだ。

シンの最大の気がかりは、そこまで含めた被害状況がわかっていないことだった。もし内通者がいた場合、こうした騒乱状態では致命傷となりうる攪乱《かくらん》行為が想定される。

第一、今の段階では、敵の目的さえも判然としていないのだ。

（シルヴィはどうしているんだ。あいつなら、めったに後れは取らないとは思うが……）

ライラが言うには、シルヴィは階上で何者かと交戦ちゅうだという。だとすれば、パートナーが自分の欲する情報を持っているかもしれない。今すぐに、意見を交換しなければ。

だが、シンにはこの一階を離れることはできなかった。

「くそ、キリがない……！」

シンは触手に嚙《か》み殺された観客の遺体を飛び越えると、ついさきほどまで歌姫がマイクを握っていたステージまで移動した。

そこでは、二体の宗教徒が暴れているところだった。

シンは、奇襲を仕掛けることにする。

一体の捕食者《マンイーター》が持つ触手は、およそ五本。二体いれば計十本にも及び、その動きはけして油断ならない。

シンの感覚でいうと、この連中は去年の獣人よりもはるかにやりづらかった。

シンの現時点の予想では、この生体武器は、捕食者たちの厳密な制御下にあるわけではない。つまり、触手はある程度のところで自律的に駆動しているはずだ。

そしてその自動性こそが、シンには不得手だった。

シンの戦闘技術は、対人間に特化している。より正確を期すならば、対兵士《スペシャリスト》の戦闘にだ。

相手の予備動作から行動を読んで対応する常套《じょうとう》手段は、この触手には通用しない。

動きがあまりにも野性的すぎるのだ。そこには論理がなく、ゆえに捉えづらい――。

「粛清官《しゅくせいかん》だ！」

「おお、高位の器なるぞ！　ぜひ、わたくしめと混沌《メイヘム》を！」

あらわれたシンに気づき、素顔の宗教徒たちは至極嬉《うれ》しそうな表情を浮かべた。弱者をなぶり殺すわりに、連中は自分との戦闘をこわがることはなかった。

シンは先手必勝で、その片方にカタナを振るった。

一閃《いっせん》。相手の首が飛ぶ。

（残り、一匹――！）

そうして、もう片方に捕食者に斬《き》りかかろうとしたときだった。

カタナの柄が、なにかに摑《つか》まれた。

いったいどこから――とシンが振り向くと、今しがた倒したはずの捕食者の触手が、こちらに伸びていた。

（な、に……!?）

とどめは刺したにもかかわらず、触手が動いている。

それは奇しくも、触手が本体の完全な制御下にはないというシンの読みの証左でもあった。

つぎの瞬間、シンは正着を誤った。カタナを引っ張るような触手の動きに、一秒にも満たぬ時間とはいえ、付き合ってしまったのだ。

そのたわいが、決定的な隙《すき》を作った。

「いただきましたよ、粛清官殿――！」

生き残っているほうの捕食者が、好機とばかりに迫りくる。

シンはカタナを諦《あきら》めることにする。

かわりの手段が脳裏をよぎる。ダガーの刀身では、この太い触手に対応できない。今からインジェクターを起動しても間に合わない。どうあがこうが、ここは一撃もらうしかない。

致命傷を避ける自信はあるが、おそらく、手痛いダメージになる――。

覚悟したシンは、その直後、血液を浴びた。

それは自分の血ではなかった。大口径の銃弾が直撃して、触手が破裂したからだった。次の瞬間、立て続けの二発目で、敵の頭が弾けた。

シルヴィが、雨傘を携えてステージに飛び乗ってきた。

「間一髪ね。けがはない？　チューミー」

「シルヴィ。すまない、助かった」

「いつかの逆ね。あと何回かこういうことがあれば、あなたに借りを返しきれるのだけれど」

相手がそんな冗談を口にする。パートナーがそうした軽口を言うのは、むしろ状況が悪いときだということをシンは知っていた。

「シン先輩、ただいま戻りましたでありますっ」

くるりと空中で一回転して、またひとりの女が合流してきた。

ライラだ。その身体には、蛍光する緑色の砂塵《さじん》粒子をまとっている。外傷こそないが、まとう服には多量の返り血がこびりついていた。

「シルヴィ先輩も！　ご無事でなによりであります！」

「ライラさん。彼といっしょじゃなかったのね」

「はい！　シン先輩に言われて二階の鎮圧に行っていたであります。二階にはべつの指揮の粛清官《しゆくせいかん》の人がいて、警備の人たちといっしょに被害を抑えてくれているみたいであります。なので、とりあえず自分は帰ってきたであります」

シーリオの説明では、自分たちのほかにも参列する粛清官が相応にいるという話だった。この恐慌状態でまともに動けるのが何人いるのかは知らないが、そのうちのだれかが防波堤として機能してくれているのならば、助かる話といえた。

「ライラ、二階の様子はどうだった」

「みなさん、一階と同じパニック状態だったであります。しょうがないから何人かは気絶させて外に運んだりしたでありますが、大丈夫だったでありますか？」

「問題ない、むしろよくやった。だが一階は、少しも好転していないな……」

ステージに集合した三人は、台座からあらためて会場内を見渡した。

宗教徒たちの襲撃だけではない。正気をなくした者たちが、あたかも暴動を起こすかのように互いに攻撃しあっている。

錯乱した職員が銃を乱射し、人々が赤子のようにうめき声をあげている。

ついさきほどまでの平和な舞台が、まるで白昼夢だったかのようだ。どこのどいつが仕組んだかは知らないが、完全に頭のねじがはずれている、とシンは思った。

「詳しい話はあとね。今はとにかく、少しでも被害を抑えないと」

シルヴィの言葉に、ふたりはうなずいた。

「提案よ。わたしが向かって右、チューミーが中央、ライラさんは左を担当する。どう？」

「……大雑把だが、それしかないか」

「り、了解であります」

そんな作戦とも呼べない作戦を共有して、三人は構えた。

いざシンが斬《き》りこもうとした、そのとき。

荒波のような砂塵粒子が、自分たちの前を這《は》った。水色の粒子が、あたかも乱れる海の水面のように広範囲を覆う。

その直後、一帯が凍りついた。ホールの前列にいた人々が、捕食者も含めて凍結していく。そのすさまじい砂塵《さじん》粒子の大群が、底冷えするような冷気を三人のところまで運んだ。

「——揃《そろ》っているか、第七指揮」

粒子の出どころ、ステージの脇に、細身の男が立っていた。

「ナハト警弐級《けいにきゅう》！」と、シルヴィが相手の名を呼んだ。

「遅いぞ、シーリオ……！　どこで油を売っていた」

語調とは裏腹に安堵《あんど》を覚えながら、シンはそう聞いた。だがシーリオは取り合うつもりがないらしく、急いた口調で言った。

「貴公らに、指示を下す。よく聞け。舞台裏に向かい、連れ去られた歌姫を救出しろ。——たった今、すぐにだ！」

6

会場にたどり着いたとき、シーリオは、自分の到着があまりにも遅れすぎたことを悟った。

司祭イムの足止めは、このうえなく有効だったと認めざるをえない。

不幸ちゅうの幸いは、部下たちがそれぞれ自分のやるべき仕事をまっとうしてくれていたことだ。その報告を、シーリオは補佐課の所属であるアカシラ班長から聞いた。

アカシラは、地海進警肆級《ちうみしんけいよんきゅう》から受けた報告を、余すことなく自分に伝えてくれた。

唖塵派《あじんは》の宗教徒たちが、大群をなして会場を襲撃していること。

観客たちが、なんらかの砂塵能力の影響によって恐慌状態にあること。

それが原因で、まともに避難も呼びかけられない状況であること。

現場の警備部隊は機能しておらず、粛清官《しゅくせいかん》各位がなんとか被害を押さえているが、それでも事態は悪化するばかりだということ。

その報告のどれもが、最上級に深刻だ。

だからこそ、シーリオは逆に深く考えることをしなかった。

「状況は理解した。貴公には引き続き、援軍の要請と情報の共有を頼む」

「ナ、ナハト警弐級はどちらに？」

「……私は、私の職務をまっとうする」

それだけ残して、シーリオは騒乱のなかに足を踏み入れた。

シーリオはすっかり様変わりした会場内を闊歩《かっぽ》する。道中で襲いかかってくる捕食者を、一《いち》瞥《べつ》もくれることなく凍らせながら、舞台を目指して前に進む。

そうしながら、シーリオは懸命に探していた。

自分が、この場に留まらなくても済む理由を。

だが、それでいて薄々気づいてもいる。

その理由が、どこをどう探してもみつからないことに。

この場をおさめるには、面制圧に長ける砂塵《さじん》能力者の存在が必要不可欠だ。

そして、それができるのは、今この場には自分をおいてほかにいない。

なにより、今かかっているのは人命だ。

粛清官《しゆくせいかん》が守るべき、一般市民たちの命だ。

天秤にかけられているのは、歌姫と、彼女の大切な観客たちの命だ。

あるいは、シーリオの自己同一性が試されているともいえた。シュテルン家の従者であり、今や粛清官でもある、その自我が。

しかし、シーリオにはそれらを天秤にかけることができなかった。

そのどちらにも優位性はなく、また分け隔てられるものでもなかったからだ。今よりもずっと前に、少年執事リオと、独房に囚われていた貧民のリオが、その接合の線すら覗《のぞ》けぬほどに強く合成されたように。

選択を迷っているような時間はない。だが、かりに熟考が許されたとして、自分の出す結論に違いは生まれないだろうと、シーリオはそう思った。

自分は、どちらかではない。今となっては、どちらもなのだ。

だからこそ、シーリオはだれにもみせられないような素顔をマスクのなかに隠したまま、部下たちのもとに赴いた。

*

「――舞台裏に向かい、連れ去られた歌姫を救出しろ。たった今、すぐにだ」

シーリオがそう指示を下すと、シルヴィが驚きの声を上げた。

「歌姫を？　つまり、敵の目的は彼女ということですか？」

「ああ。ついさきほど、私はダスト教の司祭と名乗る男と交戦した。その男が歌姫の身柄をさらったと明言していた。連中の逃走ルートは、おそらく舞台裏から繋《つな》がる場所になるだろう」

「だがシーリオ、ここはどうするんだ？」

「すべて私が対処する。だから、貴公らは急いで向かえ。こうして話している時間も惜しいのだ。鎮圧が終わり次第、私もすぐに後を追う！　だから、はやく……はやく、行けぇッ！」

らしくもない怒号に、三人はわずかに動揺したようだった。

そのタイミングで、シーリオは砂塵粒子を追加で放出した。

シーリオの狙《ねら》いは、この場の完全な凍結だ。全員が全員に対して恐怖を抱き、それゆえに騒乱が起きている状況であるならば、もはや全体を凍結させて止めるほかない。

それはシーリオが一日に操れる砂塵《さじん》粒子のほとんどを消費することになる大技だ。

この場の騒乱が終わり、敵の足取りを追えたとして、自分が果たして使い物になるかもわからない。おそらくは、ただの木偶《でく》になっている可能性が高い。

それでも、やらざるを得なかった。

「し、承知しました。では、これより任に就きます——行くわよ、ふたりとも」

シルヴィが舞台裏に向かおうとする。

「バレト、地海《ちうみ》。それから、イライッザ警伍級《けいごきゅう》もだ」

その背中に向けて、シーリオは告げた。

「歌姫を任せられるのは、貴公らしかいないのだ。……かならず、かならずや、彼女を無事に取り戻してくれ。頼んだぞ」

おそらく、部下たちはふしぎに思ったことだろう。シーリオの声が、なぜこうも悲痛に満ちているのかを。それでもシルヴィはうなずき返してくれて、その場から去っていく。

自分が行けないという状況に、シーリオは身体じゅうの血が沸騰しそうなほどに強く、大きな葛藤を抱いた。

代償は、この叫び出したくなるほどの苦しみだけだ。

その苦しみを、シーリオは砂塵粒子の操術へと転化させる。

会場内が、みるみるうちに極寒地帯へとかわっていく。

人々の泣き声と化け物の鳴き声が、奇妙な調和と相成ってここまで響いてくる。

この悪夢のような状況も、ひとたび沈静化させれば、そのあとの解凍行為とともに溶け落ちていくはずだ。

(お嬢さま)

(どうか)

(どうか、ご無事で……)

そして、シーリオは限界を出し切った。

7

場所は変わり、広大な地下坑道の片隅にて。

「ん————っ」

天井から漏れ聞こえる騒ぎに、司教ベルガナムは目を閉じて聴き入っている。あたかも風味豊かな葡萄酒《ぶどう》を吟味するかのように、だれよりも満足そうな表情で。

「すばらしい！　やはり彼女たちは、どちらもじつにすばらしい奇跡の器ですね。よもやこれほどまでに美しい結果をもたらすとは思いませんでした。今宵《こよい》は、かの紫水晶の夜《アメジスト・ナイト》をも凌駕《りょうが》する、最高の混沌《メイヘム》が作られたといえましょう！」

それは果たして、彼がこれまでの人生であまりにも悲鳴を聞き続けてきたからだろうか。叫び声を聞くと、どうしてかありありとその場の情景が目に浮かぶようだった。

「これぞ女神の求めた、世界の真にあるべき姿です。この厳かな夜のために、わたくしに与えられた奇跡がほんのわずかでも助力となったのなら、これほど嬉《うれ》しいことはありません」

絶叫を聞くために立ち止まっていたベルガナムは、ふたたび歩を進めた。

多数の宗教徒たちが、ベルガナムのあとをついていく。

そのうちのひとりが、背後から声をかけた。

「でも、大司教さま。大司教さまのお力がなければ、この聖戦は、な、成り立たなかったのではないですか」

「違いますよ、助祭リッツ。わたくしがしたのは、ただの助力。本来のわたくしは、器量としてはほんの小さなものですから。彼女たちはおろか、あなたと比べても甲乙がつかないほどに」

「え、えー。そ、そんなこと、ないです。わ、わたしなんかが、大司教さまに並べられるなんて、畏《おそ》れ多いですっ」

助祭リッツと呼ばれた女は、口ぶりとは裏腹に嬉しいのか、にへらぁと頬《ほお》を緩めた。

そんな彼女のすぐそばに、ふわふわと粒子のようなものが漂う。それを自然発生した砂塵《さじん》粒子かと勘違いしたリッツは、あわてて跪拝《きはい》しようとしたが、砂塵ではなく埃《ほこり》であるとわかると、一転して鬱陶《うっとう》しそうに手で払った。

「ところで、大司教さま。お、お願いがあるのですが」

「なんですか」

「わ、わたしもはやく、みなのように殉教したいのですが、上に行って、混沌に殉《メイヘム》じても、い、いいでしょうか……」

リッとともに厳しい修行に取り組んできた同志たちは、今回の聖戦でようやく、本格的な混沌に殉じる機会に恵まれていた。リッはそれをうらやましく思っていたが、大司教によると、自分の出番はまだのようだった。

（い、いいなぁ。みんな、うまくやれたのかな）

リッは天井を見上げた。今まさに頭上で繰り広げられている事象は、ダスト教の根幹となる教義〈混沌〉に代表される秘跡《サクラメント》のひとつだ。

女神の寵愛《ちょうあい》に預かれなかった、人非人《にんぴにん》どもの間引き。存在の許さなかった者どもをこの世から排除することは、尊き女神の意向に従うという意味で、とても大切な儀式だ。

そしてその行為は、自然にもうひとつの重要な秘跡を導くことになる。

それが〈器量測定〉だ。相手がどれほどの器であるかを明かして、その結果を享受する。つまりは、砂塵能力者との交戦を生き抜く行為、およびその意志のことを指す。

どちらがより生存に適しているかをたしかめることで、女神から受けた恩寵《おんちょう》の度合いを測る試練は古くより奨励されており、教徒たちが厳しい修練に励む最大の動機でもあった。

すべては、みずからの真価を明かすため。

自分がいかほど女神に愛された存在であるのか、その寵愛《ちょうあい》の重みを実感するため。

かりにその結果として殉じようとも、それは教徒としては尊ばれるべきことだ。

だからこそ、リツもその行為にあこがれていたのだった。

「助祭リツ。あなたは女神にまみえてから、もうどれくらい経つのでしたか」

「え、ええと。れ、例の事件で死にかけたときだから、い、一年くらい前です」

「そうでしたね。あなたは、啓蒙《けいもう》を受けてからの経験がとびきりに浅い。いえ、悪いことではないのです。むしろ、褒《ほ》めているのですよ。わたくしが認める階位の認定は、けして甘いものではありません。あなたは若輩ながらも、立派に助祭として認められるに値する器なのです」

ベルガナムが、リツの肩にそっと掌《てのひら》を置いた。尊敬する大司教に褒められて、リツは心の底から光栄に思った。

なんてすばらしい御方なのだろう。

彼は、海のように広い心を持っている。しょせんは下位の器に過ぎない自分たちを気にかけて、つねに優しく指導してくれるのだ。

「ご安心なさい。あなたにもすぐに、かならず機会がおとずれますよ。ただ、今はとにかく、最大の目的を果たさなければなりませんからね」

ベルガナムが先導して進んでいく。

信徒たちが進む道の先には、地下道の合流地点がある。

合計八つの道へと繋《つな》がる開けた場所の中央に、ひとりの女の姿があった。舞台にあがる踊り子の面型マスクをつけて、暗い地下道でも目立つ金髪を伸ばした女だ。

彼女の傍《かたわ》らには、巨大な櫃《ひつ》があった。ベルガナムが用意した、ちょうど人間がひとり入れそうなサイズの箱だ。ダスト教の伝統に従って、その側面には宝石がちりばめられていた。

「あ、来た。もお、遅いってー、ベルっち。乙女をこんなところで待たせないでくんない？　暗いしジメついてるし、最悪なんだけど」

「これは失礼しました、サリサ嬢。いやはや、道中であまりにもすばらしき混沌《メイヘム》の声が響いてきたもので、思わず足を止めて聴き入ってしまいました」

「うわー、あいかわらず趣味わっる。あーしには理解できないわ」

「特別司祭殿！」

大勢の信徒たちが跪《ひざまず》いたので、あわててリッツも同じようにした。

このサリサという女性は、宗教徒たちにとって特別な存在だ。

〈器量聖典〉と呼ばれる、器の大きさを測る基準を記した古い書物を参照したとき、彼女ほどの高位の器はほとんどお目にかかれないからだ。

それに加えて、彼女は信徒たちにとっては恩人とさえいえる。信徒たちのだれもが傅《かしず》き、従わざるを得ない存在だ。

「……きっも。ベルっち、いいかげんやめさせてよこれ」

だが、当のサリサは辟易《へきえき》した様子だった。

「フフフ、そういうわけには参りませんよ、サリサ嬢。あなたほどすばらしい器になど、めったにお目にかかれないのですから。もしあなたがその気でしたら、わたくしはいつでも司教の冠を譲り渡すつもりですよ。なんでしたら、今すぐにでも！」

「だーかーらー、あーしは宗教には興味ないんだって。てか、いつも言ってっけどマスクしたほうが絶対いいかんね!? まーた黒点病ひどくなってんじゃん。いいかげん死ぬよー？」

サリサがばしばしと背を叩《たた》くも、ベルガナムはからからと笑って受け流していた。

「ときにサリサ嬢、例の件ですが」

「……ん、ちゃんとやったよ」

サリサが、傍《かたわ》らの櫃《ひつ》にマスク越しの目をやった。

ベルガナムが蓋《ふた》を開き、なかを覗《のぞ》く。興味があって、リツもそっと立ち上がって中身を覗いた。そこには眠りについた姫君のように、ひとりの美しい女性がおさめられていた。

「さすがですね。もっとも懸念のある工程でしたが、おひとりで済ませてしまうとは」

「べつに、よゆーだったよ。ま、だれもあんなことになるとは思ってなかっただろうし、正直向こうには同情すんね」

「それは重畳です。ともあれ、はやく参りましょうか。なんといっても、真に忙しいのはここからですからね」

ベルガナムは満足げにうなずくと、蓋を戻した。すかさず信徒たちが立ち上がり、八人がかりで櫃を持ち上げて運んでいく。

「てかさ、まじに大丈夫なん？　さすがに追っ手とか来るっしょ、これ」

「問題ありませんよ、サリサ嬢。すでに手は打ってあります」

「あっそ。強いやつ？」

「ええ。なんといっても、粛清官《しゅくせいかん》そのものですから」

その言葉に、サリサはおどろいたようだった。それから、すぐに納得したようにうなずく。

「ああそっか、ベルっちのいつものあれね。でもベルっちってさ、べつに直接操ったりしているわけじゃないんでしょ？　よくあーなるもんだよね」

「夢幻《ゆめまぼろし》とは、ふしぎなものです。わたくしとて、この身に赦《ゆる》された女神の御業を、本当の意味で理解しているわけではありません。ですが少なくとも、与えた夢の深さは測れます」

そう口にすると、ベルガナムはいっそう穏やかな笑みを浮かべた。

「今宵《こよい》は醒《さ》めやらぬ夢のなかで、かの青年が混沌にまみれた欲求を満たせればさいわいですが。はてさて、どうなりますやら……」

導き手たる大司教のあとに続いて、一行は暗い地下道の深部へと進んでいった。

8

シルヴィ、ライラ、シンの三人は追跡調査に乗り出していた。

三人がはじめに向かったのは、舞台裏にある歌姫の控え室と、音響管理室だった。そのどちらも、主犯勢力が訪れたことはほぼ間違いない場所だからだ。

だが、どちらの部屋にも、追跡に使えるような手がかりは残されていなかった。

控え室は、そもそも荒らされた形跡すらなかった。歌姫が着替えるはずだったと思われる衣装が床に落ちているだけで、だれかが抵抗した痕跡《こんせき》も見受けられなかった。

逆に、制御室のほうはひどい有り様だった。会場の騒乱と並行して、舞台裏も捕食者《マンイーター》たちの餌食《えじき》になっていたらしい。室内には、何人ものスタッフや警備員の死体が転がっていた。

「なんて、ひどい……」

ライラが死体を目にしてつぶやいた。彼女は新人のわりにはずいぶんと死体慣れしているが、こうした猟奇的な殺害現場には心痛を感じている様子だった。

「それで、シルヴィ先輩。さっきのお話の続きでありますが、あの会場の人たちは、みなさんなにかしらの砂塵《さじん》能力にかけられていたということでありますか？」

追跡捜査を急ぎながらも、シルヴィはふたりと最低限の情報を共有していた。

これだけ難解な塵工《じんこう》テロである以上、できる限りの考察はしておかねば、このさき自分たちが不利になるのはあきらかだったからだ。

「そう思ってもらってかまわないわ。要因は、あのとき撒かれたピンク色の砂塵粒子であると考えて問題ないはず。その証拠に、ここの警備の人たちには抵抗した痕跡があるもの」

壁や床には、大量の弾痕《だんこん》が刻まれている。彼らはホールにいた警備員たちとは違ってきちんと応戦し、そして敵に殺されたのだろう。

「でも、なんか変でありますね。あの粒子、範囲は広かったでありますが、そこまで濃くもなければ、長く散布されていたわけでもないであります。あんなに短時間でこれだけ強い効果を及ぼす能力って、なんだか考えづらいであります」

「勘がいいな、ライラ。俺もずっと同じことを考えていた」

先導するシンが言った。シルヴィがうなずき返す。

「やっぱり、そこは最大の謎《なぞ》よね。絶対にありえないわけではないけれど、たしかにあまり普通には考えられないわ」

「おそらく複合砂塵能力だと俺は考えているが、お前はどうだ。シルヴィ」

「じゅうぶんにありえるわね。だからこそ、現時点では深く考えてもしかたのないことかも」

複合砂塵能力とは、複数の砂塵能力が組み合わさることで、1＋1以上のシナジーが生まれるケースを指す。砂塵犯罪ではしばしば散見される、推理の難しい現象だ。

「それと、あの連中の使うウネウネ……。どうみてもミセリアワームにしかみえなかったでありますが、やっぱり捕食事件の犯人なのでありますかね」

「まず間違いないでしょうね。具体的にどういう作用なのかはわからないけれど、結果として人間をああいう姿にかえることのできる能力者がいるはず。敵の一派は、ほとんどがあの触手の持ち主だと仮定したほうがいいわ」

こちらもこちらで驚嘆すべき現象といえる。だが、こうした極度の塵工《じんこう》体質化を促す能力というものは、なくはないものだ。昨年の獣人事件の経験を踏まえて、少なくともシルヴィは現象そのものにそこまで深く驚いているわけではなかった。

「シルヴィ。この先が、別エリアと直通する地下通路とやらであっているか？」

「ええ」

今、三人はセレモニーホールの地下二階、その最奥にたどりついていた。この扉の向こうは、アサクラ・アミューズ各所の連絡口へと繋《つな》がっている。

地下通路に入る前に、ライラが一瞬だけマスクをはずして、額に浮いた汗をぬぐった。その素顔が真っ青に染まっているのを、シルヴィは見逃さなかった。

さきほどからライラは、死体を発見するたびにひとりひとりの風体を入念に確認している。その意味が、シルヴィにはよくわかっているつもりだった。

「ふたりとも。鞍馬《くらま》くんについて、ひとつ共有しておきたい話があるのだけれど」

「……先輩がたも、姿をみていないのでありますよね」

らしくもない暗い声で、ライラが返した。

「ええ。それについて、考えていたことがあるの。今回の事件、敵はかなり手のこんだ準備をしているわ。侵入ルートの構築に加えて、こちら側の陣営の目をくらませる手段を取らないと、この犯行の実現はむずかしかったはず」

これは、すでにシンとも合意が取れた考察だ。宗教徒がこちらの入念な検分を突破したということは、そのチェックの工程そのものにフェイクが混ざっている可能性がある。

それは突飛な話というわけではない。会場の人間を恐慌させたように、精神に影響を及ぼす砂塵《さじん》能力の存在が示唆されている状況となれば、むしろ現実的といっていいだろう。

「鞍馬くんはクロージング・セレモニーがはじまる直近まで、地下通路の点検に行っていたのよね？　そしてそのあとにあなたと会ったときには、いつもと違う様子だった……」

「まさか、テオが敵の能力にかかっていたということでありますか！」

「もちろん、これはまだ推測にすぎないわ。どこかで啞塵派《あじんは》と交戦して負けてしまったという線も否定はできない。それでも、あれからだれも姿をみていないことを考えると、わたしにはそちらのほうが、より可能性があるように思えてしまうの」

「そ、そうでありますか。テオが……」

パートナーがすでに死んでいる可能性をおそれていたのだろう、ライラは少しだけ明るい声になった。とはいえ、シルヴィはそれを単にいい情報として口にしたつもりはなかった。

無論、彼が生きているのがいちばんだ。が、自分の予想があたっていた場合、状況は非常に悪くなる。粛清官《しゆくせいかん》レベルの戦力が敵に寝返っているとしたら、それ以上の脅威はないからだ。

「でもそうだとしたら、これは自分たちの責任であります。こんなことになる前に、事前に気づけたかもしれないのに。そうしたらノエルちゃんも、会場の人たちも、こんなことにならずに済んだかもしれないのに」

「あまり考えすぎるな、ライラ。砂塵《さじん》事件でなにかを事前に予期するというのは、どうしたって難しいものだ。だれもお前たちを責めたりはしない。それよりも俺たちが徹底すべきは、ここから善後策を誤らないことだ」

シンの言葉に、ライラは力のないうなずきだけで返した。

「チューミー、そこ」

シルヴィは広い地下通路の道中で、開きっぱなしの扉を発見した。そこには血痕《けっこん》がこびりついていた。急いでなかを確認すると、続く道に三人の警備員の死体がみつかった。巡回ちゅうに捕食者に遭遇して、あえなく撃退されてしまったようだった。

一向は足を踏み入れた。警戒よりも迅速性を重視しながら、埃《ほこり》っぽい道を足早で進んでいく。四方の壁には、血の跡がこびりついていた。

侵入経路は、この先で間違いない。

続く血痕が、三人を招くようにして正しい方向に導いていた。終着点は、物置きのような一室だった。廃棄を保留にされた用具品などが散らばる部屋の奥に、それはみつかった。

床に空いた大きな穴。

その下は、この都市の深部へと続いているようだった。

「行くぞ」とシンが口にする。

いよいよ本丸だ。

＊

偉大都市《いだいとし》の暗部、零番街。

その場所は、もともとは旧文明時代に建てられた巨大な地下都市《ジオフロント》だったとされている。

地下の構造は、大雑把に分ければ〈居住区《コロニー》〉と〈道《パス》〉のふたつに分かれる。まるで蟻《あり》の巣のように、人々が密集する区画と、それらを繋《つな》ぐ複雑な道筋で構成されているわけだ。

どこからどこまでを零番街と呼称するかという定義の話はむずかしい。

居住区のみを指す場合もあるようだが、一定の深度まで地下に潜ればまとめて零番街と呼称してしまうのが、地上に住む人々の一般的な認識だ。

なんといっても地上の市民たちにとって、地下とは総じて謎《なぞ》に包まれたものだからだ。

学生時代、大人たちが禁忌《タブー》として扱う地下都市に興味を抱いたシルヴィは、その成り立ちについて個人的に調べたことがあった。当然、女学園の図書館にそんな資料はなかったから、盟主の父の伝手《つて》で出入りを許してもらっていた、本部の地下図書館で、古い記録を紐解《ひもと》いた。

そこでわかったことも、けして多くはなかった。

それでも、ジオフロントは〈Dの一団〉がこの地にたどり着いた時点で、どうやらすでにある程度は機能していたらしいということはわかった。

地熱を利用した循環システムは何百年にもわたって稼働し続けており（これには砂塵《さじん》能力者によるサポートがあったと伝えられている）、洪水や大雨などの水害対策である天蓋《てんがい》部分の雨宿り機能も正常に動いていたようだ。

地震という、シルヴィも伝承でしか聞いたことのない自然現象が起きにくい地理であるからこそ、この土地に建設されたのだろうと、当時のシルヴィは理解した。

塵禍《じんか》の時代、砂塵を恐れた多くの人々が地下都市へと逃れたようだ。

神出鬼没の砂塵粒子は地下にも姿をあらわしたが、粒子が一定の密度を超えた際に爆発的に集合する性質を持つ関係上、地上よりは砂塵被害がましだったようだ。

地下が今のような複雑な構造となったのは、Dの一団が入植をはじめたあとだったという。

その際、地中の圧力に耐えられるだけの特別な増設素材を用意したのは、ミラー家の初代当主であるミリアルド・L・ミラーだったそうだ。

中央連盟が地下に労力を注いだのは、この土地を完全に制御するためだったのだろう。

だが、ついぞ連盟は地下を支配下に置くことはできなかった。

いつからか、地下は悪人たちが逃げこんで隠れる場所として定着していたからだ。

悪事を犯して地上にいられなくなった者たちが棲みつき、あたかも蠱毒《こどく》のように地の底で悪が醸成されていった。

そうして両者は相容れなくなり、結果として中央連盟は地下との交流を断ってしまった。

まるではじめからこの街に地下など存在しなかったとでもいうかのように、ぱったりと。

「念のため聞いておくけれど、ふたりは地下の経験は？　ちなみに、わたしは初めてよ。いくつか聞きかじった知識はあるけれど、ほとんど役に立たないと思っておいて」

冷たい地下坑道の壁に触れながら、シルヴィはそう注意しておいた。

さいわいなのは、この先がとりあえず一本道だったことだ。おかげで敵の行方が追えないということはなく、追跡そのものは続けられる。

「俺は、いちどだけある」とシンが答えた。

「そうだったの？　チューミー」

「偉大都市《いだいとし》に来たばかりのころ、仕事でな。そのときは十六番街にあるサーキット場から降りて、フルカスという名の居住区《コロニー》に向かった。ただし、それ以外の場所についてはほとんどわからない。とくに、この地下迷宮の部分はな」

サーキット場とは、有名な賭博《とばく》場の通称だ。偉大都市《いだいとし》にあるいくつかの建造物は、そもそもが地下街に降りるためのフロント機構として過去に建設されたものだという。

そうした場所は一様に巨大な屋内施設であるため、自然と家を持たない者たちが棲みつくようになり、この二百年の歳月をかけて独自の文化が築かれていったようだ。

十六番街の〈賭博サーキット〉の場合は、賭博場として名を馳せたわけである。

「自分はないであります」とライラが言った。「地下のことも、正直そこまでよくわかっていなくて……。お役に立てず、申し訳ないであります」

「わかったわ。とにかく、行けるところまでは行きましょう。今ならまだ、道《パス》が複雑化する前に追いつけるかもしれないから。でも警戒は怠らずに。なんといっても、この先は」

——なにがあるかわからないから。

シルヴィが、そう続けようとしたときだった。

ふと、坑道の奥から足音がした。それに次いだのは、しゃがれた声だ。

「これはこれは、たしかに大司教さまの言うとおり、優秀だ。まさかもう、ここまで辿《たど》り着いていらっしゃるとは」

坑道の奥からあらわれたのは、やはり宗教徒。

やけに小柄な身体つきをした、ひとりの老人だ。当然のようにマスクをしておらず、しわにまみれ、ぽつぽつと黒点の浮いた素顔が露となっていた。

「……新手のダスト教徒ね」

「くくく。どうやら、上で同志が世話になったようですね」

老人の周囲には、赤茶色をした砂塵《さじん》が散布されていた。彼が呼吸をするたびに、原初の方法で摂りこまれた砂塵粒子が、より濃くなって排出されていく。

「申し遅れました。私は司祭、ヤミトオワと申します。みてのとおり老い先短い身ですが、どうか混沌《メイヘム》のお相手をしていただだると光栄です。お若き、高位の器の方々よ」

突如として、相手のローブが膨れ上がった。ヤミトオワの背後から、内部に秘めてある捕食器官が飛び出した。

慇懃《いんぎん》な口調とは裏腹に、交戦するつもり満々らしい。

警戒を保ちながら、シンが小声で聞いてくる。

「シルヴィ。例の件はどうだ」

「そろそろ厳しいわ。サポートはするから、前を任せていい?」

「了解」

この会話は、シルヴィのコンディションをたしかめるものだった。

シルヴィの黒晶《こくしょう》器官《きかん》には、一日における稼働限界時間が設けられている。具体的には、日に三分以上のインジェクターの起動は厳禁とされていた。

きょうは会場で桃色の砂塵粒子から身を守ったときと、助祭アンビリと交戦したときで、ほとんど限度時間まで使いきってしまっていた。

「ライラ、いけるな？」

「もちろんであります！」

シンの掛け声に、ライラが応じる。

ふたりはほぼ同時に跳ぶと、シンが右手から、ライラが左手から相手に迫った。シンは空中で抜刀し、ライラは拳《こぶし》を大きく振りかぶり、問答無用で勝負を決めにかかる。

が、奇襲は成功しなかった。

カタナも拳も、宗教徒に触れる前に止まったからだ。まるで空中に不可視の壁が張ったかのように、その攻撃が弾かれてしまう。

みえない壁。

その能力の正体は、この場にいる三人ともが知っていた。

老人の背後から、和装の青年が姿をあらわした。

「テオ！」とライラが声をあげた。

「いったい、どういうつもりすか、先輩たち。ダスト教の人を襲うなんて」

笠を模したマスク越しに睥睨《へいげい》して、テオリがそうたずねてきた。

「こちらこそ、どういうつもりなのか聞いてもいいかしら？　鞍馬《くらま》くん」

「冗談すよね、先輩。そこのバカならともかく、先輩が任務の内容を忘れるはずがねえ」

「任務？」

「そうすよ。だってきょうの周年式典は、ダスト教の人たちと協力して、会場に集まった犯罪者どもを一斉に粛清するって、そういう作戦だったじゃないすか。その大仕事を、どうして先輩たちが邪魔してるんすか？」

「――!?」

一同に、衝撃が走る。

今の発言で、ほとんど確定したといっていい。シルヴィの悪い予感が、まさに的中していたのだと。

テオリは、敵の洗脳を受けている。

（――それもまさか、常識を改変するようなレベルで？）

だとすれば、敵の能力とはおそろしいものだ。

会場の様子から、シルヴィは夢幻の能力とやらを、相手に悪夢をみせる力なのではないかと推測していたが、どうやら自分の想定よりもはるかにタチが悪いらしい。

「鞍馬警伍級《けいごきゅう》。あなた、自分が正気じゃない自覚はある？　落ち着いて聞いて。あなたは今、敵の手に堕《お》ちているの。とにかく、その武器を置いてもらえる？」

とりあえずの説得を試みるシルヴィに、ライラが合わせた。

「そ、そうでありますよ、テオ！　なにばかなことを言っているでありますか！」

「ちっ……あいかわらず、うるっせえな。キンキンキンキン、頭ぁ痛くなるような大声でわめきやがって」

いかにも鬱陶《うっとう》しそうに、テオリがライラをにらんだ。

「今回の作戦、てめえみてえな低能は騒乱に巻き込まれて死ぬかもって話だったのに、うまく生き残りやがったか。それともまた、いつもみたいに先輩たちに助けてもらったってか？」

テオリが、薙刀《なぎなた》の切っ先をライラに向けた。

そのあきらかな敵対行為に、一同は息を呑んだ。

「さて、先輩がた。どういうつもりかはわからねえが、動いたら粛清対象とみなします。あと少しで作戦は完了だ。それまではおとなしくしていてもらいますよ」

「くくく。助太刀感謝しますよ、粛清官《しゅくせいかん》殿」

「あんたのためじゃねえよ。こいつが、仕事だからだ。……ああそうだ、俺はいつでも、ちゃんと言われた仕事をこなすんだよ」

（こんな状況。いったい、どうしたら……！）

遭遇したことのない局面に、シルヴィは選択を迷った。

三人がかりで無理やり無力化する？　いや、相手は粛清官だ。向こうかこちら、どちらかが手痛いダメージを負うことになる。へたをすれば、死傷者が出る可能性だってある。

シルヴィは、自分が能力を使える残りわずかな時間で解決できるかを考える。それはおそらく、得策ではない。テオリが自分の能力を知っている以上、うまく対応してくるだろう。

とはいえ、それしか手段はないように思われた。

「聞いて、ふたりとも。わたしが」

シルヴィが作戦を提案しようとしたとき、

「先輩たち。なんとか、ここを抜けて先に行くことはできるでありますか？」

ライラが、そう口を挟んだ。

「自分が隙《すき》を作るでありますから、ここは敵を追ってほしいであります」

「でも、ライラさん。そうしたら、あなたがひとりでこの場を……」

「いいのであります。これは、自分たちの不手際でありますから。それよりも、ノエルちゃんを見失うほうがずっと大変であります。どうか、お願いするであります！」

「わかった。それでいこう」

シンがそう返事した。話しこむような時間はなく、シルヴィもうなずくほかなかった。

「なにをこそこそ相談されているのですか？　ふさわしくありませんよ、神聖なる混沌《メイヘム》を前にして、そのようなことは！」

敵の言葉を契機に、シルヴィとシンは、阿吽《あうん》の呼吸で動いた。

シルヴィが右、シンが左から前に出て、二人の門番を抜けようとする。

「おっと――」

ヤミトオワが粒子を操作し、対応しようとする。

そこに、ライラが迫った。それに対し、能力を行使するだけの時間を稼ごうと思ったのだろう、敵は触手のみを使ってライラをあしらいながら、手元の粒子を濃くしていく。

が、ヤミトオワにとっては意外な出来事が起きた。ひゅんひゅんと空を切る触手の動きを正確に読み、ライラがその捕食器官を空手で捕らえたのだった。

「なっ……!?」

「さあ、行ってくださいであります、先輩たち！」

摑《つか》んだ触手を振り回して、ライラが相手をぶん投げた。半周ほどスイングされたヤミトオワが、坑道の壁に激突する。

駆け抜ける最中、シルヴィはテオリの様子を目に留めた。

彼の操る粒子の流れは、シルヴィの予想どおり、自分たちの前方に向けて配置されていた。

この一本道において、本来テオリほど優れた門番はいないだろう。彼がその気になれば、通路そのものを覆うほどの巨大な盾を作ることも可能なはずだからだ。

現にテオリは、今まさにその策を実行しようとしている。

だからこそ、シルヴィは虎の子であるインジェクターを起動せざるを得なかった。

限度時間まで、あとほんの数秒しかない能力。だがテオリの粒子を消すのは、その一瞬でじゅうぶんだった。そのあいだに、シルヴィはパートナーとともに道の先を抜けていく。

薙刀《なぎなた》を構えていたテオリは、それを振るうことはなかった。

「……だめだ。いくら命令違反の裏切り者っつっても、先輩は斬《き》れねえ」

暗がりの向こうに消えていくシルヴィたちを見送り、テオリはそうつぶやいた。

それから、くるりと振り返る。

「だがてめえはべつだぜ、ライラ。知っているか？　バカって病気は、死ななきゃ治らねえんだとよ。こいつは温情だ。せめて、俺がこの手で片をつけてやるよ」

坑道の中央で、ライラはパートナーと向き合った。

「テオ。本当の本当に、敵に頭をオカしくされてしまったのでありますね……」

「あ？　なに言っていやがる。おかしいのはいつだって、てめぇのほうだろうが」

「いーや、今回ばかりは自分が正しいでありますよ。自分が百点、テオが零点であります。でも、安心するでありますよ」

フー……と、ライラは深く息を吐いた。後ろ首に手をまわし、カチリとインジェクターを起動する。と、その全身に、明るい緑色の砂塵《さじん》粒子が渦を巻いていく。

「自分が、すぐに目を覚ましてあげるでありますからね。だから――ちょっとくらい痛くしても、文句いわないでありますよ、テオ」

そのとき、ガラリと音がした。

壁に叩《たた》きつけられたヤミトオワが、不意にライラに向けて触手を伸ばした。ミセリアワームの捕食器官が、多方向から囲うようにして襲いかかる。

が、触手が叩《たた》いたのは地面だった。

そこに、すでにライラの姿はない。

「……どこに！」

ヤミトオワが声を上げる。

その背後に突風が生じた。旋風が巻き上げたのは、坑道の地に沈んでいた塵《ちり》の山と、靴裏が擦《す》って生じた摩擦熱の煙と、エメラルド色の粒子の群――。危機を感じ取った宗教徒が振り向いたとき、その瞳《ひとみ》に映ったのは、龍を模した仮面の女。

あまりにも高速。

風神のごとく疾駆するライラが、先手必勝の一撃を叩きこむ。

＊

「――あの、ヤミトオワとか名乗ったダスト教徒」

坑道の先を急ぎながら、シルヴィは言った。

「あの人の役割が追っ手を塞《ふさ》ぐことだったとしたら、たぶん本丸は近いわ。彼よりも、わたしたちのほうが早く到着したわけだし」

「俺もそう思う。なんとなく、この先は人の気配も感じるしな」

「チューミー。今のでたぶん、本当にきょうの分は限界みたい。交戦のときはそのつもりでお願い」

「了解した。追いつきさえすれば、まあなんとかなるだろう。歌姫を人質に取られる展開がいちばんめんどうだろうな」

並走しながら、シルヴィは背後に一瞬、目をやった。

「心配か？　ライラが」

「正直ね。状況が状況とはいえ、気がかりだわ。本当に、あの子をひとりだけ残してよかったのかしら」

「しかたがないだろう。あれが最善策だったのは間違いないんだ。まあ、かりにそうでなくとも、俺はライラにかんしてはたいして心配していないがな」

そこでシンも背後を一瞥《いちべつ》すると、こう言い足した。

「――あいつ、本気でやったら俺よりも強いからな」

9

ライラ・イライッザが自分のもっとも優れる部分だと自負しているのは、どんな難局でも怯《ひる》まないことだ。

ライラは、なにかをこわがるということがほとんどない。唯一の例外は幽霊だが、それ以外の存在——ありとあらゆる生者は、ライラにとって恐怖の対象にならない。

その理由は、ひとえにライラの人生経験にある。

都市外部のキャラバンで育ったライラは、幼いころから砂塵《さじん》共生生物と戦ってきた。

両親譲りの格闘技と、ごく幼いうちから開花していた自身の砂塵能力を組み合わせて、来る日も来る日も、凶悪な肉食生物たちの駆除に明け暮れてきた。

そんな過酷な日々を送るなかで、ライラはある日突然、ふとこんな真実を理解した。

生き物とは、なんであれ殺せる存在なのだということを。

どれだけ見た目がおそろしくとも、実体があり、呼吸する生き物は、かならずその息の根を止めることができる。言ってしまえば当たり前の事実だが、その当たり前を身に染みて理解しているかどうかで、繰り出す攻撃に自信が宿るか決まり、結果として威力がかわる。

そう——ライラは至極簡潔で、なによりもシンプルな答えを知っている。

命の奪い合いの場においては、臆した者こそが負けるのだということを。

なにより、殺せば殺されないのだということを。

必殺の間合いというものがある。そこまで入りこんだとき、ライラは無類の自信を持つ。敵との距離を詰め切った状況で、自分の能力はなによりも輝くからだ。

今この瞬間も、ライラはまさしくその間合いにいた。

ライラは、この敵の砂塵能力を知らない。だが、そんなことは関係がなかった。多くの兵士がそうするように、距離を置いて相手の能力を見極め、自分が有利になるように状況を運び、策を講じてようやく勝ちを得るといった複雑な工程を、ライラは踏まない。

こちらの能力を知らないのは、相手も同じだ。

ならばみな、なぜ攻めない？

ドゥッ、と轟音《ごうおん》をともなって、ライラはヤミトオワの背後を取る。

相手は、敵が仕掛けてくるならば死角からだと想定していたのだろう。振り向いたときには、すでに掌中で密度を高めていた砂塵粒子を、その懐に解放していた。

ヤミトオワが生んだのは、なにかしらの脅威を感じる粒子の塊。

これに触れたらいけない――

そう、ライラは直感で理解する。相手が粒子の力を展開したのは、ちょうど自分の拳《こぶし》の軌道上だ。このまま殴り抜けば、敵の能力に接触する。

拳はすでに繰り出されている。

普通にいけば、迎撃《カウンター》を喰らってしまう状況だ。

――が、普通ではないから問題なかった。

激しい逆風が、ライラの拳《こぶし》を吹いた。完全に繰り出されていたはずのライラの拳が――絶対に止まるはずのなかった拳が――ぴたりと止まる。

それと同時、ゴワァッと足元からこみ上げたべつの気流が、下半身ごとライラの脚を持ち上げた。旋風のように回転しながら、鮮やかに跳び上がる。

一瞬のうちに、地上での殴りモーションが中断《キャンセル》され、空中での蹴《け》りの動作へと派生した。

「――――ッ⁉」

間近、相手の驚愕《きょうがく》が伝わった。

敵が用意した粒子の罠《わな》を避けて、ライラの強烈な回し蹴りが相手の横腹にめりこんだ。インパクトの瞬間、蹴りの威力を後押しするかのように、ライラの脚に激しい突風が吹く。

ヤミトオワの肉体が、すさまじい勢いで吹き飛んだ。


――ここまで、実数にして〇・七秒の出来事である。

だが、ライラの格闘術の神髄はここからだった。


「アァッ！」

蹴り飛ばされた相手は、そのまま坑道の奥に転がるはずだった。が、そうはならなかった。

激しい気流に乗って、ライラが吹き飛ぶ相手を追いかけたからだ。

ヤミトオワが着地するよりもはやく、ライラはその身体に肉薄する。

血を吐く相手が、必死の形相でこちらをにらんでいる。素顔の人間に能力戦を仕掛けるのは初めての経験だったが、いちど戦闘のスイッチが入った以上、ライラはなにがあろうとも攻撃をやめることはない。たとえ相手の、死にかけの表情が間近にみえようとも。

勝負を長引かせるつもりはない。

空中で、ライラは相手のローブを摑《つか》んだ。

左手で敵を引き寄せると同時に、全力の右拳《こぶし》を構える。

「――終わりであります」

冷酷とも取れる声色で、ライラは告げた。

その拳に絡まる高密度の粒子が、キィィ――……ンと不吉な高音を鳴らしていた。

ライラの経験上、この必殺の一撃を喰らって無事で済む生き物はいない。

しかし、拳が叩《たた》いたのは敵の顔面ではなかった。

「――！」

粒子をまとわせたライラの拳が、ヤミトオワの寸前で止まった。ギャルルルルッと、耳をつんざくような激しい衝撃音が坑道内に響き渡る。まるで最強の矛と最強の盾がぶつかり、いつまでもつかない決着を試し続けているかのような、そんな異様な音が。

それでも、ライラはおどろかなかった。

その現象の所以を、知っていたからだ。

間一髪のところで助かったと知り、ヤミトオワが触手を振るった。ライラを攻撃するではなく、自分のローブを切り裂いて無理やり抜け出す。その直後、空盾を割ったライラの拳が虚空を振り抜いた。

地を転がったヤミトオワの傍《そば》には、草履の足があった。

「つぶねえな。顔面がミンチになるとこだったぞ、あんた」

「ハァ、ハァッ、ハッ」

ヤミトオワが、今にも死にそうな顔で呼吸を繰り返した。

「あんた、気ぃつけろよ。つっても、気をつけようがねえが。とにかく、あの女には近づかれるな。いちどでも格闘戦の間合いに入られたら、それで終わりだと思ったほうがいい。あいつの気流空間のなかじゃ、まともに攻撃も防御もできねえんだ」

「……気流、空間？」

「ああ、そうだ。あいつは、完璧な精度で風を操る。それも、阿呆みてえな瞬間最大風速を持った特別な風だ。そのせいで、あいつの格闘には型も定石も、常識さえもねえ。まともな肉弾戦をやって、あいつに勝てるやつはいねえよ」

吐き捨てるように言って、テオリはみずからの砂塵《さじん》粒子をなびかせた。いつでも盾を展開できるように色濃く散布させると、ライラへの警戒の姿勢を強める。

ライラの周囲には、暴風が吹き荒れていた。緑色の粒子が、自身の生み出した風圧によって舞い、ライラの意志によってふたたび元の位置に戻っていく。その繰り返しで、ライラの周囲では激しい粒子の円運動が起きていた。

そんな小型の台風のような空間の中心で、ライラは力強く歩を進める。

その威圧感の溢《あふ》れる姿に、テオリは舌打ちをした。

官林院《かんりんいん》のありとあらゆるペーパーテストで赤点を叩《たた》き出したライラが、なぜ無事に卒業し、こうして粛清官《しゅくせいかん》として就任することができたのかを、今いちど思い知る。

その理由は簡潔だ。かつて院が排出した天才、〝消失兎〟の再来とまで謳《うた》われるほどに、その女が圧倒的な戦闘力を持っていたからだ。

ライラ・イライイッザ警伍級《けいごきゅう》粛清官。

気流の砂塵《さじん》能力者。

ライラは、自身の周囲に強力な気流を発生させることができる。気流空間と名づけた能力範囲のなかで、ライラは武術的な型に囚われない、自由を極めた独自の拳法が許されている。

瞬間的・局所的に強烈な風圧を生み出すことで、気流空間内の攻撃の打ち止め・軌道修正・再始動・姿勢変更など、ありとあらゆる変則行動を取ることができるからだ。

もっとも、ふたつの弱点はある。ひとつは、粒子消費の燃費が非常に悪いことだ。そのせいで、ライラは都度の砂塵戦闘において、短期決戦がなかば義務付けられている。

もうひとつは、能力の範囲の狭さ。

砂塵能力とは、一定以上の密度を持った粒子を媒体として効果を発するものだ。

そして各々の操る砂塵粒子には、能力の中身とはべつに、どれほど広範囲に有意の量の粒子を散布できるかの個人差がある。

それでいうと、ライラはごく狭い範囲にしか粒子を撒くことができない。

離れた敵に向けて風を放つといった芸当は、ライラにはのぞめない。

だが、それで正味問題はなかった。

むしろ、格闘に特化した能力だからこそできる必殺技がライラにはある。

暴虐にして気ままな風のなかで、テオリが言うところの「触れたら終わり」の奥義を見舞い、相手がなにも理解できないままに勝負を終わらせる。

それが、ライラの戦闘スタイルだ。

「ちっ。おいあんた、能力を教えろ。それで、俺が作戦を立てる。ふたりがかりでやらないと、あいつはどうしようもねえ」

テオリが、自分の足元でうずくまるヤミトオワにそう話しかけた。

だが、まともな返事はなかった。

「ぐ、ぐッ」

ヤミトオワが苦しんでいる。まさか――とテオリが覗《のぞ》くと、その脇腹がぱっくりと裂けていた。まるで満開の彼岸花が咲いたかのような、凄惨《せいさん》な傷口ができている。

「あんた、最初の時点でもう、あれを喰らっていたのか……」

おそらく、裂傷は内臓まで届いている。口からこぽこぽと液体を溢《あふ》れさせると、ヤミトオワは悶《もだ》えだした。

「ばかな。つ、強すぎる。こんな、こんな、ことが……」

「痛いでありますよね。でも、謝らないでありますよ。ノエルちゃんの舞台をあんなにして、テオの頭をおかしくさせた連中になんて、絶対に謝らないであります。……ただ、せめて無駄に苦しむ前にとどめを刺してやりたいとは思っていたでありますが」

そう話すライラの拳《こぶし》からは、依然として不穏な高音が生み出されている。

その正体は、あまりにも強烈な乱気流の刃《カッター》だ。気流の極意を宿らせた一撃は、接触した敵の肉を容赦なく切り裂く、言葉どおりの必殺となる。

それを、ライラは初撃の蹴《け》りの時点で使っていたのだった。とっさの粒子形成だったためか、即死となる威力にはならなかったが、それでもこの破壊力である。

「さあ、テオ。自分たちだけになったでありますね」

ごく落ち着き払った声で、ライラが言った。

「はやく目を覚ますであります。それで、いっしょに先輩たちを手伝いに行くでありますよ」

「だからてめえは、さっきからなにを言っていやがるんだよ。ちゃんと仕事をやってんのは、俺のほうだろうが」

「本当にわからないのでありますか？ そんなにしっかりとしゃべれているのに、変でありますよ。そう、ぜんぶ変だとは思わないでありますか？ こんな状況、自分の知っているテオなら絶対に避けるはずであります。だって、勝てない戦《いくさ》はしないのがテオでありますよね。それともまさか——万が一にも、自分が勝てるとでも勘違いしているでありますか？」

「……っ！ うるっせえよ、脳筋女が！」

テオリはそう叫ぶと、密度を高めていた砂塵粒子《さじん》をひと息に放った。

紫色の砂塵が、ライラを取り囲むようにして展開される。

「本性をあらわしやがったな！ てめえ、やっぱり俺のことを下にみているんだろう！ バカにしていやがるんだろう！」

ライラは、動揺することはなかった。

激昂するパートナーを、マスク越しに黙ってみつめる。

「なあ、てめえにわかるかよ、ライラ。たまたま能力に恵まれただけの人間に、まったくかなわねえやつの気持ちが！ 俺は、俺はな、ここに来るまで、ずっと努力してきたんだッ！ お前みてえな才能だけのやつに負けねえように、ずっと、ずっと、ずっと！」

「……テオ」

「無駄じゃあねえよな？ ああそうだ、俺のこれまでが無駄であってたまるかよ。今、証明してやる！　俺は努力で、お前よりも上をいけるってことを──証明してやるよッ！」

テオリが、薙刀《なぎなた》をふたつに折った。分離式の長柄の二振りを、両腕に持つ。

その状態で、テオリは低く屈《かが》み、ライラに向けて駆け寄ってきた。

意外にも、その詰め方は直線的だ。

だからこそ、ライラは逆に警戒を解かなかった。

テオリの戦い方は知っているつもりだ。どんな状況でも、かならず勝機を見出せるように論理を組み立てる。その証拠に、テオリは次の瞬間、ライラの知らない動きを取った。

「ラァッ！」

分離した薙刀の片方を、渾身《こんしん》の力で投擲《とうてき》してくる。あたかも大型の機械に射出された槍《やり》のように、すさまじい勢いで薙刀が迫った。

対して、ライラは大回りでの回避行動は取らなかった。

この投擲は、相手の布石だ。これを足掛かりに、なにかを仕掛けてくるはずだ。

テオリから、ほんの一瞬でも目を離すわけにはいかない──

ライラの選んだ回避方法は、足元に配置した気流を利用して、その場から跳ぶことだった。

本来であれば、戦士は安易に空中に逃れる選択は取らないものだ。が、ライラは空中戦をこそ好む。気流を自在に操るライラは、地面から離れても動きを制限されることがないからだ。

しかし──

「……!?」

マスクのなか、ライラは目を見開いた。

気流が、発生しない。――いや、違う。発生はしているが、それはライラの思ったように機能していない。

（そうか）

その原因に、ライラはすぐに気がついた。

テオリは、すでに空盾を展開していたのだ。ほんの数センチにも満たない小型の盾を、ライラのすぐ傍《そば》で大量に形成している。その小さな障害物の大群が、普段ライラが直感的におこなっている気流の流れを邪魔しているのだ。

思うように浮かべないどころか、ライラはむしろみずからの風に阻害されていた。

「おどろいたか？　だがもう遅えよ、ライラぁッ！」

しかたなく、ライラは純粋な肉体《フィジカル》のみで応じることにする。正確にこちらの胴を狙《ねら》って飛んでくる薙刀の先端を、すんでのところで回避しようとした。

しかし、避けきることはできなかった。

切っ先が、ライラの脇腹を掠《かす》る。

「っ！」

その痛みに喘《あえ》いでいる余裕はない。すぐそこには、おのれを鍛えに鍛え上げた薙刀使いの粛清官《しゅくせいかん》が、自分に牙《きば》を剝《む》いている。龍と笠のマスク越し、視線が交差した。

こちらが作った隙《すき》を、テオリはけして見逃さないだろう。

（それなら）

ライラは土壇場で、かわりの一手を放つことにした。

今、ライラはこの場で思いどおりの気流を作り出すことはできない。

であるならば、やれることはひとつだ。

今出せる粒子をすべて使い、すぐ間近に、濃縮させた砂塵《さじん》粒子を送り出す。

その直後、そこからギャルルッと激しい音が生じた。ライラの作った、ごく小さな乱気流が、テオリの展開した小粒な空盾にぶつかり、衝突と反発を繰り返している音だった。

その乱気流の一団に、テオリが振りかぶっていた薙刀《なぎなた》が侵入した。

「——!?」おどろくテオリの手から、薙刀が風圧に負けて離れる。

そのタイミングで、ライラは動き出した。

すぐ近くに発生している乱気流が、ライラ自身の左半身を襲う。われながら遠慮なく傷つけてくる風の刃にも怯《ひる》まず、無理やりテオリの懐まで入りこんだ。

互いに徒手空拳——互いに必殺の間合い。

だが、ライラは忘れてはいない。

この相手が、最後まで保険を打って戦う切れ者だということを。

「なッ!?」

テオリが本当におどろいたのは、ライラがそのまま拳《こぶし》を振り抜かなかったからだ。

「──忠告したでありますよ、テオ」

ライラは、迎撃の択として用意されていた、透明な壁の存在を読んでいた。だからこそ、ライラはただ一直線に拳を振るのではなく、大回りをしてテオリの背後にまわると──

その背に向けて、強烈な肘《ひじ》打ちを放った。

「痛くしても文句いわないで、って──」

テオリが、膝《ひざ》を突いた。笠のマスクのなかに液体をこぼし、その場に倒れこむ。

「はぁ、はっ……はあっ！」

ライラは、大きな呼吸を繰り返した。ろくに息も整わないうちに振り向くと、倒れたテオリのマスクに手を伸ばし、無理やりインジェクターを解除した。

「……くそ。くそ、くそくそくそォッ、畜生ォッ……！」

倒れたテオリが、握り拳を地面に打ちつけた。

「なんでだ、なんでだよ！　てめえ、どうして能力に恵まれて、素の格闘まで、俺よりもつええんだよ！」

喚《わめ》くパートナーとは対照的に、ライラはごく冷静にたずねた。

「テオ。さっきの、自分の気流を邪魔した戦法。あれは、今考えついたものでありますか？」

「あぁ？　だったら、なんだってんだよ」

「いいから、答えるであります」

その有無を言わさぬ態度に、テオリは忌々《いまいま》しげに目を離した。

「そう、だよ！　今さっき組み立てた、土壇場のクソ戦略だ。今ある情報と持ち札で、お前に勝てる手段を探した結果だ！　だが、意味がなかった！　能力差を埋めるだけの戦略には、ならなかった！　結局負けるんじゃ、なんの意味もねえ……！」

「……そうでありますか。やっぱり、テオは頭がいいでありますね。あんな対策を取られるだなんて、自分には想像もつかなかったでありますよ」

つぶやくように言うと、ライラは相手に馬乗りになった。

和服の胸倉を摑《つか》み、半身をぐいと持ち上げる。

「さあ、決着がついたでありますよ。言ったでありますよね。テオが、自分に勝てるわけないって。ほら、やっぱりそうなったであります」

「……うるせえ。バカに、すんじゃねえよ。俺の苦労も、知らねえで」

「テオ。さっきから、本当になにを言っているのでありますか？　洗脳されているだけじゃなくて、記憶までなくしてしまったのでありますか？　それとも、いっしょにこれをもらったときのことを忘れてしまったでありますか？　そんなに前のことじゃないでありますよ」

ライラは、テオリの襟元にある粛清官《しゅくせいかん》のエムブレムを指さした。

「バカにしている？　下にみている？　本当に、わけがわからないであります！　テオが自分に勝てないなんて、そんなの当たり前でありますよ！」

「だから、俺をバカにするんじゃ」

「――でも、自分たちは対等であります！」

その叫びに、テオリは動揺した。

「自分たちは、得意分野が違うだけ！　だからこそ、自分が攻撃担当！　テオが防御と戦略担当って、そう決めたじゃないでありますか！　そうすれば自分たちには隙《すき》がないって、どんな敵にも勝てるって、パートナーを組んだ日にテオのほうがそう言ってくれたんじゃないでありますか！　それを、まさか忘れたと言うでありますか。どうなんでありますかっっ」

そう怒鳴られて、テオリはマスク越しに頭をおさえた。

「忘れちゃ、いねえよ。くそ、人の耳元ででけえ声出すんじゃねえって、いつも言ってんだろうが……」

「だったら、はやくぜんぶ思い出すであります！　テオは頭がいいんだから、すぐにわかるはずであります。さあ、答えるでありますよ。本当の敵はだれでありますか？　自分でありますか？　それともシルヴィ先輩でありますか？　そんなわけないでありますよね？」

「敵……。敵は、ダスト教を止めに来るやつらだろ。俺たちの任務は、連中を守ることだろうが。なのにお前のほうが、それを邪魔して……」

「違うであります、おばか！　やっぱり頭よくないであります！　もういっかいよく考えるでありますよ！」

「だれがばかだ、畜生。お前に言われたら、人として終わりだ。ああ、頭が、いてえ。なんだこれは、くそ。本当の敵だと？　俺は、俺は……」

うわごとのようにつぶやくテオリに、ライラは困った。

これだけ言ってもわからないなら、いったいどうすればいい？

必死に考えるライラは、それゆえに気づくことができなかった。

自分の背後から、一本の触手が伸びてきていたことに。

「無駄ですよ、粛清官殿《しゅくせいかん》」

「な……！」

身体を絡めとられて、ライラは身動きが取れなくなった。

「力ずくで起こすことなど、不可能です。あの方の授ける夢幻は、単なる夢とは比べ物にならないほどに、遥か深い……。その効力が切れるまでは、けして目覚めることはありません」

いつのまにか起き上がっていたヤミトオワが、触手を動かしていた。どうやら、まだ生きていたらしい。脇腹からボタボタと血をこぼしながら、なんとか立ち上がっている。

「油断、しましたね。ですが、いかなる事情があろうとも、最後に立っていた者こそが、正しき混沌《メイヘム》の勝者です。どうか、お恨みにならぬよう……」

「は、放すであります！　う、うぅっ」

「……待て。そいつは、俺にやらせろ」

自由になったテオリが、薙刀《なぎなた》を手にして、ふらりと立ち上がった。

その様子を、ヤミトオワは興味深そうに目にして言った。

「……いいでしょう。大司教から聞き及んでおりますよ。あなたは、この御方に深い嫉妬《しっと》の念を抱いていると。そうした強い情念は、より過酷で、より正しい混沌を導くものです。みずからの手で刃を突き立てたいというのであれば、お譲りしましょう」

「テ、テオ！」

ライラの目の前で、テオリが薙刀を構えた。

もういちど、正気に戻るように訴えようと、ライラは声を上げようとした。

そのとき、ライラはふしぎな現象を経験した。相手のマスク越しに、パートナーの無言の目配せをみたような気がして、あえて口を閉ざした。

テオリが、素早く薙刀を振るった。

その切っ先が通過したのは——ライラではなく、ヤミトオワの触手だった。

「なッ……!?」

驚愕《きょうがく》するヤミトオワに向けて、テオリはすかさず返しの刃を刺しこんだ。

「ば、かな……！　夢幻の時間は、まだ覚めやらぬ、はず……」

「……あー、くそ。なにが夢幻だ。最悪の気分だぜ、畜生め」

ヤミトオワが倒れると、テオリは苦しそうに頭を抱えた。空中砂塵《さじん》濃度が高い場所にもかかわらず、その仮面をはずす。ただの蒼白を超えた顔色の素肌を、テオリは両手で覆った。

直後、その瞳《ひとみ》に怒りの色が宿る。

ぎらりと宗教徒をにらみつけると、テオリは相手の背を踏みつけた。

「てめえら、許さねえぞ。よくも、よくも俺に、あんな真似《まね》を……！」

「テオ、テオ！　やっと正気に戻ったでありますね！」

声をかけると、テオリはこれまでライラもみたことのない表情を浮かべた。後悔か、羞恥《しゅうち》か、それとも懺悔《ざんげ》か――ありとあらゆる感情が詰まった目線を向けると、その顔を落とした。

「不甲斐ねえ。くそ、俺は、俺は、なんてことを。ライラ、俺……だめだ。言葉が、みつからねえ」

「細かいことはあとでいいであります！　そんなことより、なにがあったのでありますか？　自分たちは状況がまったくわかっていないのであります！」

「状況……そうだ、敵の情報だ！」

テオリはマスクを装着すると、逆にライラの両肩を摑《つか》み、必死の声でたずねてきた。

「ライラ！　シルヴィ先輩は、まだインジェクターが使えるか！」

「え。いや、たぶんきょうは、もう難しいはずでありますが……」

「ちっ。だとしたら、まずいかもしれねえ。おい、てめえ！　あのベルガナムとかいう男の能力には、なにかまだ秘密があるんだろ？　そいつを話せ！　あらいざらいだ！」

テオリがそう怒鳴るも、ヤミトオワは返事をよこさなかった。もとより致命傷を負っていた身、さきほどの薙刀《なぎなた》がそのままとどめとなったようだ。

「くそっ！」

テオリは傷ついた身体を引きずるようにして、坑道の先へと進もうとした。その背を追いかけて、ライラは声をかけた。

「テオ、どういうことでありますか？　ベルガナムというのは、だれでありますか？」

「俺の頭をいじくりやがった、敵の大将だ。あいつ、素も異様な強さだったが、なによりも能力がやばい。それに、会場のあの様子……。もし俺の考えが正しかったら、たぶん先輩たちでもどうにもならねえ。応援が、いる。もっと、大隊を引き連れてこねえと……」

言葉の最中、テオリは前のめりに倒れこんだ。

「テオ？　テオ！」

パートナーを起こそうとしながらも、ライラは周囲を見渡した。

自分は、いったいどうすればいい？

助けを呼びに戻るべきか、それとも自分だけでも先輩たちのところに向かうべきか——。

あの先輩たちが負ける姿など、ライラには想像がつかない。それでも、敵の詳細を知るテオリの分析がそうはずれているとも思えず、きゅうにライラは不安を覚えた。

暗い道の向こう側は、依然として闇《やみ》の口を広げているのみだった。

10

「……。」

シンは地面を観察していた。苔《こけ》の生えた汚い地下道には、真新しい足跡がある。

一部の足跡の縁には、ごく微量の血が付着しているようだ。ここに至るまでの道中でほとんどが擦《す》り落とされただろうことを考えると、この足跡の主はよほどの血の海を歩いたに違いない。もしくは、自身も負傷している者が行脚しているのか。

立ち上がり、こんどはグローブをはずして人差し指を立てた。

かすかな風は、この道の奥から漂っているようだ。地下の換気システムがどのように稼働しているかは知らないが、少なくとも居住区《コロニー》の比較的近くで動いているのには違いないだろう。

「どう？　チューーミー」

「おそらくこの道だと思う。ほかのルートにも足跡がある以上確証はないが、ぎりぎり血痕《けっこん》がみえるのはここだ」

「そう。ならここを進みましょう」

ライラと別れてから、ふたりは一直線に坑道を進んでいた。そうして行き着いたのが、この八つの道に分かれた地下道の合流地点だった。

シンは痕跡《こんせき》を調べ、敵が使ったと思われるルートを探すことにした。

その結果、いちおうは可能性が濃厚と思われる道を発見した。

この状況からも、わかることはある。歌姫をさらった連中は、追っ手を撒くことを徹底しているわけではない。少なくとも、その痕跡を完全に断とうとはしていない。

殿《しんがり》を用意するなど、ある程度の策を講じてはいるが、追いつかれたのであれば、それはそれでかまわないというスタンス。シンはそこに、敵の比類ない自信をみる。

シルヴィが奥に進んでいく。シンは入り口に彫られた通路番号のうえに、自分たちが向かった合図としてカタナで印をつけると、パートナーのあとを追った。

「迷いがないな、シルヴィ」

「時間がないもの。今は別行動も取れないし、入念に調べたからといって確証が得られるわけでもないしね。それに、こういうときのあなたの判断は信用しているわ」

「俺は追跡にかんしては素人だ。それに地下のこともまったくわかっていない」

「いずれにせよ、わたしの勘で進むよりはずっと信憑性《しんぴょうせい》があるわ。でしょ？」

道はさきほどよりもずっと狭くなっている。複雑な地下迷宮にも、メインとなる道とそうでない道があるのだろう。今自分たちが歩いているのは、おそらく細かな通り道だ。

「……っ」

歩いている最中、シンは得も言われぬ息苦しさを覚えた。

さきほどから、胸が絞めつけられるような錯覚が断続的に起きていた。

「大丈夫？　チューミー。けが……は、していないわよね」

「ああ」

「もし体調が万全でないなら、インジェクターは起動しなくていいわよ。あなたの能力、ただでさえ身体に負担があるもの。まだ雨傘の残弾には余裕があるし、わたしも前を張れるわ」

その提案に、シンはすぐの返答はしなかった。

今の自分が万全のコンディションでないのは事実だ。

この体調不良の原因には、気がついている。

歌姫が呼び起こした、自分の昔の感覚だ。割れ物を扱うかのように、普段は大事に付き合っている記憶が無理やり掘り返されて、身体が戸惑いを覚えているのだろう。

じつは、こうした精神と肉体の不調和は、シンには以前から覚えがあった。

別人の身体に精神を宿しているせいか、他人には説明のむずかしい微妙な身心の均衡が、時おり崩れることがある。それは往々にして、定期的におとずれる身体の不調時期に併発するものだったが、今回はべつの要因で引き起こされていた。

こんなことになるなら、あの歌を聴くべきではなかった。

だが、それは結果論に過ぎない。そしてなにより――この状況で思うことではないが――苦しいほどの郷愁の念に駆られることに、ある種の心地よさがあったのも否めない。

「正直をいうと、少し懸念はある。臨機応変にやりたい。必要になればインジェクターを使うが、基本的には様子をみる方向でやろうと思う」

「それがいいわ。あなたがやりやすいようにやってね」

ふたりは道の出口に至った。

出たのは、ふたたび広い一本道だった。まるでライラと別れた場所に戻ったかのような場所だ。そこに降り立つと同時、シンはとある予感を得た。

「近い。すぐそこだ」

優れた五感を持つシンは、この先から敵の気配を感じ取った。

ふたりはマスク越しに顔を見合わせると、敵に追いつくべく一斉に駆け出した。

＊

優れた感覚を持っているのは、敵もまた同じだった。

サリサ・リンドールは、足を止めた。

隣をみると、司教ベルガナムも同じように立ち止まっていた。その口元は、いかにも嬉《うれ》しそうに口角をあげていた。

「気づいた？　ベルっち」

「ええ。来ましたね、追っ手が」

「もー、やっぱこーなんじゃん。どーすんの、時間ないのに！　この人たちに任せる？」

ふたりの背後には、宗教徒たちが静かに追従している。高位の器には黙って従わなければならないという戒律を、彼らはいつなんどきも遵守していた。

「いいえ。相手は粛清官《しゆくせいかん》──それも、司祭位の者を容易にはねのけるほどの実力者です。女神の恩恵に預からなかった者たちでは、数秒と持たないでしょう」

この場にいる信者たちの多くは、非砂塵能力者《ブランカー》だ。

本来であれば、女神の給うた教義のために、彼らは自刃しなければならない。だがベルガナムは独自の視点で教義を解釈し直すことで、特別に彼らの入信を許していた。

ベルガナムは踵《きびす》を返すと、信者たちに話しかけた。

「いいですか、みなさん。彼女たちを、このまま塵神殿まで丁重にお連れしなさい。無論、サリサ嬢のみならず、歌姫にも失礼のないように。それと、着いたらすぐに日課の儀礼に取りかかりなさい。どのような状況であれ、われわれが拝領を怠ることは許されませんからね」

そう言いつけると、ベルガナムは来た道を戻ろうとした。

「えなに、ベルっちが行くん？」

「ええ。わたくしの落ち度ですから、わたくし自身で解決してきましょう。もっとも、相手は相当に高位の器。混沌《メイヘム》の結果、わたくしが殉教してもなんらおかしくはありません。もしもそうなった暁には、ぜひ教団の未来はあなたに任せたいものですが……？」

「いや、冗談でしょ、どっちも。ほんと、ベルっちってギャグセンはないよねー」

「はて。ギャグセン、とは？」

ふしぎそうに小首をかしげる相手に、サリサはひらひらと手を振った。

「なーんでもない。それよか、はやく行ってきな。どーせわざと追いつくようにしてたんでしょ？　わかりやすいったらないって」

ベルガナムは反論しなかった。教徒たちの一団に近寄ると、ひとりの女に声をかける。

「ともに来なさい、助祭リツ。あなたが待ちに待った、混沌《メイヘム》の時間ですよ」

「！　は、はい、大司教さま！」

喜ぶ様子の信者を従えて、ベルガナムはその場を去っていく。

その後ろ姿が消えるのを見届けてから、サリサはつぶやくように口にした。

「……男ってほんと、いくつんなってもガキだよねー。そう思わない？　あんたらも」

信者たちに話しかけたつもりだったが、だれもかれも、まともな返事はしなかった。

サリサには理解できないが、下っ端の彼らは、どうやら真の意味で自分に敬意を表しているようだ。対等に話すなど滅相もないとでもいうかのように、その視線を合わせることさえもない。試したこともないが、自分が死ねと言ったら喜んで死ぬのだろう。

「やー、やっぱなんでもないわ……」

サリサはマスクのなかで冷めた表情を浮かべると、気を取り直して歩みを再開した。

＊

シンたちが坑道を進むと、マスク越しにもわかるような熱気が漂ってきた。

その熱気はどうやら恒常的なものらしく、トンネルの地面や壁には鬱蒼《うっそう》とした苔《こけ》が生えている。一本道の出口へと至るとき、ふたりは顔を向き合わせ、うなずいた。

トンネルの先は、これまでとは一風変わった見た目の場所に繋《つな》がっていた。

そこは、広い空間だった。

なによりも目を惹《ひ》くのは、壁から噴出している滝だ。コンクリートの空洞から、色のついた水が音を立てて流れ落ちている。

その滝は貯水タンクのような巨大水槽に繋がっており、この部屋からどこかへと流れているようだった。どうやら地下水脈のない零番街における、人工的な水理施設ということらしい。

もうひとつの特徴は、緑が生い茂っていることだ。都市でみるような美しい芝や樹木ではなく、遥か昔に作られたバイオトープが、この空間の水気で辛抱強く成長したという印象を受ける。足元の芝は汚れ、苔は天井まで覆い、種別不明の不気味な花々が壁沿いに咲いていた。

ここから先に、繋がる道はある。

その前に、立ち塞《ふさ》がるようにして二名の宗教徒が立っていた。

片方は、大柄な男だ。身体全体を覆い隠すようなローブには、教団のなかでもとくに高位であることを窺《うかが》わせる、大仰な装飾が施されている。

もうひとりは、対照的に小柄な女だ。ぎとぎとした質感の黒髪をいじりながら、こちらと目が合うと、自信なさげに視線を逸《そ》らした。

どちらも、当然のようにマスクを着用していなかった。

「ようこそおいでくださいましたね。歓迎いたしますよ、粛清官殿《しゅくせいかん》。このような地下くんだりまでご足労いただき、まことにありがたく存じます」

男のほうがそう言い、頭を下げた。

「お前が主犯か。この騒動の」

シンの問いに、相手は鷹揚《おうよう》にうなずいた。

「わたくしどものおこなったことを犯行と称するのであれば、そうとも言えましょう。いかにも、わたくしは現在の教団の舵を取らせていただいている身。階位は司教、ベルガナム・モートレットと申します」

「……ベルガナム？　ベルガナムですって？」

その名に反応したのは、シルヴィだった。

「知っているのか、シルヴィ」

「聞いたことがあるわ。でも、かなり古い犯罪者の名前よ。三十年以上前の、紫水晶の夜《アメジスト・ナイト》で捕まったはずの人だもの。それにわたしの記憶が正しければ、彼は」

「――とうに粛清されたはず、ですか?」

シルヴィの言葉を、ベルガナムが継いだ。それから、肩を震わせて笑う。

「……なにがおかしい?」

「いえ、失敬。ただ当時のことを思い出すと、わたくしはどうにも嬉《うれ》しくなってしまうのです。中央連盟に、粛清官《しゅくせいかん》……。ああ、まったくすばらしき暴虐でした。われわれの戒律を否定するあなたがたが、その実だれよりも混沌《メイヘム》を尊《たっと》び、女神の教えを率先して体現しているというのは、いつ考えてもふしぎなものです。フフフッ」

それを戯言《ざれごと》とみて、シンは聞き捨てることにした。

「まわりくどいのは好きじゃない。答えたくなければ、答える必要もない。お前たちが連れ去った歌姫は、この先にいるんだな?」

「左様。われわれの神殿にて、丁重におもてなしさせていただくつもりです」

神殿、とシンは心のうちで復唱する。地下には、宗教徒どもの拠点があるのか。

「もてなす? 歌姫を神体にでもするつもりか?」

「ご冗談を！ この世の唯一の神は女神だけですから。そんなことよりも、粛清官殿。ここは広く、闘技をおこなうには最適な場所といえましょう？ さあ、お構えくださいな。そしてぜひわたくしに、あなたがたに許された女神の奇跡をみせてはいただけませんか。あまり時間が取れぬ身ですが、もう、そればかりを楽しみに戻って参りましたもので！」

ベルガナムが、巨大な槌《つち》を持った手を広げた。

その笑みも、慇懃無礼《いんぎんぶれい》とも取れる口調も、ほかの宗教徒と大きく差異はない。だがそれでいて、シンはこの相手が、これまでの敵とは根本的に異なることを察する。

――強敵だ。

シンは背中にまわしたハンドサインで、パートナーに戦法を伝えた。

「さて、状況は奇しくも二対二。わたくしは、どちらを測定させていただくのでも構いませんが。助祭リッ、あなたはどちらを望みますか？」

「わ、わわ、わたしなんかが大司教さまよりも先に選ぶなんて、めっそーもないです」

「ふむ、そうですか？ それでは、お相手のほうに委ねるといたしましょうか。――失礼、おふたがたは、わたくしどものどちらと」

その言葉の途中。

ベルガナムに返ってきたのは言葉ではなく、弾丸だった。

撃ったのは、驚異的な早業で雨傘を照準したシルヴィだった。それと同時に、抜刀したシンが敵に向けて一直線に駆けていた。

　これ以上、連中の御託を聞いている暇はない。歌姫救出のために、なによりも迅速性を念頭に置いて、ふたりは不意打ちのごとき戦闘を開始した。

　ふたりがパートナーを組んでから、丸二年以上が経過している。そのあいだ、何度もこうした局面を経験してきた。

　ふたりの戦い方は、おもに二パターンに分けられる。

　シルヴィがインジェクターを起動し、範囲内の能力を封じた空間で一気に片をつける、初見殺しの戦法。もうひとつは、シンがインジェクターを起動し、完璧な精度の援護射撃をおこなうシルヴィとともに無双の攻めをおこなう、問答無用の制圧戦法。

　これらの戦術を使い分けて、ふたりは獣人事件以降、みっつの犯罪組織を壊滅させている。

　なかでも最大の大仕事だったのは、昨年度末の粛清案件、第二等粛清対象、〝レギオンの武器商人〟アダマス・ガルトとその一派の殲滅《せんめつ》だ。だが、これまで数多《あまた》の能力者を屠《ほふ》ってきた凶悪犯アダマスも、ふたりの前では無力だった。

　そう——だからこそ、今のふたりには揺るぎない自信がある。驕《おご》りではなく、しかと積み上げてきた実績に裏打ちされた自信が。

　が、初撃のスナイプの結果をみて、シルヴィが覚えたのは驚愕《きょうがく》だった。

　不意の射撃にもかかわらず、ベルガナムは槌《つち》の柄に象嵌《ぞうがん》された宝石で弾丸を受け止め、弾き落としていた。遠い位置に立つシルヴィに視線を向けて、ニィと、たしかな笑みまで送る。

「これはこれは、血気盛ん——じつにけっこう！」

背後を取っていたシンの斬撃《ざんげき》にも、ベルガナムは即座に対応した。カタナの描く軌跡を槌で受け止めて、彼の着るローブがぶわりと風圧にはためく。

そのガラ空きの背中に向けて、シルヴィが次弾を放とうとしたとき。

隣にいたはずの女が、もとの場所にいないことに気づいた。あえて探すまでもなく、彼女の姿はシルヴィの視界内におさまっていた。

女は、壁に張りついていた。十数メートルも上の、蔦《つた》のかかったコンクリートの壁を蹴《け》ると、まるでズームするかのような速度で滑空してくる。

シルヴィは射撃の構えを解くと、即座に雨傘を畳んだ。

敵の突進を、雨傘のブレードで受け止める。あたりに響いたのは、刃物同士が接触するかのような甲高い音。

相手の異形の姿に、シルヴィは瞠目《どうもく》した。

敵は、捕食者《マンイーター》ではなかった。

その背から生えているのは触手ではなく、羽。蝙蝠《こうもり》のそれがごとく鋭角に尖《とが》る、黒い羽だ。

その硬い羽の刃が雨傘と接触し、じりじりと鍔迫《つばぜ》り合いをしている。

「だ、大司教さまの邪魔を、しないで。あなたの相手は——わ、わたし」

素顔の女が小箱を開いた。そのなかの砂塵《さじん》粒子をすばやく吸引すると、煮えたぎった脂のような質感をした黄色い粒子が、あたりに散布した。


そうして、地下の水理施設での各個撃破戦がはじまった。

周年式典当日の結末を左右する、まさしく分水嶺となる粛清戦が。

11

生まれてこの方、リツ・イーサマンという女には、いいことなどひとつもなかった。

十七歳の、どこにでもいる陰気な女だ。非砂塵能力者《ブランカー》で、親が死に物狂いで稼いだ金で買った市民権を持っているだけの、社会的弱者。なんで生きているかもわからないような、半分死んでいるかのような生活を送る、夢のない人間。

気の合う友人はおらず、好きになれるような恋人もできなかった。

それでも、死んでいない以上は生きていかなければならない。

自分がなんの取り柄もないクズみたいな存在だと自覚さえできれば、この都市ではとりあえず日々の生活を送るくらいのことはできる。

かわった食感にできあがる塵工《じんこう》酵母が売りのパン屋で働いていたリツは、毎日レジで客に釣り銭を渡していただけなのに、ある日突然、新店舗の店長を任されることになった。

給料はわずかしか上がらなかったが、かわりに正社員になれるようだった。

嬉《うれ》しいか嬉しくないかでいえば、ほんのちょっとだけ嬉しかったと記憶している。

この代わり映えのない日常に、少しは変化が生まれるかもと期待したからだ。

そうして、普段よりは前向きな気持ちで、新店舗を出す予定のビルへと下見に出かけた日の、早朝のこと。

彼女は、獣に襲われた。

のちに獣人事件として人々を震撼《しんかん》させた塵工テロの、その栄えある第一被害者となった。

街はひどい騒ぎになっていた。道路では玉突き事故が起きて、リツが働くはずだったビルは火災騒ぎになり、市民たちは大声をあげて逃げ惑っていた。

（……死ぬんだ、わたし）

はらわたを切り裂かれたリツは、だくだくと血を零《こぼ》しながら、花壇の煉瓦《れんが》に座り、空を見上げていた。あまりに呼吸が苦しかったので、屋外にもかかわらずマスクをはずして、なにに抵抗するでもなく、ただただ生死の境をさまよっていた。

周囲の悲鳴がうまく聴こえなかった。気になるのは、どういうわけか、空を漂っている砂塵粒子だった。能力を持たない自分にとっては、ただの毒でしかない物質。好きか嫌いかでいったら、間違いなく嫌いだったはずのふしぎな粒子。なのにそれが、やけに鮮やかに目に映る。

あんなに、きれいだったっけ……

遠く離れた砂塵《さじん》の息遣いを、肌で感じる。

そして――

リツが気づいたときには、すぐ目の前に、女神が立っていた。

人智を超えるほどに美しい女が、自分に微笑《ほほえ》みかけている。神々しい後光を浴びて、額にある三つめの瞳《ひとみ》を開き、こちらをみつめている。

そのあまりの神聖さに、リツは思わず、腕を伸ばしてしまった。

すぐさま、とんでもなく不敬な態度を取ってしまったと気づき、その手を引いた。だが、あろうことか、女神はみずからリツの手を握ってくれた。続けて、リツの首を指さして、なにかを口にした。たかがヒトごときの持つ耳朶《じだ》には聞き取れない、崇高なる神の言葉を。

しかし、リツはその意味を理解したように思えた。

次の瞬間、砂塵粒子を経口吸引したリツの身体から、ぶわりと、黄色い砂塵が噴き出した。近くをうろついていた獣人が、その現象に気づいて牙《きば》を剝《む》かんとする。

人生で初めての能力発現は、されど敵を倒すには至らなかった。力を発揮する前に、リツが気を失ったからだ。

すんでのところで駆けつけた粛清官《しゅくせいかん》が自分の命を救ったことを、リツは知らない。

気絶する寸前に覚えたのは、生まれて初めて味わう、至福の充実感だった。

一命を取り留めたリツは、しばらく口をきかなかった。心的外傷後ストレス障害を疑ったナースがそうした専門医を連れてこようとした段になって、ようやくリツは口を開いた。

「わたし……女神さまを、みました」

相手が露骨に顔をゆがめた。

こうした例外的患者《エラーケース》は、臨床の現場に立つ者からするとたびたび遭遇するものだという。

砂塵を吸いながら死線をさまよった者が、起き上がると同時に女神の存在を訴えかけてくる怪奇現象。そうした者は、往々にしてもとに戻ることがない。周囲がどれだけ説得しようとも、その後の人生をまるごと砂塵宗教に捧げることになる。

ばかげた話だと思っていたが、いざ自分が当事者になると、視点は百八十度回転した。

なぜなら、女神は実在していたからだ。

あれほど神聖な御方が、畏《おそ》れ多くも、こんな矮小《わいしょう》な自分に触れて、微笑んでくれたのだ。

――そっか。この人は、まだ女神さまに会えていないんだ……。

かわいそうに。

むしろ憐《あわ》れみを覚えて、リツは看護師の冷たい目線と向き合っていた。

それからのことは早かった。

退院したリツは、だれに砂塵《さじん》能力の芽生えを告げることもなく、まっすぐ家に帰った。職場に連絡もせずに必要最低限の荷物をまとめて、急いでダスト正教の教会に向かった。

そこにいた司祭と名乗る男は、リツが女神の存在に気づいたことを祝福してくれた。だが、リツは彼を信用しなかった。その男が、マスクを着用していたからだ。

リツは違った。女神さまに触れて以来、彼女の口づけを拒絶するなどという無礼を働くつもりは微塵《みじん》もなかった。だから紛《まが》い物たちの教会を去り、本当の同志を探すのに専念した。

真の理解者がいたのは、地下だった。

零番街に詳しいという案内人に有り金を渡して、リツは地下に降りた。とある居住区《コロニー》からそう離れていない場所にある神殿で、こんどこそリツは信用できる人物に出会った。

大司教ベルガナムは、リツの話をあますことなく理解してくれた。

「あなたは、じつにすばらしい経験をしたのですね。ああ、いつなんどき聞いても、女神との新たな邂逅《かいこう》の談はよいものです。一生涯、その誉れに満ちた体験を忘れてはなりませんよ」

地下神殿には、自分と同じ経験をしたという者たちが大量にいた。彼らは分厚い聖典を読み耽《ふけ》り、原初の教えを守り、女神に対する深い忠誠と信仰を誓っているそうだった。

ひとしきり戒律を説明すると、司教ベルガナムは宗教徒の正装を渡す前に、こう言った。

「さて、あなたには教えを守るつもりがありますか？　過酷な混沌《メイヘム》にその身を投じ、一生を女神のために捧げるだけの覚悟が……」

「あ、ありますっ」

意気込みのあまり、リツは被《かぶ》せて答えてしまった。

目を丸めた相手に向けて、言葉を紡ぐ。

「わたし、ずっと、こんな自分に生きている意味なんかないんだと思っていました。でも、違ったんです。女神さまのお手に触れて、どうして自分がこの世に生まれたのか、よくわかりました。女神さまの教えが守れるなら、わたし、なんでもやりますっ」

その熱意が伝わったのか、ベルガナムは柔和な笑みを浮かべると、歓迎してくれた。


祝福の話を聞いたのは、入信してすぐのことだった。

ダスト教の用語で、〈女神の奇跡〉とは砂塵能力のことを指す。では〈女神の祝福〉はなにかというと、もともとリツが生きていた世界では塵工《じんこう》体質と呼ばれるもののことだった。

「器量聖典の解釈は、わたくしの知る限りでも数度の大きな変遷がありました。原初の解釈では、最低限の器として認められる者とは、あくまでみずからに与えられた奇跡のみで試練を生き抜く者を指しておりました。しかし、わたくしの解釈では少々異なります」

大司教直々のありがたい説教を、リツはほかの教徒とともに熱心に聞いていた。

「無論、与えられた奇跡の偉大さが、そのまま女神から受けた寵愛《ちょうあい》の多寡《たか》を示すことに疑う余地はありません。しかしわたくしは同時に、その意志をも問いたいと願う者なのです」

そこで聖典をたたむと、ベルガナムは一同を見渡した。

「あなたがたのなかには、まことに穢《けが》らわしいことに、女神に肯定されずに生を受け、のうのうと生き永らえている者がおりますね？」

その問いに、幾人もの宗教徒が恥ずかしそうに顔を伏せた。

新入りのリツは知らなかったが、教団のなかに非砂塵能力者《ブランカー》が混ざっているというのは、本来あるまじき事態であるとのことだった。

司祭の位を賜っている大先輩の老僧侶ヤミトオワが言うには、彼らを苦渋のすえに受け入れる決断を下したのは、ほかならぬベルガナム当人だったらしい。

「女神の寵愛《ちょうあい》を受けなかったあなたがたに、生きている価値はありません。まずはそれを誠実に認め、おのれの存在をよく恥じなさい。自分が、地を這《は》う醜い虫けらと同程度の価値しか持たぬという事実から、けして目を背けてはなりません」

そんな叱責《しっせき》とも取れるベルガナムの発言に、信徒たちは苦々しい表情を浮かべた。が、それに続くベルガナムの言葉は、彼らを責めるものではなかった。

むしろその逆で、希望に満ち溢《あふ》れたものだった。

「それでいて、前を見据えなさい。あなたがたはたしかに、女神の寵愛を得なかった。しかしそれでも、彼女に報いることは可能です。なぜならあなたがたには、女神に殉ずる気概がある！　女神の存在にも気づかずに生を貪っている俗世の愚かしい者とは、その点で大いなる違いがあるのです。ゆえに、女神の祝福を以って混沌《メイヘム》を成さんとするならば、みなさんを最低限の器を持った同志として迎えることを、このわたくしが司教の冠において認めましょう」

その言葉に、リツはおおいに感銘を受けた。

つまり、大司教はこう言っているのだ。たとえ恥ずべき非砂塵能力者《ブランカー》であろうとも、女神の御業の一環である塵工《じんこう》体質を得て戦わんとする者は、砂塵《さじん》教徒として迎え入れてくれると。

それはすばらしき温情であるように、リツには思えた。

だが、同時に疑問も覚えた。

「あの、大司教さま。質問をしても、いいですか」

リツはおそるおそる挙手をした。

こちらの緊張をほぐすかのように、大司教は優しい笑顔を浮かべた。

「もちろんです。なんですか」

「そうはいっても、実際に女神の祝福を与えてくださるような高位の器は、あまりいらっしゃらないのではないですか」

他者に有用な塵工体質を与える能力者は、ごく稀少だ。とくに戦闘に転用可能な体質の付与となると、偉大都市《いだいとし》じゅうを探してもみつかるとはかぎらないほどに貴重な存在だろう。

「いい質問ですね。ご安心なさい」

と、ベルガナムは答えた。

「あなたがたにも、いずれ紹介することになるでしょう。わたくしの長い器量測定史でも三本の指に入る、すばらしい奇跡を許された器が、わたくしの友人におります。無論、その女性はわたくしよりも遥かに高位の器ですよ——そして彼女こそが、あなたがたに女神の祝福を与えることができる存在なのです。彼女の力添えで、あなたがたもいずれ、満足のゆく混沌《メイヘム》を果たせることになるでしょう」

宗教徒たちが、心の底からの歓声を上げた。

だれもかれもが、女神のために生き、死ぬつもりだった。その役目を果たすための力をもらえるだなんて、なんとすばらしいことだろうか——。

リツもまた、感動に打ち震えていた。大司教の寛大な御心はさることながら、その場の全員が、リツがあのとき謁見《えっけん》を許された女神を感じ、共鳴しているという事実が嬉《うれ》しかった。

のちに、リツは塵工《じんこう》体質を得る。

まさしく人の身体を辞すことになる、その強大なる祝福の呪いは、いかに女神のために心身を捧げる覚悟であったリツといえど、思わずためらいを覚えるものだった。

失格すれば、徒爾《とじ》に死ぬ。そういう試練だったからだ。

だが、リツはその試練に耐えた。

その大いなる辛苦は、リツの尊敬する大司教こそが先んじて乗り越えていたものだからだ。

あまり俗世には浸透していない事実だが、過度な塵工体質の付与は、その者の肉体に強大な負荷を与える。その負荷を、大司教は比類なき信仰心でもって克服していた。

彼のようなすばらしい殉教者に、自分はきっとなれないだろうとリッは悟った。だがそれでも、自分の身の丈に合った教義の果たし方がきっとあるはずだと、そう信じた。

それからの日々は、とにもかくにも修行づくし。

努力と呼ばれるものを、リッは生まれて初めておこなった。それは大変だが、けして苦しくはなかった。すべては、あの日たしかに触れた、かの美しき女神さまのためだったからだ。

度重なる修練を経て、ついにリッは助祭の位を授かるに至った。

位階授与の儀式のあと、大司教は彼女のために聖典の序章をそらんじてくれた。

〝死を畏《おそ》れるのは、みずからの生を肯定せぬからだ。塵《ちり》の光背が覗《のぞ》けぬならば、それは汝の眼があかずにあるからだ。

この啓蒙《けいもう》。この栄えある開眼こそが、塵の神がもたらした唯一最大の幸福であると知れ。

汝の生は、それによりはじめて、その卑小なる足跡を刻みはじめることであろう〟

そのとおりだ、とリッは思った。本当に、そのとおりなのだった。

＊

零番街のどこかにある、バイオトープの跡地である水理施設にて。

巨大な蝙蝠《こうもり》の羽を生やした女の猛攻を、シルヴィは雨傘で受け続けている。

まさしく鬼気迫るという表現が似合う猛攻に、シルヴィは技術ではなく気合いの面で圧されていることを自覚する。

それでも、シルヴィは敵の攻撃の合間に隙《すき》をみつける。

巨大な羽による滑空をおこなう相手の動きは、たしかに機敏だ。

だが一対一の戦闘ならば、捕食者の触手を相手にするよりも対処はラクだといえた。

「甘いわね」

シルヴィは正面から突っ込んでくる相手に合わせて、開いた雨傘の前面を構えた。これまで何度かシルヴィが反撃を見送ったのは、この広範囲攻撃の存在を明かしたくなかったからだ。

撃つのは、確実に当てるときだと決めていた。そして、今がそのチャンスだ。

迎撃のかたちで、シルヴィはショットガンを射出する。

「甘いのは――」

いざシルヴィがトリガーに指をかけたのと同時、相手は空中で身を丸めた。その直後、押さえつけられたバネが放されるかのように四肢を広げると、両足で地面を蹴《け》って飛翔する。

「――そっち！」

相手は空中に逃れて散弾を回避した。その周囲には、砂塵《さじん》粒子が舞っている。

──来る！

なにが襲ってくるかわからないシルヴィは、なによりもまず雨傘の機構を開いた。

遠距離攻撃であるならば、雨傘の耐久を超えるようなものではないだろう。そう信じて構えたシルヴィは、直後の意外な現象に声を上げた。

「こ、れは……！」

頭が割れるような高音が、シルヴィを襲った。

だが、防御機構を開いた雨傘自体には、なんのダメージもない。敵の不可視の攻撃は雨傘を貫通し、たしかに自分まで届いている。

シルヴィの一瞬の硬直を見逃さずに、相手が滑空して詰め寄った。器用な羽の動作で懐に入りこむと、シルヴィの身体を持ち上げるようにして蹴りあげた。

相手の連撃は止まらなかった。さらなる猛攻を続け、シルヴィを徐々に入り口の通路まで押し出していく。

（この人、わたしたちを分断しようとしているの？　そんなの、許すわけには──！）

敵の意図を察しつつも、シルヴィには満足な対応ができなかった。

相手は、ここで勝負を決めようとしていない。粒子の濃度も、おそらくわざと抑えている。

そのかわりに、最小のインターバルで不可視の攻撃を繰り出してくる。そうして、急所には受けないように立ち回っているシルヴィの位置を、徐々に変えることに成功していた。

シルヴィの退路を、相手の粒子の軌道が防いだ。無理に逃げれば能力攻撃をもらうと察して、しかたなくシルヴィは敵の思惑どおり、トンネルの内部へと引いてしまった。

ばさばさと羽をはためかせ、ローブを着た女が前方に着地した。

「お、遅れたけど。戒律に従って、名乗るわ。わたしは、助祭リツ。ダスト教助祭、リツ・イーサマン」

相手の言葉は詰まり気味だった。吃音症は、砂塵《さじん》障害のもたらす代表的な病症のひとつだ。

「き、聞いていい？　ど、どうして、あなたは、女神さまの奇跡を使わないの。わたしを、みくびっているの？」

「さあね。余計なおしゃべりに付き合う気はないわ」

厳密には、使わないのではなく使えないのだ。

こちらがインジェクターを起動できないことを悟られるわけにはいかない。雨傘のみで能力者を相手にしなければならない苦境に立ちながら、されどシルヴィは平常心を保った。

「よ、余計じゃない。これは、とても大切なこと。わ、わたしにとっては大事な、最初の混沌《メイヘム》だから。だ、だから、ちゃんと、本気でやってほしいの」

「本気で？　もちろんいいわよ。そのかわり、わたしもひとつ聞いていいかしら？」

「な、なに？」

「あなたの、その身体。それは、〝帝王蝙蝠《こうもり》〟——サブルムバットの羽ね？」

サブルムバット。

それもまた砂塵共生生物の名だ。ミセリアワームほどではないが、やはり獰猛《どうもう》で危険な変異種である。

人体を上回る全長に、翼手類とは思えないほどの高密度な筋肉を持った生命体。鋭利な羽は金属によく似た成分をしており、縁の部分は鋼のごとく硬いという。その羽を用いて滑空し、獲物を集団で狩ったあとで、血を吸うどころか血肉を貪る、おそろしき夜の魔物だ。

「わたしはずっと、あなたたちのなかにミセリアワームを人体に植えつける能力者がいるのだと思っていた。でも、そうではないのね？　ワームだけではなく、まさか生物ならなんでも合体させることができるの？」

その問いに、相手はニタリと笑った。

「と、特別司祭さまは、本当にすごい御方だよ。み、みんな、あの御方のおかげで、立派な混沌に挑戦できるようになったの。わ、わたしも、すごく尊敬してる」

それは、ほとんど肯定とみなしていい返答だった。

「ふつうは、みんなみたいに触手《テンタクル》をもらうほうが、つ、強くなれるの。でも、わ、わたしには蝙蝠のほうがいいだろうって、大司教さまが勧めてくださったの。それは、正解だったと思うな。だ、だってわたしに、とても向いているもの」

黒い羽をいとおしそうに撫《な》でてから、女はきっとした目つきでシルヴィをにらんだ。

「さ、さあ、質問に答えたんだから、今度こそ本気でやってね。あ、あなたち粛清官《しゅくせいかん》が噂《うわさ》どおりの高位の器なら、それを証明して。わたし、本当に楽しみにしていたんだから」

リツが跳んだ。向かう先はシルヴィではなく、坑道にある電灯だった。古いガラス灯を、リツは滑空しながら次々と割っていく。

みるみるうちに視界が暗くなっていく。まだ敵が目視できるうちに、シルヴィは敵を撃ち落とそうと雨傘を構えた。そこに、リツの粒子から伝う不可視の攻撃が襲った。

「くっ……！」

キィィ……ン、と音がして、頭が震える。すでに同じ攻撃を数発喰らっているシルヴィは、いよいよ気分が悪くなり、三半規管が正常に機能しなくなりつつあるのを自覚した。

シルヴィには、すでに相手の能力の見当がついている。

これはおそらく、超音波だ。その一撃一撃の威力はたいしたことはないが、それが音である以上、物理的な防御ができないという厄介さがある。

それに加え、シルヴィの予想が正しければ、今までの攻撃はすべて小手調べだ。

もしかりに、もっとまとまった量の粒子を消費して至近距離で使われたら？　鼓膜が無事のままである保証はどこにもない。

滑空するリツが、シルヴィのすぐ前方に着地した。祭祀《さいし》用の小刀のような武器と、サブルムバットの羽を併用した、変則的な格闘戦を仕掛けてくる。

——好機！

シルヴィはそう思った。これまでの感触で、近接戦闘で劣ることはないと計っていたからだ。返しの刃を突ければ、そのまま雨傘のマグナム弾で討つことができる。

だが、事《こと》はシルヴィの想定どおりには運ばなかった。

敵の動きが、さきほどよりもずっと鋭くなっていた。どういうわけか、相手は雨傘の取り回しの隙《すき》を正確に読み、こちらに先んじた一手を正確に打ってくる。

シルヴィは雨傘の機構を開くと、無理に体勢を整えて前面に散弾を放った。

その銃弾の軌道に、すでに相手の姿はない。あたかもこちらのモーションを読んでいたかのようにジャンプすると、壁を蹴《け》って滑空し、襲いかかってくる。

その羽を用いた斬撃《ざんげき》を、シルヴィは避けきることができなかった。

左肩に切り傷を負う。

噴き出る血には目もくれず、シルヴィは背後に飛び去った相手の動向に注意する。

シルヴィはリツの粒子が展開していることを先読みし、その場からうまく逃れた。が、粒子による攻撃は避けたが、当人の追撃は避けられなかった。まさしく蝙蝠《こうもり》のごとく天井に留まっていたリツは、すぐさまターンしてシルヴィの背後に迫り、その背中を蹴り飛ばした。

意外にも敏い、盤上遊戯を詰めるかのような戦法に、にども転ばされてしまった。

（これは。想像以上に、難敵ね……）

みくびりたくなる言動をしているが、中身はれっきとした戦士だと認めざるを得ない。

「……どう、して！」

着地すると同時、リツが怒った声で訴えかけてくる。

「どうして、女神さまの奇跡を使ってくれないの！　ううぅ、わたしは、ちゃんとした混沌《メイヘム》を遂げたいのに……」

情緒が不安定なのか、相手は目端に小さな涙さえ浮かべていた。

「うるさいわね。こっちにも事情があるのよ。あまり好きに言わないでもらえる？」

「ど、どうしたら、奇跡をみせてくれるの。待てばいいなら、わ、わたし、少しなら待つよ」

「冗談でしょ？　ああ、本当に、宗教徒って呆《あき》れさせる……」

シルヴィは辟易《へきえき》した。

「あなたたちに守らなければならない戒律があるように、わたしたちにはわたしたちのルールがあるのよ。〝黒晶器官《こくしょうきかん》の状態にかかわらず、粛清官《しゅくせいかん》は粛清官たれ〟。どんな状況でも、この徽章《エムブレム》にかけて目の前の犯罪人は狩るわ」

「な、なに言っているの。奇跡を使えない相手になんか、わ、わたし負けないよ」

「そう思う？　なら、試してみなさい。せっかく、ここはあなたの得意なフィールドなのでしょう？　粛清官の首を取れば、きっと助祭よりも上の階級をもらえるわよ。ほら、きなさい」

安い挑発だが、相手はのってきた。

リツがふたたび、距離を詰めてくる。

その動きが、どうしてはじめより洗練されているのか。

それもまた、音波の効果のはずだとシルヴィは考える。蝙蝠《こうもり》は、音波の振動をキャッチして周囲の物体の動きを超視覚的に捉えることができるという。

おそらく、この相手はつねに砂塵《さじん》能力を使っているはずだ。人体にダメージを与えない程度の微細な音波を、たった今も坑道のなかに響かせている。ここまで誘導してきたのは、さきほどの広大な部屋では、反響を用いた動きの分析が満足にできなかったからだろう。

リツは今、まるで頭上のカメラで俯瞰しているかのように、シルヴィの全身の動作を立体的に把握しているに違いない。その透視のような把握能力によって、フェイントまで含めたこちらの体術的な戦法をすべて読み取り、それを封ずる先手を取り続けているわけだ。

「き、奇跡を使えないなら、もういいよ。次、またちゃんとした器の人、探すから。だ、だから——これで、死んで」

タン！　と、相手がその場で宙がえりをした。

羽を使ったサマーソルトが、シルヴィの足元から豪速で迫る。

敵は、これを決め手になりうる攻撃だと思ったようだ。

だが、シルヴィの動体視力が導いた結論は、その逆。

これは、喰らっていい――　そう判断して、シルヴィはむしろ前に詰めた。

ぎりぎりの間合いを読んだシルヴィは、尖《とが》った羽に薄皮を裂かれながらも、相手の懐に入り、雨傘の先端の刃を差しこもうとした。

が、その攻撃は大仰な動作となってしまい、軽々と避けられてしまう。

そこまで予測して、シルヴィは次の一手を用意していた。

あらかじめハンドガンを抜いていたシルヴィは、至近距離で相手に照準した。続けざまに三発、横にずらしながら射撃を放つ。弾道が、広がる扇のように横軸を制圧した。

相手が逃れるのは、上か下か。それによって、直後に採用すべき動きがかわる。

羽を持つリッツが選んだのは、上だった。勢いよく飛翔したリッツは、天井のパイプを摑《つか》むと、すぐに元の場所まで戻ってこようとする。そこに、得意の滑空攻撃の土産をつけて。

「だから、甘いんだってば！」

逃れようとしたシルヴィの背に、怒気の込められた羽の刃が突き刺さった。

「うっ――」

痛みに悶《もだ》えるシルヴィの体勢は、どうみても攻撃に転じられるような状況ではない。

雨傘の先端も、リッツを撃てるような角度にはない。音波を用いた状況把握をおこなうリッツには、それが手に取るようにわかるのだろう。

だからこそ羽を突き刺したまま、リッツはとどめとなる小刀を、まっすぐに繰り出してきた。

その瞬間——

暗い坑道に、バチィッと音がして、白光が広がった。

「え——」

シルヴィは、トリガーを引いていた。

ただし、雨傘の照準はやはり敵には向いていない。向いているのは、シルヴィの足だった。

(第四《フォース》スロット——特殊兵装《スペシャライズド》)

有線式のテーザー弾がシルヴィ自身に突き刺さり、電流を流す。最小出力に設定してあるとはいえ、敵の無力化を図るための電撃銃は、自慢の銀髪を立ち上がらせるほどの威力だ。

「ぐッ、うぅ、あぁぁ」

自爆したシルヴィが、苦しみの声を上げる。それ以上の悲鳴をあげたのは、相手だった。

「ぎ、あぁぁぁあああああああ！」

サブルムバットの羽を伝い、リツにもまた電流が走る。金属によく似た成分の羽は、シルヴィの予想どおり、人体以上の通電性を持つようだ。当然、その疑似的な電極が突き刺さっているシルヴィの背には焼けるような痛みが走ったが、事前に覚悟していたシルヴィは、暗転しそうな意識を執念で耐えると、即座に羽を抜き取り、雨傘を振りかぶった。

傘に張った刃が、リツの体幹を斜めに通る——

「う、そ……」

どさりと、リツが倒れこんだ。

対して、シルヴィは膝《ひざ》も突かず、倒れた相手を見下ろした。

粛清官《しゅくせいかん》としての矜持《きょうじ》が、シルヴィをぎりぎりのところで毅然と立たせていた。

「そ、そんな。どうして、そんな自殺行為を……」

「どうしてもなにも、こうしなければ勝てなかったからよ。お遊びで戦場に立っているあなたたちとは、粛清官《わたしたち》は持っている覚悟が違うの」

疲れた声で言うと、シルヴィはもっとも深い傷である肩の具合を確認した。流血の量は多いが、携帯している塵工《じんこう》医療パッチで、ある程度のリカバリーは効くだろう。

「そんなことよりも、質問があるわ。夢幻の砂塵《さじん》能力者というのは、さっきの司教のこと？ それは、いったいどういう能力なの？」

ごろりと床で転がり、リツが口にする。

「ああ、大司教さま。わ、わたし、負けてしまいました。でも、死ななければ、殺されなければ、混沌の機会は、またおとずれる。そう、ですよね？」

「おとずれないわよ。あなたたちはここで終わりなの。どうしても獄中自殺したいというなら止めはしないけれど、とにかく今はわたしの質問に答えて」

「……終わ、り？」

半身を起こそうとするリツを、シルヴィは雨傘の切っ先で防いだ。このままわずかでも動けば撃つ——そんな警告を、無言で相手に知らしめる。

だが、リツは恐怖を感じてはいないようだった。むしろその逆で、彼女は笑いさえした。

「……あは。あは、あはは」

「なにがおかしいの？」

「お、おかしいよ。だって、逆だもん。大司教さまはね、よくご自分ではたいした器じゃないって言うけど、そんなの嘘《うそ》だよ。も、もし大司教さまの言うように、その意志こそが問われるというのなら、あの方の持つ殉教の覚悟は、わたしたち全員を合わせたよりも、ずっと、ずっと強いの」

ぎょろりとした眼で、リツが下から覗《のぞ》いてくる。

「む、矛盾だと思わない？　だれよりも殉教の精神を持つと、逆に、だれよりも死から遠ざかる。か、完璧な信奉者に、なれるんだから」

「あなた、なにを言っているの？　どうでもいい話をしないで！　いいから、わたしの質問に——いえ、もういいわ。ここでしばらく眠っていなさい」

いよいよもって宗教徒たちにはまともな話が通じないのだと悟ったシルヴィは、諦《あきら》めてテーザー弾を撃とうとした。その前に、相手はこう続けた。

「で、でも、これは、それ以前の話だよ」

「なんですって？」

「あ、あなたも、あの黒犬のマスクの人も、会場にいたんでしょ？　歌姫の声を、直接聴いていたんでしょ？　そ、それなら、勝負にすらならないよ。大司教さまが、絶対に勝つ」

それはたんに自信があるというよりも、完全に確信――あるいは、信仰しているような言い方だった。

その言葉を飲みこむのに、シルヴィは一、二秒を要した。

意味がわかると同時に、総毛立つ。

「――まさか」

あの会場の異様な状況。

自分たちがずっと抱いていた疑問。

複合砂塵《さじん》能力ではないかと疑っていたパートナーの発言。

それらすべてを説明できる、とある仮説がそこに立つからだ。

急いでパートナーのもとに駆けつけようとしたシルヴィは、トンネルの出口の光に、人影が立ったのをみた。

そこにうつった影のかたちは――

12

砂塵の持つ影響とは、底知れないものだ。

かの万能物質が人体に及ぼす最大の作用は、無論、いわずと知れた砂塵能力である。

が、砂塵が与えた影響はそれだけに留まらないといえる。

自然界に生きる砂塵共生生物が、その生態を大きく変容させたように、人類もまた、生物学的に相応の影響を受けたとするのが昨今の通説だ。

たとえば、今を生きる人類は過去の人類とは異なり、瞳《ひとみ》や体毛の色が多彩だ。それは砂塵粒子が遺伝子に影響を与え、着色を決めるメラニン色素の構成が一変したからだとされている。

ほかにも消化可能な栄養素や、アレルゲンの生成ロジックなども変化したとされており、旧文明由来の医学がそのまま流用できない生命科学的な側面は多々ある。

だが最大の違いは、ひとえにその強さだといっていいだろう。

砂塵障害などの病症を筆頭に、砂塵とは人間を弱め、痛めつけるものだ。その反面、砂塵が人体を強くした側面を否定することはできない。

そう——現生人類は、過去の人間よりも肉体的に優れる。あるいはその逆で、劣る。個体によって差こそあれど、とにかく塵禍《じんか》以前の人間のように一律な能力には収まっていない。

一部の兵士が非常に優れた身体能力を有するのは、彼らが後天的に努力したのみならず、人体に影響を与える砂塵環境のなかで育ったからだ。

たとえばシルヴィの例を取っても、彼女がたゆまぬ射撃訓練の末に得た視覚的な強さは、塵禍以前の人類とは根本から異なるものといっていいだろう。

動体視力、神経パルスの伝達速度、筋肉の張力と密度。高度な戦闘要件を満たすための多くの要素が、一部の人間は、過去の人類よりも遥かに優れることがある。


そうした前提を踏まえたうえで、それでもシンは、どうしても違和感を禁じ得なかった。

基本的には、シンは敵がどういった戦闘上の動きをみせても、そこまで驚くことがない。砂《さ》塵《じん》能力の関係しない、生まれながらの身体的な強者とは存在するものだからだ。

だが、この相手に抱いた違和感は、そうした常識の部分で説明できるものではなかった。

シンは真一文字に構えたカタナを、居合いの要領で繰り出した。その刃の動きをベルガナムは正確に見定め、大槌《づち》を用いてゆうゆうと防ぐ。

受け止めた敵ごと弾き飛ばすつもりで放った全力の太刀を、この相手は片手で平然と弾く。

そのうえで、なぜだか反撃をしてこなかった。

さきほどからずっとそうだ。打ち込めるはずのタイミングで、この敵はどういうわけだか攻撃を加えてこない。それが、なによりもぶきみだった。そのせいで、本来であれば死線のうえにあるはずの近距離戦闘が、これまでシンが経験したことないほどに長引いている。

一分か二分にも足りる時間を、この至近距離で消費するのはほとんど初めてのことだった。

自分の剣術が、こうもみごとに受け流され続けるということも。

「ちっ……」

さすがに精神的な負担を感じて、シンはみずから距離を置いた。互いの得物が届かぬ位置まで引くと、黒犬のマスクのなかで、長く止めていた息をようやく吐いた。

「はて。これは、いったいどうご説明すればいいのやら……」

大司教ベルガナムが、ふしぎそうに口にした。

「本来であれば、わたくしはただの肉弾戦などまったく好みません。つまらぬ人間業になど、なんの価値も、意味もありませんから。しかし、正直を言わせていただけるなら――あなたとそうしたただの肉弾戦を繰り広げるのは、なかなか興味深いものがあります」

「……いやに饒舌《じょうぜつ》だな、お前」

「フフフ、よく自覚しております。ともあれ、黒犬の粛清官殿《しゅくせいかん》。ひとつたずねさせていただいても？　あなたは、女神の祝福を――あなたがたの言葉でいうならば、塵工《じんこう》体質を、その身に宿しておりますね。違いますか？」

そう言い当てられても、シンはとくに困惑は覚えなかった。

外見的な特徴こそあらわれないが、かわりにこの体軀《たいく》ではありえない力を平然と発揮するため、対戦相手からは気づかれやすい性質ともいえるからだ。

「だとしたらなんだというんだ」

「ああ、申し訳ございません。まわりくどいのはお嫌いだと、先ほどおっしゃっていましたね。

それでは、単刀直入に申し上げましょう」

ベルガナムはにっこりと笑うと、

「わたくしは、のべ十七種の塵工体質《じんこうたいしつ》を有しております」

と、あっけからんと口にした。

「……は？」

その言葉を呑みこむのに、時間がかかった。

今、こいつはなんと言った？

「女神の祝福とは、じつにすばらしきものです。混沌《メイヘム》を成すため、比類なき鍛錬を推奨するわれわれが、そのために女神の祝福を受けるというのは、なによりも殉教者の姿勢としてふさわしい……。ゆえにわたくしは長い間、他者に祝福を与えることのできる高位の器を探し求めてきました」

それは、にわかには信じられない話だった。

塵工体質とは、少なからず心身に負担を与えるものだ。それは、自身も塵工体質の持ち主であるシンにとっては、実感をともなう通説といえる。これも砂塵《さじん》の帯びる悪性のひとつなのか、複数の砂塵的な加工をその身に受けると、その負荷によってどこかが壊れていくという。

それを、十七種も？

もしかりに、それらすべてが戦闘目的の体質付与だとしたら？

だとすれば、この男はもはや人とは呼べない――あきらかに、怪物のたぐいだ。

だが、シンが真に驚愕《きょうがく》を覚えたのは、その先に続いた言葉だった。

「ご存じのとおり、他者に祝福を与えうる器とは、稀少なものです。ですが以前、わたくしは非常に興味深い器に出会いましてね。その者は、とくに生存に優れた器というわけではありませんでしたが、それでいて、じつに特異なる奇跡を与えられた者でした。彼はいくつもの黒《こく》晶器官《しょうきかん》を持ち歩き、他者の協力を介して、疑似的に複数の奇跡を扱うことができたのです」

黒犬のマスクのなかで、シンは瞠目《どうもく》した。

「お前、まさか……」

「ともすれば、あなたもその者をご存じなのではありませんか？　そう、どうやらわたくしと、同じ祝福を受けていいるあなたは、かつて彼の奇跡を目の当たりにしたのでは？」

強い衝撃が、シンを襲った。

ベルガナムが指している男のことを、シンはいやというほどよく知っていた。

かつての自分が、どんな手段を使ってでもかならず殺すと誓った相手。

そしてその復讐《ふくしゅう》を、たしかにこの手で果たした宿敵だ。

「スマイリー……」

思わず、シンはその名を口に漏らしていた。

ベルガナムが、鷹揚《おうよう》にうなずいた。

「やはりそうでしたか。だとすれば、これはまこと奇妙な偶然といえましょう。まさか、わたくしと同じ祝福を得た者がおり、あまつさえこうして器量を測定することになるとは！」

シンの頭のなかで、勝手に因果のピースがはまっていく。

人間の脳と身体を活性化させ、恒常的に強化する砂塵《さじん》能力者であったシンのもとの肉体から、スマイリーは黒晶器官《こくしょうきかん》を奪っていった。

そしてそのシンの本来の砂塵能力を、それ以降もスマイリーは利用していたのだ。

考えてみれば当たり前のことだ。スマイリーが相棒であった大男モンステルの強化のみならず、その倒錯的な復讐《ふくしゅう》欲を満たすための用途として、シンの能力を活用していたというのは。

そこにどういう取引があったかはわからないが、この塵工《じんこう》体質をもらい受けることに並々ならぬ執念を持つ大司教に対して、スマイリーはシンの能力を用いて力を与えたというわけだ。

「この身体活性をうながす力は、わたくしが宿した多くの祝福のなかでも、じつに単純明快にしてすばらしきものです。この祝福によってこそ成された混沌《メイヘム》も、相応に多い……。ああ、ぜひとも本来の器にお会いしたかったものです」

その本来の器とやらが目の前にいるとは露知らず、ベルガナムはどこか遠い目を浮かべてそう言った。

「さて、長々と失礼いたしました。思わぬ偶然に、つい水を差してしまいました。ともあれ、もっとも大切なのは、今わたくしと対峙《たいじ》しているあなた自身の器量です。ぜひ、その身に宿した奇跡を惜しむことなく披露していただきたいものですが……?」

大槌《づち》を持ち直したベルガナムは、自分の対戦相手が押し黙り、棒立ちしていることに気がついた。

「おや。どうされましたか、粛清官殿《しゅくせいかん》。まさか、どこかご加減でも……?」

なぜだかこちらを心配するような声色の言葉にも、シンは返事することはなかった。

気分が、悪かった。

こんな気分はもう、しばらく経験していない。そう断言できるほどに、心が惑わされているのを自覚する。

もともと、きょうは浮き足立つ一日だった。

観覧車に、マドンナの曲。

シンがなによりも嫌うのは、みずからを許可なく触られることだ。それは物理的な接触のみならず、普段はこの仮面の下に隠している過去も含めてのことだ。

大切にしまっている記憶が無理やり呼び起こされ、攪拌《かくはん》されるかのごとく無遠慮にかき乱されるのは、自分の大事な領域を侵されているようで無性に気分が悪いものなのだということを、このときシンははじめて知った。故意だろうとそうでなかろうと、ここに土足であがってくるのは許せない。偶然だろうとそうでなかろうと、
はやく、終わらせたい。

だからこそ、シンの応答は言葉ではなかった。

その返事は、カチリという、インジェクターの起動音としてあらわれた。

銀色の砂塵《さじん》が流れた。一流の能力者の証《あかし》として、あたかも一本の流水のごとく統制の取れた粒子が、さらさらと細かな音を立て、黒色のボディスーツを伝ってゆく。

「おお……！」

ベルガナムの表情に歓喜の色が宿った。

「これはこれは、なんと美麗なる賛美色でしょうか。お話の通じる方で助かりますよ、粛清《しゅくせい》官《かん》殿。さあどうかわたくしに、その奇跡を──」

途中、大司教はその饒舌《じょうぜつ》をみずから止めた。

理由は、前触れなき戦闘の再開のせいだった。

左手には、渦巻く砂塵を。右手には一本のカタナを掴《つか》んだ黒犬の粛清官が、ゆらりと、その場に倒れこむかのような前傾姿勢をみせた。

次の瞬間、その身体の限界の速度でもって疾駆する。

「──！」

突如として迫った影に、ベルガナムは槌《つち》を構えた。

切っ先を地面に引きずっていたカタナが、シンの方向転換に合わせて、ベルガナムの周囲の床にジャリリリッ！　と半円状の傷痕を作った。

背後を取ると同時、シンは片手でカタナを振るった。

大の男の上背にも迫ろうという長大な得物は、いくらシンの身体能力といえども、片腕での取り回しには労を要するものだ。が、そのときに放った気迫の一撃は、相手もまた特別な塵工《じんこう》体質の持ち主でなければ、まず反応はかなわなかっただろうという豪速をみせる。

空いているほうの左の掌《てのひら》では、銀色の砂塵《さじん》が、徐々にその密度を高めていた。

槌《つち》とカタナの剣戟《けんげき》の合間に、ベルガナムがはじめて反撃を試みた。痺れを切らしたかのような一撃は、大槌をもって一刀両断するかのような縦の振りかぶりとしてあらわれた。

その両断を、シンはぎりぎりのところ――あと刹那《せつな》でも遅れれば直撃するというところまで、引きつける。

直後のシンの行動は、意外なものだった。

どれほどの玄人であろうとも――むしろ玄人であればあるほど――そのときにシンが取るべき回避行動は当然、左右いずれかへの横軸移動であると直感したはずだ。――が、違った。

真正面に、滑りこむようにして詰める。満足に刃を振るうこともできないほどの至近距離に潜ると、シンは斬撃《ざんげき》ではなく、濃密な砂塵をまとわせた左の掌をそっと、敵の腹に向けた。

ふわりと、ただ掌の影を翳すかのように。

接触したのは、果たして一秒か、それに満たぬほどか。

粒子の放射が終わると、シンはすぐさまその場から引いた。

突然、小休止のような時間を迎える。

なにも、起こらない。

それがふしぎなのか、相手の顔には困惑の色が浮かんだ。

だが、

「……？　いったい、なにを――」

と、ベルガナムが口にしたとき。

最初の異変が、起きた。

ベルガナムの腹部に残留している少量の砂塵が、震えている。はじめはごく弱く、そして徐々に大きく、すぐに無視できないほどの振動を生み出す。

その身体の内部から、まるで破裂したかのような水気の混じる音が噴き出した。

「――ッ⁉　あ、グ……ウ、こ、れは……ッ！」

ベルガナムがその巨軀《きょく》を折り、苦しみだす。口からひと筋の血を漏らし、それはどんどん溢《あふ》れ出して、それでも振動は止むことがなかった。

「終わりだ」

と、シンは機械音声で言い放った。

「最低限の共振は済んだ。あまりに苦しいなら自害しろ。俺はわざわざ止めはしない」

シンがカタナを鞘《さや》におさめたと同時、とうとうベルガナムが地に沈んだ。

だが倒れようとも、槌《つち》を手放そうとも、その苦しみが終わることはない。

「あぁァアァ、ガァッ、あ、あああああああぁッッ！」

顔面を蒼白に染めたベルガナムが、ぐりんと白目を剝《む》き、声のあらん限りに絶叫する。

その哀れな姿を、シンは黒犬のマスクのなかで無感動に眺めていた。


――固有振動数と呼ばれる周波数がある。

この世のすべての物質が持つ、一秒あたりにおこなわれる自発的な振動のことだ。

その固有振動数と同等の力が加わると、対象は無限にエネルギーを受け取り、結果として振幅も無限に発散していく。当然、無限のエネルギーを受け取れるような物質はこの世に存在しないため、その過程で儚《はかな》くも壊れるという、物理的にごく自然な結末を迎える。


「こ、これは。これはッ、いったい、グ……ッ！」

「……俺も、仕組み自体をそこまで理解しているわけではないが」

激しく悶《もだ》えるベルガナムに、シンは教えてやることにした。

「俺の粒子は、触れたものを破壊する。ものだろうが、ひとだろうが、すべて。共振して、それが自壊するまで、無限に振動を与え続ける」

そう語りながら、シンは知り合いの砂塵《さじん》研究者の前で初めてインジェクターを起動したときに、彼女が興奮して語った内容を思い出した。

シンの能力が固有振動を利用するのはともかく、その対象を問わないというのは、まさしく砂塵的で摩訶不思議《まかふしぎ》な現象だという。

人体もまた構造物である以上、固有振動数を持つはずだが、たとえ同じ個体であっても、戦闘ちゅうの発汗や出血、あるいは毎分のように変化しているミリグラム単位の体重の増減のせいで、現実的には演算が望めない。

にもかかわらず、シンの操る砂塵粒子は、その答えを自発的に導く。

まるで光がつねにみずからを最速の経路に導くように、粒子が触れた物体の固有振動数を逆説的に求め、減衰させず、確実に震わせている。

だが、シンにはそんな科学者の説明する理屈の部分はどうでもよかった。

兵士である自分には、因果関係さえわかればそれでいい。

粒子が触れたものを、壊す。

そんな単純な理解だけで、じゅうぶんだった。

地海進警肆級《ちうみしんけいよんきゅう》　粛 清官《しゅくせいかん》。

破壊の砂塵能力者。

——最愛の妹が秘めていたのは、だれの目にもあきらかな、純武闘派の砂塵能力だった。

「ギッ、イッ、あ、あああああ、あああああああああぁぁッッ」

のたうち回るベルガナムから目を離して、シンは周囲を見渡した。パートナーの姿がみえなかった。おそらくは場所を移したか、移されてしまったかしたのだろう。

ふたりのあいだには、一対一であれば互いを信じて任せるという不文律があるが、今のシルヴィは満足にインジェクターが使えない状態だ。すぐにでも援軍に向かうべきだろう。

が、その前に、この相手からは聞き出さなければならないことがある。

「聞け。大市法と粛清官《しゅくせいかん》特権に基づいて、お前の処理は俺に一任されている」

「グッ、ぎ、ぎ、あああァッ、あ、あ、あああ」

「さきほど言っていた神殿とやらの場所を教えろ。それが誓えるなら、今からでも振動を止めてやってもいい。決断は急いでくれ、そろそろ内臓が破裂するころだ」

「あああぁ、あ、あアアアアアあ…………ッッ」

途中で、これは無意味な交渉かもしれないとシンは思い返した。これまで、この段階になってから取引がうまくいった試しはない。パートナーのほうがうまく敵を殺さずに無力化していると信じて、シンはふたたびカタナを抜いた。

介錯するために、相手の傍《そば》に寄る。

そのとき、シンは奇妙なことに気がついた。

「……？」

うつぶせに苦しんでいたベルガナムが仰向けにかわったとき、その身体を覆う宗教徒のローブのなかで、なにかがうごめいているのをみた。黒い布地の下で、バギリ、ガギリと異様な音が響いている。それはシンの砂塵《さじん》能力が相手の内部を破壊している音ではなかった。

この男の肉体が含有する、なにか特有の異常さによるものだ。

あたかも棘《とげ》が次々と生えるかのように隆起を繰り返すローブの内側で、なにが起きているのかはわからなかった。シンが理解したのは、今すぐに息の根を止めたほうがいいという事実。

その首に向けて、カタナを振り下ろす。

「……アァッっ！」

と最後に一声をあげて、悶《もだ》えていたベルガナムがビクンと痙攣《けいれん》し——それと同時に、カタナの刀身を、あろうことか素手で受け止めた。

「な……っ！」

シンは驚愕《きょうがく》した。

ローブから覗《のぞ》くベルガナムの腕が、異形の風貌《ふうぼう》をしていたからだ。

硬く変質した腕。黒々とした肢体は、もはや腕と呼べる代物なのかさえもわからない。

まるで甲殻類のような、人体とはかけ離れた見た目の腕を持ちながら、しかし顔の部分だけはかわらず人間の形相を保っていた。ぎょろりとした目で、ベルガナムが下からシンを覗く。

その瞳《ひとみ》は、涙で濡《ぬ》れている。

「…………すばら、しい……」

そう、ベルガナムは放心するように口にした。

「なんと、なんとすばらしい奇跡か……。ああ、これほどまでに高位の器に出会うのは、本当にひさしぶりです。まこと情けないことに、あなたの器量は、この場で即座に測れるものではありません。すぐさま聖典書庫に戻り、先人たちの古い文献を紐解《ひもと》いて、よく吟味を重ねなければ……。し、しかし！　現時点のわたくしの予想が正しければ、あなたは！」

がばりと起き上がり、ベルガナムが興奮した様子で続けた。

「あなたは、おそらくわたくしの生涯でも有数の、非常に優れた器です！　そう、わたくしが第一に信ずるべきは解釈の正当性よりも、まずはこの身が覚える圧倒的な情感のはず！　それでいうならば、あなたが与えてくれた感動は、ともすればあの御仁にも迫ろうというほど！　おお、おお、なんと、なんとすばらしきことか……！」

シンには、この相手がなにを言っているのかわからなかった。

落涙しながら感動を口にする相手の奇怪さよりも、その身体の破壊現象が止まっていることのほうがよほど気がかりだ。

いや、とすぐにシンは思い直す。自分の粒子がもたらす振動は、対象を破壊するまで止まらない。それが止まっているということは、ベルガナムの体幹の内側は、もうすでに破壊されているはずなのだ。少なくとも、粒子が触れる前とはまったくべつの状態に陥っているはずだ。

にもかかわらず、この相手は平然と生き永らえている。

(――十七種の塵工《じんこう》体質)

相手の言葉を思い出し、シンは戦慄した。

突如、ベルガナムが動いた。異形の腕が、カタナを奪い取って投げ捨てる。身の危険を感じて、シンはそれを惜しいとさえ思わずに距離を置いた。

「あぁ。これは、大変失礼いたしました。感激のあまり、完全に取り乱しておりました」

ベルガナムは、血や胃液で汚れた口元を、ずるりと拭《ぬぐ》った。

「黒衣の粛清官殿《しゆくせいかん》。なによりもまずは、あなたに敬意を。再三となりますが、あなたはじつに優れた器です。わたくしよりも上位であることは当然として、これまでの私的な測定史を大きく塗り替えるほどに」

こちらのマスク越しの視線を、ベルガナムは真摯とさえ呼べる瞳《ひとみ》で捉え、辞儀をする。

「それにしても、本当に戻ってきてよかった。わたくしの勘も、まだまだ捨てたものではありませんね。しかしまさか、これほどの奇跡を体験できるとは。ハァ……失敬、また涎が」

「……随分と余裕だな。次、同じように喰らっても同じことが言えるか」

この敵に謎《なぞ》は多い。が、まだ砂塵《さじん》能力が使える以上、勝算はじゅうぶんにある。

相手の身体にどのような変異が起きたかは知らないが、依然としてこちらの能力が通るのであれば、今度は回復される前にとどめを刺せばいいだけのことだ。

第一、この相手にはたしかなダメージが窺《うかが》える。その証拠に、相手は今もふらついていた。

「余裕。それにかんしては、いったいどうお答えすればいいのやら。たしかに、まったく同じ条件で対等にやれば、あなたはわたくしを超えるやもしれません。この身に積み重なる祝福を踏み越えて、混沌《メイヘム》のすえにわたくしの命を摘むやもしれません。ただし、そうはならない」

「なんだと？」

「はじめから気づいておりましたよ。あなたの、その深い感応状態。あなたは、会場におりましたね？　そして歌姫の声を直接耳にして、その琴線を強く震わせた。そうですね？」

シンは怪訝《けげん》に思った。だとしたら、いったいなんだというのか。

その曖昧《あいまい》な反応をみて、ベルガナムは大きく口角をあげた。

「正直を明かしましょうか、粛清官殿《しゆくせいかん》。わたくしは、あなたを倒しにやってきたわけではありません。ただただ、その身に宿した奇跡の力を測定しに参った者です。混沌《メイヘム》の求めし闘争は、はじめから度外視しておりました。なぜなら、それは試すまでもないことだからです」

ベルガナムの周囲に、桃色の砂塵《さじん》があらわれた。どうやら、この相手は黒晶器官《こくしようきかん》を完全に制御しているらしい。その原始的な砂塵の摂取方法でも、消化の加減を自在に操れるようだ。

「わたくしの言っている意味がわかりかねますか？　わたくしとあなたは、対等な条件ではない。勝負という意味なら、それははじめから終わっていたのですよ」

それ以上の戯言《ざれごと》は聞くつもりがなかった。

次の瞬間には、シンは駆け出していた。

敵が力を顕現する前に、速攻で終わらせるつもりだった。

相手の砂塵粒子は、まだその密度が薄い。どんな効果であれ、万全に力を発揮するには相応のタイムラグを要するはずだ。その証拠に、シンはベルガナムに詰め寄ることに成功する。ダメージを負った相手が対応に動くよりも先に、破壊の粒子を前面に向けて解き放つ。

そして——

シンは、相手の姿を見失った。

*

奇妙な感覚が全身を包んでいる。

シンは、緑の生い茂る水理施設の中央に立っていた。

さっきまで、自分はなにをしていたのだったか。うまく思い出すことができないが、少なくとも、こんなところで棒立ちしている場合ではない気がする。

にもかかわらず、シンの意識は、すでに目の前に向いていた。

自分のほかに、もうひとりの人物がいた。相手は、黒色のボディスーツを着ていた。

こちらと目があうと、戸惑ったような仕草をして、黒犬のマスクに手をかける。

その下からあらわれた素顔をみて、シンは言葉をうしなった。

その少女は、マスク癖のついた髪を払うと、

「――お兄ちゃんっ」

赤い蘭の花のような笑顔で、自分をそう呼んできた。

「……ラン？」

自失のあまり、なにも考えることができなかった。

最愛の妹が、そこにいる。

すぐそこに立って、俺を呼んでいる。

夢ではないのか、とシンは思った。いや、夢のはずがない。こんなにもリアルな姿かたちをした妹は、これまで現実のほかにみたことがない。

手招きする妹に、シンはよろめく足取りで近づいた。ランは自分よりうんと低い位置から、ふしぎそうな目つきで、こちらを見上げていた。

「どうしたの？　お兄ちゃん。こわい顔してる」

「……本当に、ランなのか」

「ふふ、変なお兄ちゃん。それ以外のだれかにみえるの？」

「でも、お前は。お前は、あの日、スマイリーに殺されて……」

言葉の途中で、シンは膝《ひざ》をつくと、相手の実存をたしかめるかのように身体を抱いた。腕を

まわしても、その肢体は砂塵《さじん》のごとく消え失せたりはしなかった。

「だいじょうぶ？　お兄ちゃん。なにか、こわい夢でもみていたの？」

「……こわい、夢」

「わたしはここにいるよ。ずっと、お兄ちゃんといっしょにいたじゃない。お兄ちゃんが、ずっとわたしのことを守ってくれていたじゃない」

「そうか。……そう、だったか」

「お兄ちゃん、いつもありがとう。わたしを守ってくれて、大切にしてくれて、ありがとう」

「礼なんて、いいんだ。俺はお前がいてくれたら、それだけでいいんだよ」

震えるシンの身体を、ランが優しく抱き返した。

その体温の温かさが、とうとうシンの防波堤を破断した。妹に弱いところをみられてはならないと思うのに、頬《ほお》を伝う涙が止まらなかった。

優しい妹は、その涙をみないふりをしてくれた。かわりに、あたりを見渡し、こう言った。

「お兄ちゃん。ここ、ふしぎなところだね。わたし、お散歩したい」

「……ああ、いいぞ」涙をぬぐい、シンは答えた。「もちろんだ。どこへでも、ランの行きたいところに連れていってやる」

「でも、悪い人がいるかもしれないね……。どうしよう」

「心配するな。お前に悪さをしようとするやつがいたら、俺が全員、やっつけてやる。だれもお前に近づけさせやしないさ」

シンはあわてて、傍《そば》に落ちているカタナを拾った。

なにを放心しているのだか。武器を持たなければ、いざというときにランを守れないのに。

ちょうどカタナを拾ったそのとき、シンは近くにべつの人影をみた。

どこかぼやけた輪郭《りんかく》をした人影が、自分たちをみつめている。

さっそく敵があらわれたと思い、カタナを構える。すると、ランが首を振った。

「大丈夫だよ、お兄ちゃん。ダスト教の服を着ている人は、安全な人だから。こわいのは、それ以外の人たちでしょ?」

「……そう、だったか。ああ、それなら、よかった」

シンは心の底から安心する。自分たちの平穏を乱すやつは、ここにはいないのだ。

「じゃあ行こ? お兄ちゃん!」

ランが自分の手を取り、バイオトープのなかを歩いていく。シンはふらつく足で、それでも遅れないようについていった。

ランは地下の樹木に触れ、かわった見た目の花弁を指さして、首をかしげる。そうしながら、つたない感想を教えてくれる。

無感動な性格の自分とは違って、昔から好奇心旺盛な妹と――この世のだれよりも愛した肉親と、シンはともに歩いていく。

それは、夢のような時間だった。

願うあまり、願いさえしなかった、夢か、幻のような光景だった。

＊

「…………フ────……」

ベルガナム・モートレットは大きく息をついた。

ため息の事由はふたつ。ひとつは、あまりに深い感動を覚えたあとの、官能とさえ呼べそうな甘い感覚のせい。もうひとつは、その身体に負った、予想外のダメージのせいだった。

ローブのうえから、ベルガナムは、みずからの異形なる肉体の調子を探った。

問題ない。いや、問題はあるが、ひ、と、つ、う、し、な、う、だけで済んだ。これほどの器を相手にしてその程度の代価で済んだのなら、むしろ安いものだろう。

次に、ベルガナムは懐中時計を取り出した。金製の蓋《ふた》を開くと、当初の予定よりも大きく時間を取ってしまっていたことに気づいた。

急がなければならない。

この計画は、歌姫を手にしたあとこそが本番なのだから。

これから数時間のうちに、なすべきことをなさねばならない。

普段のように、意識の行き届いた呼吸を重ねて、周囲に漂うみずからの砂塵粒子《さじん》の濃度を調整する。その桃色の砂塵が流れつく先には、ひとりの粛清官《しゆくせいかん》の姿がある。

その人物は、ゆっくりと周辺を歩いていた。まるで愛すべき人間と、平和な夜の散策でも楽しむかのように。

「……ああ、いいぞ。もちろんだ、ラン。俺が、なんでも……」

機械音声越しにも伝わる穏やかさで、その粛清官はそんな独り言を口にした。

「フフ。微笑《ほほえ》ましいですね」

思わず、ベルガナムは破顔してしまう。

時間はないが、それでもベルガナムは最上の敬意をこめて、このすばらしき器のために至福の夢幻を提供せんと、細かな調律を施した。

わざわざ口にすることはなかったが、黒犬の面とは、自分たち宗教徒にとっては少々特別な意匠といえた。今からおよそ数百年前に聖トリメダスという伝道者が遺《のこ》した聖典の一節に、ブラックドッグの砂塵共生生物が畏《おそ》れ多くも砂塵を栄養素として喰らい、その偉大なる力を消していたという描写があり、それゆえにもっとも不吉なる生き物として伝えられてきたからだ。

だが司教ベルガナムは、それが理由で彼をきらうことはなかった。敬虔《けいけん》なるベルガナムは伝承よりも、目の前の者に与えられた女神の奇跡の、その無謬性《むびゆうせい》をこそ信ずるからだ。

夢の調律が終わると、彼はコキリと首の骨を鳴らし、一転して真面目な表情を浮かべた。大義のために――親愛なる女神のために、その場から動くことにする。
黒犬のマスクをつけた粛清官《しゅくせいかん》とともに。

13

急いでシンのもとに駆けつけようとしたシルヴィは、坑道の出口の光に、人影が立ったのをみた。

その影は、小柄だった。カタナを持ち、耳が特徴的なマスクを被《かぶ》っている。

あきらかに、パートナーの姿だ。

自分の杞憂《きゆう》だったかと、シルヴィは胸をなでおろす。

「残念だったわね。どうやら、あなたの思ったようにはいかなかったみたいよ」

傍《かたわ》らで倒れるリツに、そう話しかける。

だが、リツは薄ら寒い笑みを浮かべたままだった。なんとなくムッとする感情を覚えるも、とにかくシルヴィはパートナーに合流しようとする。

坑道の出口に向かい、シンに話しかける。

「チューミー。よかった、そっちも問題なく終わったのね」

「……。」

「こっちはどうにか敵を生け捕りにできたわ。といっても、よほどのことをしなければなにも吐かないでしょうけれど。とにかく、ついてきてもらえる?」

シルヴィは助祭リツのもとに戻ろうとした。

そのとき、シルヴィが反応できたのは影のおかげだった。

天井から注ぐ太陽光を模した照射の下、シンの持つ長いカタナが構えられて、大きく影が動いたのをみた。

「……っ!」

殺気を感じて、シルヴィはとっさに身を翻す。

振るわれた生身のカタナが、シルヴィの銀髪の先端を刈り取っていた。

「——俺の妹に、近づくな……!!」

その敵意のこもった声に、シルヴィが衝撃を覚えるのも束の間、

「はてさて、こちらの混沌《メイヘム》はどうなりましたか」

一転、温和な声がした。みると、司教ベルガナムが、こちらに歩いてくるところだった。彼のゆったりとした歩幅よりも先に、桃色の砂塵《さじん》が漂ってくる。

その粒子から、シルヴィは最大の警戒をもって距離を置いた。

カタナを振るったシンは、シルヴィが離れたのをみると、いったんその臨戦態勢を解いた。

いつでも愛刀を抜けるようにしながらも、どこか上の空の様子でつぶやく。

「……こわかったか？　大丈夫だ、ラン。俺が、追い払ったから。こわいやつは、どこにもいないんだ……」

「チューミー！　わたしよ。お願い、目を醒《さ》まして。チューミー！」

シルヴィが語りかけるも、パートナーはどんな反応も返さなかった。黒犬の仮面のなかで、いったいどんな表情をしているかもわからない。

キッ、とシルヴィはベルガナムに目線を移した。

「今すぐに解きなさい！　わたしのパートナーにかけた、その夢幻の能力を!!」

その言葉に、ベルガナムは「ほう」と意外そうに目を丸めた。

「あなたは、すでにお気づきでしたか。ふむ、すばらしいご洞察です」

「なめないで！　会場の惨状も、全部あなたの仕業なのでしょう？　到底、許されたものではないわ」

答えに至るためのピースは、なによりもわかりやすいかたちでそこにあった。

本当は、もっとはやい段階でわかっているべきだったのだ。

会場全体が恐慌状態になっていた理由が、ずっと自分たちには判然としていなかった。あの桃色の粒子の散布時間と濃度に照らし合わせて、実際に観測された効果が強大すぎたからだ。

このリスクとリターンの齟齬《そご》を埋めるのに、シンは複合砂塵《さじん》能力の存在を疑っていた。

その見方には、シルヴィも同意していた。だが、もしも事前にほかの砂塵能力が働いていたとしたら、それもまた敵側の持つ能力のはずだとシルヴィは思っていた——否、思いこんでしまっていた。

だが、そうではなかったのだ。

「司教ベルガナム。あなたは、現実のなかで人に夢をみせることができる砂塵能力者ね。しかも、それだけじゃない！　あなたの能力は、歌姫の声を介することで、大きく底上げされる。だからこそ、あなたたちはあのタイミングで乗り出してきた——違う!?」

シルヴィの推理に、ベルガナムは動揺をみせなかった。むしろどこか満足げな表情で、離れた位置にいるシンに目をやると、ゆったりとした動作でうなずいた。

「いいでしょう。そこまでおわかりでしたら、明かしてしまって構わないでしょう」

ベルガナムが、薄く漂う桃色の砂塵に手を伸ばした。さらさらと指先で回転させると、あたかも自己賛美するかのように、いとおしげな目線を送る。

「お察しのとおり、この身に与えられし奇跡は、夢幻。されど、これはさして高位な力ではありません。器量聖典に基づいて誠実な評価を下したとき、あまり生存に適した奇跡とは呼べないからです。夢幻をおみせするには、各々の持つ特有の感応率をよく見定め、専用の調律を図らねばなりませんが、それはおうおうにして、苛烈《かれつ》である混沌《メイヘム》のなかで機能するものではございませんから」

その話は、わからなくもなかった。ようは、彼は能力を発揮するのに、あたかも施術をおこなうかのように集中しなくてはならず、ゆえに戦闘行為への転用が難しいのだろう。

いかに効果が強かろうと、武闘派の能力ではないのだ。

「でも、それには例外がある」

「左様。ある状況下においてのみ、わたくしの奇跡は、いかなる混沌をも生き抜くものとなります。それが、あなたもお察しのとおり、歌姫ノエル・シュテルン。彼女の声に感銘を受けた者は、感応率がつねに最高値を示し、ゆえに完全なかたちでの夢幻を、いつでもどこでもインスタントに提供できます。ほんの少量でも、その心身を確実に捉えられるほどに」

砂塵《さじん》の渦がベルガナムの指を離れ、シンのほうへと流れていった。桃色の砂塵にまとわれて、シンは身体をひとたび震わせると、らしくもない放心した様子をみせた。

夢が、深められている――。

そのように、シルヴィの目にはうつった。

「この方はどうやら大層強く、歌姫の声に感銘を受けたようですね。これまでに類をみないほどに感応値が高まっています。対して、あなたはさほどでもなかったご様子ですね？」

「……っ！」

周囲に散らばる砂塵が、どうやらずっとシルヴィとの相性を覗《のぞ》いていたようだ。それに気づいて、シルヴィは周囲を払うようにして雨傘を広げた。

その前面を、ベルガナムに照準する。

銃口を向けられても、相手は涼しい顔のままだった。シルヴィには夢幻の能力が速効性を持たないという今の話を踏まえたうえで、それでも銃口を向けられて動じることがない。

反面、シルヴィの白犬のマスクのなかでは、ひと筋の汗が垂れた。

（まさか、チューミーがやられるなんて……）

状況は、最悪だ。解決策が思い浮かばないほどに。それでも、やるしかなかった。

シルヴィが、先手必勝で散弾を放とうとしたとき、

「だ、大司教さまー！」

「……っ！　邪魔を、しないで！」

背後から飛んできた助祭リッツに、シルヴィは振り向いて対応する。すでに重傷を負っているリッツの攻撃は、さきほどに比べれば威力も勢いも衰えていた。

相手を弾き飛ばし、羽の部分に狙撃《そげき》を見舞うと、その結果をみるよりもさきに、シルヴィは雨傘の機構を畳んで、這《は》わせたブレードをベルガナムに向けて振るった。が、刃はローブの表面で止まった。あたかも金属音のような音が響いて、むしろブレードは跳ねのけられた。

おどろくシルヴィに、ベルガナムは失望するように首を振った。

「ああ、どうかそのような人間業はおやめください。そんなつまらぬものよりも、ぜひあなたの宿す奇跡をみせていただきたいのですが」

「む、無駄です、大司教さま。そ、その人、ここにきたときから、奇跡が使えないみたいで」

旋回して、リッツがベルガナムのとなりに降り立った。

「ほう。とすると、助祭リッツ。あなたは、奇跡を使えない状態の者に敗北を喫したと？」

「は、はい。す、すごくはずかしいです。うぅ……」

「困った弟子ですね。が、構いません。生きてさえいれば、混沌《メイヘム》には幾度でも挑戦することができますから。帰ったら、またよく修行に励むように」

「はいっ、大司教さま！」

「……っ、余裕そうに！」

こちらを無視する宗教徒たちに向けて、シルヴィは散弾を放とうとする。ふと流し目でこちらをみたベルガナムが、その直後、驚異的な動きをみせた。

ブワッと風をともない、瞬時に詰めたベルガナムが、シルヴィの手首を摑《つか》んだ。力比べをするまでもなく、ギギギとその腕を持ち上げ、容易に捻《ひね》る。雨傘が手を離れ、床に転がった。

「くッ、は、放しなさッ……」

「──奇跡を使えない。でしたら、けっこう。この場のあなたに、用はございません」

巨大な掌《てのひら》が、シルヴィの首を摑んだ。

「手荒な真似《まね》、ご無礼。無礼ついでにお願い申し上げますが、もし生きてお帰りになることができたなら、中央連盟の方々にはぜひ、こうお伝えください。賽はふたたび投げられた。もうここから止まることはない、と」

「な、にを……！」

「わかりかねますか？　申し上げたままですよ。――それでは、ごきげんよう」

ベルガナムが、片手でゆうにシルヴィを投げ飛ばした。

その着地地点は、シンのすぐ傍《そば》だった。

「……！　ラン、下がっていろ！」

立ち尽くしていたシンが、即座に動き出した。シルヴィが立て直そうとするよりも先に、素早くカタナの柄に手をかける。

――斬《き》られる。

そう、シルヴィは覚悟した。

だが、襲ったのは斬撃《ざんげき》ではなかった。

相手は抜刀をせず、鞘《さや》に納めたままのカタナでシルヴィの体幹を激しく打った。その威力にシルヴィは膝《ひざ》を突き、前のめりになって倒れこんだ。

「――妹に、血はみせたくない。次は容赦なく斬る。にどと俺たちに近づくな」

「……ッ、う」

シルヴィの意識が、黒々と反転していく。

明滅する視界のなかで、それでもシルヴィは這《は》いつくばり、どうにか相手の姿を捉えた。

「ま、待、って」

その声に立ち止まり、パートナーが振り向いた。

「め、目を覚まして。思い出して。あなたの妹さんは、もう、どこにもいないのよ……」

「……？　なにを言っているんだ？　ランなら、ここにいるだろう。しっかりと、俺の傍《そば》に」

シンは、自分の両肩に弱々しく手を添えると、壊れ物を扱うかのように、優しく抱いた。

「俺は、しあわせだ。行こう、ラン。どこへでも、お前の好きなところに……」

「待って、チューミー。待っ、……」

宗教徒たちと歩き去っていくパートナーの姿が、徐々に遠ざかってゆく。薄く、さざ波のように揺れ動く桃色の砂塵《さじん》の向こうにその姿が消えたとき、シルヴィの首《こうべ》がついにもたげた。

奇怪な花畑のような地下施設には、人工の滝の落ちる音だけがザァザァと響き渡っている。

偉大都市《いだいとし》暦一五一年。

延期開催された一五〇周年記念式典の舞台は、そのようにして幕を閉じた。

続刊行
楽園
「らくえんごろし4」
十月十八日発売

殺し
3
二ヶ月連
[FES]
好評発売中
[らくえんごろし3]
4
[夜と星の林檎]

ガガガ文庫9月刊

悪ノ黙示録 -裏社会の帝王、死して異世界をも支配する-

著／牧《まき》瀬《せ》竜久《たつひさ》

イラスト／あるてら

裏社会の支配者として君臨したレオの人生は、絞首台の上で終わりを告げた、はずだった。意識を取り戻すと、彼が居たのは見知らぬ世界。無力な唯の少年として目覚めた男は、再び世界を手中に収めるため、動き出す。

ISBN978-4-09-453141-1（ガま9-1）　定価858円（税込）

恋人以上のことを、彼女じゃない君と。3

著／持《もち》崎《ざき》湯《ゆ》葉《ば》

イラスト／どうしま

「どう告白すればいいんだろう?」大学一年生である俺、山瀬冬は恋に悩んでいた。相手は、サークルの同期である皆瀬糸。――これは、糸と出会い、恋人となり、青春を紡ぐ物語。そして、恋人であることを諦める物語。

ISBN978-4-09-453149-7（ガも4-5）　定価814円（税込）

楽園殺し3 FES

著／呂《ろ》暇《か》郁《いく》夫《お》

イラスト／ろるあ

獣人事件から一年。延期開催された周年記念式典の舞台に、偉大都市の歌姫が立つ。その背後に潜む者たちの正体とは――狂騒の調べの中、能力者達の祭りが幕を開く。

ISBN978-4-09-453148-0（ガろ1-4）　定価957円（税込）

GAGAGA

ガガガ文庫

楽園殺し3 FES

呂暇郁夫

発行　2023年9月24日　初版第1刷発行

発行人　鳥光 裕

編集人　星野博規

編集　渡部 純

発行所　株式会社小学館
〒101-8001 東京都千代田区一ツ橋2-3-1
[編集]03-3230-9343　[販売]03-5281-3556

カバー印刷　株式会社美松堂

印刷・製本　図書印刷株式会社

Printed in Japan　ISBN978-4-09-453148-0

第18回小学館ライトノベル大賞 応募要項!!!!!!!!!!!!!!!!!!!!!!!!!!!!!

ゲスト審査員は宇佐義大氏!!!!!!!!!!!!

（プロデューサー、株式会社グッドスマイルカンパニー 取締役、株式会社トリガー 代表取締役副社長）

大賞：200万円＆デビュー確約
ガガガ賞：100万円＆デビュー確約
優秀賞：50万円＆デビュー確約
審査員特別賞：50万円＆デビュー確約
スーパーヒーローコミックス原作賞：30万円＆コミック化確約
（てれびくん編集部主催）

第一次審査通過者全員に、評価シート&寸評をお送りします

内容 ビジュアルが付くことを意識した、エンターテインメント小説であること。ファンタジー、ミステリー、恋愛、ＳＦなどジャンルは不問。商業的に未発表作品であること。
（同人誌や営利目的でない個人のWEB上での作品掲載は可。その場合は同人誌名またはサイト名を明記のこと）

選考 ガガガ文庫編集部＋ゲスト審査員 宇佐義大
（スーパーヒーローコミックス原作賞はてれびくん編集部による選考）

資格 プロ・アマ・年齢不問

原稿枚数 ワープロ原稿の規定書式【１枚に42字×３４行、縦書き】で、７０～１５０枚。

締め切り 2023年９月末日（当日消印有効）※Web投稿は日付変更までにアップロード完了。

発表 2024年３月刊『ガ報』、及びガガガ文庫公式WEBサイト GAGAGA WIREにて

紙での応募 次の３点を番号順に重ね合わせ、右上をクリップ等（※紐は不可）で綴じて送ってください。※手書き原稿での応募は不可。

① 作品タイトル、原稿枚数、郵便番号、住所、氏名（本名、ペンネーム使用の場合はペンネームも併記）、年齢、略歴、電話番号の順に明記した紙
② 800字以内であらすじ
③ 応募作品（必ずページ順に番号をふること）

応募先 〒101-8001 東京都千代田区一ツ橋 2-3-1
小学館　第四コミック局 ライトノベル大賞係

Webでの応募 ガガガ文庫公式WEBサイト GAGAGA WIREの小学館ライトノベル大賞ページから専用の作品投稿フォームにアクセス、必要情報を入力の上、ご応募ください。
※データ形式は、テキスト（txt）、ワード（doc、docx）のみとなります。
※Webと郵送で同一作品の応募はしないようにしてください。
※同一回の応募において、改稿版を含め同じ作品は一度しか投稿できません。よく推敲の上、アップロードください。

注意 ○応募作品は返却致しません。○選考に関するお問い合わせには応じられません。○二重投稿作品はいっさい受け付けません。○受賞作品の出版権及び映像化、コミック化、ゲーム化などの二次使用権はすべて小学館に帰属します。別途、規定の印税をお支払いいたします。○応募された方の個人情報は、本大賞以外の目的に利用することはありません。○事故防止の観点から、追跡サービス等が可能な配送方法を利用されることをおすすめします。○作品を複数応募する場合は、一作品ごとに別々の封筒に入れてご応募ください。